한국인 3권

한국인 3권

아버지의 아들

이원호 지음

한결미디어

차례

1장 난세의 영웅

대영산업으로 돌아왔을 때는 오후 4시 반이다.

사무실에 앉아있는데 정진호가 다가왔다.

기조실은 다른 층이어서 회장 아들의 등장에 주위의 시선이 모였다. 대번에 말들을 그치고 이쪽을 힐끗거렸다.

그때 다가선 정진호가 꾸벅 고개를 숙이더니 물었다.

"잘 다녀오셨어요?"

"응, 잘 지냈어?"

이태진은 자신의 목소리가 크게 울리는 것을 느꼈다.

그만큼 조용해졌기 때문이지.

정진호가 책상 앞에 붙어 서서 물었다.

"카이로에 계시면서 피라미드는 가보셨어요?"

"그게 문제다."

이태진이 이를 드러내고 웃었다.

"여러 번 갔는데도 피라미드 구경도 못 했어. 다음번에는 꼭 가볼 거야."

"저도 모시고 갔으면 좋겠네요."

"기회가 되면 그러자."

고개를 끄덕인 이태진이 먼저 고개를 돌렸기 때문에 정진호가 시야에서 사라졌다.

둘의 대화는 앞쪽 한여옥, 고재규한테도 들렸을 것이다. 옆쪽 전영태, 오세영도 들었고, 뒤쪽 최재일도 마찬가지다.

대영산업에서 현재, 정진호에게 이 정도로 반말하는 사람은 사장 안석호뿐일 것이다.

자금담당 상무, 그리고 전무가 있었지만 반말한다는 말은 못 들었다.

최재일도 어중간한 존댓말을 쓴다.

잠시 후에 인터폰이 울렸기 때문에 이태진이 전화기를 들었다.

"예, 이태진입니다."

"나야."

오세영이다.

두 자리 건너서 옆쪽.

"무슨 일이야?"

"할 말이 있어."

오세영이 말을 이었다.

"7시에 인사동 전주집에서 만나."

그러더니 전화를 끊었다.

과 회식을 하기로 했지만 내일로 미루고 시내로 나왔다.

6시 반에 마포의 14층 건물 앞에서 부동산 중개업자 안우현을 만나기로 했기 때문이다.

6시 20분에 건물 앞에서 택시가 멈춰 섰을 때 안우현과 김봉철이 다가왔다.

"오셨습니까?"

허리를 기역자로 꺾은 안우현이 인사를 했다.

그때 김봉철이 말했다.

"건물에 하자는 없습니다."

이태진이 건물을 올려다보았다.

외벽이 대리석인 14층 건물이다. 신축인데 현관은 굳게 닫혀 있다.

안우현이 다가와 말했다.

"한성건설에서 사옥으로 지었다가 자금난 때문에 급매물로 내놓은 빌딩입니다. 현금 11억을 불렀는데 10억 전후에서 매입할 수 있습니다."

이태진이 건물을 다시 올려다보았다.

심장박동이 커졌기 때문에 심호흡을 해야만 했다.

대로변에 위치한 데다 건평이 3천 평도 넘는 빌딩이다.

현관에 '함단 앤 리' 간판이 붙은 모습을 떠올리자 숨까지 가빠졌다.

건물을 매입하면 일단 1개 층 정도만 회사 건물로 사용하고 나머지는 세를 줘야 할 것이다.

이태진이 김봉철에게 말했다.

"한성건설 측과 협상해 봐요, 내가 현금으로 매입할 테니까."

"알겠습니다."

김봉철이 기운차게 대답했다.

큰 거래를 믿고 맡긴 것이다.

인사동 전주집에 들어섰을 때는 오후 7시 15분이다.

구석 쪽 자리에 앉아있던 오세영이 다가온 이태진에게 쓴웃음을 짓고 물었다.

"바쁘지?"

"응, 그래도 너는 만나야지."

자리에 앉는 이태진에게 오세영이 막걸리 잔에 술을 채워주면서 다시 묻는다.

"내가 중동부 과장 제의를 받았다는 거 모르지?"

눈만 치켜뜬 이태진을 향해 오세영이 쓴웃음을 지었다.

"중동부 조직이 다 만들어졌어. 그걸 말해주려고 부른 거야."

"어디, 들어보자."

"중동부뿐만 아냐. 수출부는 제1부, 제2부로 나뉘고 넌 2부장이야. 차장으로 진급하고 부장 직무대리지."

"…."

"과장에서 바로 부장으로 진급할 줄 알았어? 꿈 깨."

"…."

"그리고 제1부장이 누구일 것 같아? 최재일이 그대로 남아있을 것 같아?"

한 모금 막걸리를 삼킨 오세영이 이제는 정색했다.

"제1부장은 전영태가 차장으로 진급해서 맡게 돼."

"…."

"최재일 부장은 어떻게 될 것 같아?"

그때 이태진이 술잔을 들고 말했다.

"수출담당 이사로 진급, 수출부를 총괄하겠군."

"맞아."

"그리고 중동부 구조는?"

"내가 들어가 1과장이 되고 한여옥은 과장대리로 진급해서 2과장, 그리고 3과장은 유태성이 대리로 진급, 4과장은 정진호야."

이태진이 막걸리를 벌컥거리며 삼켰다.

유태성은 3년 차 사원으로 전영태의 심복이다.

그때 고개를 든 이태진이 오세영을 보았다.

"너, 과장으로 중동부에 올 거야?"

"나, 과장으로 그만둔다고 했지?"

되물은 오세영이 상기된 얼굴로 이태진에게 되물었다.

이태진이 오기 전에 술을 마셨기 때문에 술기운이 올라와 있다.

"누가 그 제의를 한 줄 알아?"

오세영이 말을 이었다.

"사장이야. 사장이 제의했어."

"회장의 지시를 받았겠지."

"넌 회사 전체의 표적이 되었어."

"맞아."

"위, 아래, 중동부 내부에서도 너한테 칼을 겨누는 상황이야."

"그렇군."

"네가 심복으로 키우는 한여옥, 고재규도 맥을 쓸 수가 없어. 김태식이나 최상호는 말할 것도 없고."

"맞아."

"어떻게 할래?"

오세영이 번들거리는 눈으로 이태진을 보았다.

그때 이태진이 정색하고 오세영을 보았다.

"너한테 달려있어."

오세영이 입을 다물었고 이태진이 다시 술잔을 들었다.

"오늘 밤 나하고 같이 있을 거지?"

다음 날 오전.

이태진은 신우상사 회의실에서 대기업인 근대상사의 부사장 허학용을 만나고 있다.

허학용은 47세.

수출부서의 총책임자로 이태진과는 초면이다.

회의실 안에는 이태진과 정경호가 나란히 앉았고 앞쪽에 허학용과 수출1부장 최영식이 앉았다.

오전 9시 반.

허학용은 출근하자마자 최영식을 데리고 신우상사에 온 것이다.

그때 허학용이 입을 열었다.

"함단 씨한테서 내가 직접 연락을 받았습니다. 그래서 인사차 온 겁니다."

허학용이 웃음 띤 얼굴로 이태진을 보았다.

"곧 '함단 앤 리' 회사의 이태진 씨 앞으로 신용장을 개설한다고 하더군요."

"예, 내일 중으로 신우상사가 '함단 앤 리'로 등록될 겁니다."

이태진이 말을 이었다.

"잘 부탁합니다, 부사장님."

"부탁은 오히려 제가 해야 되겠지요."

허학용이 앞에 놓인 오더 시트를 보았다.

이번에 근대상사가 사우디 정부 입찰에서 받은 오더는 3,500만 불이다.

근대상사의 올해 수출 실적이 1억 불인 상황이다.

엄청난 물량인 것이다.

이제 '함단 앤 리'는 근대상사의 빅 바이어가 되었다.

고개를 든 허학용이 이태진을 보았다.

"함단 씨는 이 사장님 덕분에 오더를 받았다고 하던데요, 정말입니까?"

"인사치레로 한 말이지요. 그런데 앞으로 사우디 정부에 보낼 광고 선전물은 별도로 보내주셔야 할 겁니다."

"물론이지요."

허학용이 커다랗게 고개를 끄덕였다.

"내역만 주십시오. 최선을 다하겠습니다."

이제 이태진은 바이어다.

이태진이 자리에서 일어섰다.

다음 순서는 대기업 동아무역이다.

동아무역은 사장이 직접 오는 것이다.

오더 양은 5,200만 불.

올해 동아무역의 실적이 8천만 불이었으니 사장이 달려올 만하다.

대영산업 사장실 안.

안석호 앞에 최재일과 오세영이 앉아있다.

오전 10시 반.

고개를 든 안석호가 둘을 번갈아 보았다.

"조직개편에 대해서 아직 이태진이 모르고 있지?"

"그럴 겁니다."

최재일이 바로 대답했고 오세영도 고개만 끄덕였다.

안석호가 심호흡을 했다.

"이 과장이 반발하겠지?"

"당연하지요."

최재일이 정색하고 안석호를 보았다.

"안팎으로 감시하는 체제가 되었으니까요. 더구나 실적도 미미한 전 과장을 진급시켜서 1부장으로 만들어놓았지 않습니까?"

"회장님 지시야. 그리고."

안석호가 이맛살을 모으고 최재일을 보았다.

"이태진만 빼고 수출부 전체가 승진한 것 아닌가? 물론 오 과장 같은 경우는 이태진 휘하로 들어가게 되었지만 말야."

그러나 오세영도 과장으로 진급해서 휘하가 되었으니 자존심만 버리면 된다.

그때 오세영이 물었다.

"언제 말씀해주실 겁니까?"

"오늘 중으로 말해야지."

"만일 반발해서 그만두면 어떻게 하죠?"

오세영이 묻자 둘이 서로의 얼굴을 보았다.

그때 안석호가 헛기침을 했다.

"오마르가 대영을 떠날 수는 없어."

오세영과 최재일은 시선만 주었고 안석호가 말을 이었다.

"신우상사에서 신용장을 T/S 받지만 오마르 제품의 상표는 대영, 오마르야. 대영 브랜드가 있는 한 이태진은 장난을 치지 못해."

안석호의 얼굴에 웃음이 떠올랐다.

"우리는 최악의 경우도 대비하고 있어."

'우리'란 회장과 사장을 말하는 것이었기 때문에 둘은 입을 다물었다.

이태진이 대영으로 돌아왔을 때는 오후 4시가 되어갈 무렵이다.

함단 오더의 입찰에 참여한 대기업들을 다 만나고 왔기 때문이다.

이태진이 자리에 앉자마자 사장 안석호의 호출이 왔다.

최재일과 함께 사장실로 들어오라는 것이다.

자리에서 일어선 이태진이 발을 떼면서 오세영을 보았다.

오세영은 고개를 숙인 채 서류를 내려다보는 중이다.

머리칼 사이로 귀가 드러나 있다.

이태진이 뒤를 스치고 지났지만 오세영은 고개를 들지 않았다.

사장실 안.

최재일과 셋이 소파에 둘러앉았을 때 안석호가 바로 말했다.

"조직개편 안이야. 아직 회장님 결재는 안 났지만 참고로 보게."

안석호가 조직도가 그려진 서류를 탁자 위로 밀면서 말을 이었다.

"이 과장의 중동부를 중심으로 수출부가 대규모 개편을 하는 것이지. 모두 이 과장의 덕분이라고 할 수 있지."

이태진이 안석호의 말을 들으면서 조직도를 보았다.

어젯밤 오세영이 말한 내용과 똑같다.

그러나 처음 본 척을 해야 한다.

중동부는 4개 과, 각 과에 사원 5명씩까지 다 채워져 있다.

대부분이 모르는 이름이다.

그때 고개를 든 이태진이 안석호를 보았다.

시선을 받은 안석호가 숨을 들이켰다.

긴장하고 있는 것이다.

"알겠습니다, 사장님."

"이해한다는 말인가?"

되묻는 안석호의 두 눈에 생기가 떠오른 것 같았다. 조금 전까지는 흐렸다.

이태진이 고개를 끄덕였다.

"회사 입장에서는 이것이 최선인 것 같습니다."

"오, 그런가?"

이태진이 조직도를 집어 접었다.

두 번, 세 번 접었더니 손바닥만 하게 되었다.

"이건 제가 갖고 가겠습니다."

"오, 그래. 그건 카피야."

고개를 끄덕이며 말한 안석호가 웃음 띤 얼굴로 이태진을 보았다.

"그럼 회장님께 보고하겠네."

"오늘 하루만 시간을 주시지요."

"무슨 말인가?"

"과원들한테 먼저 말해줘야 되지 않겠습니까?"

"아, 그렇지."

안석호가 이를 드러내고 활짝 웃었다.

"과원들도 다 알아야지."

그러더니 덧붙였다.

"그럼 내일 회장님께 보고하고 다음 주에 발표하지."

"잘했어."

사장실을 나왔을 때 최재일이 이태진의 등을 손바닥으로 치면서 말했다.

최재일도 웃음 띤 얼굴이다.

"축하하네, 이 부장."

그때 이태진이 웃음 띤 얼굴로 최재일을 보았다.

"그러지 마십시오."

"뭐가 말인가?"

"차장 아닙니까, 부장대리인?"

"마찬가지지. 부장이라고 부를 텐데."

"어쨌든 축하합니다, 이사님."

발을 떼면서 이태진이 말을 이었다.

"부장님도 이사 진급이 되지 않았습니까?"

"에이. 주총에서 승인을 받아야지."

그 승인은 자동이다.

이태진은 최재일이 그것이 '자네 덕분'이라는 말은 기어코 하지 않는다는 것을 깨달았다.

오후 7시 반.

여의도의 한정식당 방 안에 중동과원이 둘러앉았다.

한여옥, 고재규, 김태식, 최상호 그리고 박윤선까지 여섯이다.

그동안 충원된 사원이 셋 있었지만 중동과 원조들만 모인 것이다.

한정식에 술까지 시키는 동안 분위기는 어수선했다.

모두 어떻게 조직도가 만들어졌는지를 대충 아는 것이다.

회사에서 충격을 덜려고 은근히 정보를 흘렸기 때문이다. 그래서 모두 이태진의 눈치를 살피고 있다.

그때 술잔을 든 이태진이 웃음 띤 얼굴로 모두를 둘러보았다.

"오늘 사장실에서 조직도를 받았어."

방 안이 조용해졌고 이태진이 말을 이었다.

"그래서 오늘 너희들한테 말해준다고 했다."

이태진이 주머니에서 접힌 조직도를 꺼내 식탁 위로 넘겨주었다.

"사장한테서 받은 조직도야. 봐."

한여옥이 손을 내밀더니 종이를 펴 들여다보았다.

옆에 앉은 김태식과 최상호가 고개를 기울여 같이 보았다.

그리고 한여옥이 고재규에게 넘겨주었다.

그동안 이태진이 먼저 가져온 소주를 자작해서 마셨고 잠깐 동안 방 안이 조용해졌다.

이윽고 모두 고개를 들었을 때 이태진이 물었다.

"어떠냐?"

"예상했던 대로입니다. 소문이 다 났거든요."

고재규가 먼저 대답했다.

한여옥이 말을 잇는다.

"우리는 과장님 결정을 기다리고 있습니다."

그때 김태식과 최상호가 동시에 고개를 끄덕였다. 입은 김태식이 열었다.

"저희들은 과장님 따라갑니다."

"인마, 어딜 따라가?"

웃음 띤 얼굴로 이태진이 물었을 때 대답은 최상호가 했다.

"신우상사 말씀입니다. 거기 사장님이 친구 아니십니까?"

"저두요."

뒤늦게 박윤선이 말했기 때문에 한여옥이 소리 내어 웃었고 분위기가 밝아졌다.

"그렇군. 소문이 났겠다."

이태진이 고개를 끄덕였다.

"거기 사우디 오더가 크게 터졌다는 소문이 났거든요."

한여옥이 말했다.

고재규가 물었다.

"과장님, 여기서 견디실 겁니까?"

"견디다니?"

"이건 과장님을 위아래, 그리고 안에까지 들어와 죽이는 작전입니다."

고재규의 목소리가 높아졌다. 얼굴까지 상기되어 있다.

"이게 뭡니까?"

고재규가 조직도를 집어 흔들었다.

"중동부를 평가 절하하는 수작 아닙니까? 전영태가 왜 1부장이 됩니까? 최재일은 왜 이사가 되죠? 중동부에 오 과장은 왜 옵니까? 과장님은 겨우 차장 진급을 시키고 한여옥 씨 과장대리 시켜서 입 막는다는 게 말이 됩니까? 이건 사기라구요!"

고재규의 목소리가 방을 울렸다.

그때 이태진이 손을 들어 말을 막았다. 그러고는 고개를 들고 과원들을 둘러보았다.

"난 내일 사표를 내고 떠날 거다."

모두 숨을 죽였고 이태진의 말이 이어졌다.

"그래서 너희들한테 제일 먼저 통보를 하는 거지. 그리고."

숨을 고른 이태진이 말을 이었다.

"신우상사는 곧 '함단 앤 리'라는 에이전시로 등록되어서 내가 사장이 된다."

이태진이 모두의 얼굴을 둘러보았다.

"오마르 오더는 내년에 7백만 불 정도 하겠지. 하지만 이번에 내가 함단 오더를 2억 불 가깝게 받아왔어. 그래서 회사 이름을 '함단 앤 리'로 바꾸고 마포의 14층 빌딩에 입주하게 될 거다."

"…."

"아마 직원을 20명쯤 더 채용해야 될 거야."

이태진의 얼굴에 웃음이 떠올랐다.

"선택은 너희들에게 맡기겠는데 우리도 조직적으로 움직여야 돼. 감정적으로 대응하면 안 돼."

그때 고재규가 두 손을 번쩍 들었다.

"만세!"

정색한 표정으로 만세를 부른 고재규가 말했다.

"그렇습니다. 조직적으로 행동해야 됩니다."

밤.

9시가 되었을 때 전화벨이 울렸다.

오피스텔 안.

소파에 앉아있던 이태진이 고개를 들었다가 다시 등을 붙였다.

벨 소리가 12번 울리더니 끊겼다.

정예은일 것이다.

출장 다녀와서 전화도 안 했다.

근래에 들어서 이태진이 전화한 적이 없었기도 했다.

전화기를 응시하던 이태진이 곧 송수화기를 들고는 버튼을 눌렀다.

신호음이 두 번 울리더니 아버지가 응답했다.

"여보세요."

"아버지, 접니다."

"응, 어디냐?"

"저 귀국했어요. 집입니다."

"어, 왔구나."

"그동안 별일 없으셨죠?"

"응, 어제 청주댁하고 명화가 다녀갔다."

순간 이태진이 숨을 들이켰다.

잊고 있었던 김명화의 얼굴이 눈앞에 선명하게 떠올랐다.

갑자기 가슴이 메었기 때문에 이태진은 호흡을 골라야만 했다.

이것은 정예은이 비워놓은 곳간을 채워놓은 반작용인가?

그때 아버지가 물었다.

"바쁘냐?"

"예, 조금."

"명화가 술을 가져와서 그 술 마시고 있다."

또 명화다.

슬쩍 반감이 일어난 이태진이 물었다.

"어머닌 주무세요?"

"오늘은 일찍 자는구나."

"아버지, 회사에서 윗사람의 견제 받으신 적 있어요?"

"있지."

아버지가 대번에 말을 받는다.

"난 일본 놈 세상에서 살았기 때문에 일본 놈들의 견제를 받았다. 아주 심하게."

"그런데도 출세를 하셨네요."

"일본 놈보다 더 일본 놈이 되었지."

"무슨 말인데요?"

"더 충성했고 더 앗싸리하게 나섰다."

"앗싸리요?"

"화끈하게."

"아."

"일본 놈들 사무라이 소설을 보면 앗싸리한 것 같지만 다 지어낸 거야. 그래서 내가 사장의 신임을 받았지."

"완전한 일본인이 되셨군요."

"아니다."

아버지가 차갑게 말을 잘랐다.

"난 독립군을 도왔다. 마적단으로 불린 독립군의 군자금도 대었단 말이다."

"에이, 그거 소설이죠?"

"이놈아, 내가 독립군 덕분에 신임을 받게 되었단 말이다. 출세도 했고."

아버지의 목소리가 굵어졌다.

술기운이 배어있는 것 같다.

"사사건건 나를 트집 잡고 감시하던 무라오카란 놈을 독립군을 시켜 죽였지."

"…."

"땅을 내놓지 않으려는 지주도 독립군을 시켜 없애버렸다."

"…."

"상부상조한 것이지."

"아버지, 술 드셨어요?"

"응, 명화가 가져온 양주."

또 명화다.

"아버지, 다시 연락드릴게요. 주무세요."

"응, 시간 나면 내려오너라."

전화기를 내려놓은 이태진이 심호흡을 했다.

그렇구나.

아버지도 독립군을 이용했다.

일제 강점기에 어디 조센징 능력만으로 그렇게 출세할 수가 있었을 것인가?

내가 지방대 출신으로 헤쳐 나가는 것과 비슷하구나.

나에게는 함단이 독립군이다.

부자 독립군.

응접실에서 TV를 보던 정병현이 고개를 들고 정진호를 보았다.

밤, 9시 45분.

"결국 이태진이 조직개편을 받아들인다고 했다는구나. 오늘 과원들하고 상의하고 내일 발표하자는 거야."

정진호가 웃음 띤 얼굴로 대답했다.

"저도 사장님한테서 들었습니다."

"난 조건을 몇 개 내놓을 줄 알았더니 고분고분했던 모양이다."

정병현의 시선이 앞쪽에 앉은 정예은을 스치고 지나갔다.

대화 내용을 이해하고 있었기 때문에 정예은은 잠자코 자리에서 일어섰다.

이른바 '이태진 고사 작전'이 성사되고 있는 것이다.

전(前)에는 정예은을 매개체로 이태진을 조심스럽게 관리했지만 지금은 아니다.

자신만만한 분위기다.

정예은의 뒤에서 정병현의 목소리가 이어졌다.

"회사 조직이란 게 한 사람 위주로 꾸며지는 게 아냐."

밤, 10시 반.

제다 시간은 오후 4시 반.

한창 일할 시간이다.

신호음이 3번 울렸을 때 오마르가 응답했다.

"여보세요."

"오마르, 나야."

"오, 브라더."

오마르의 목소리는 밝다.

"리, 한 시간쯤 전에 미스터 안한테서 전화가 왔어."

"누구?"

"네 사장."

"그래서?"

"내가 받지 않았어. 뻔해서. 카림이 받았는데."

"무슨 일이야?"

"내 한국 방문 스케줄을 말해달라는 거야. 회장하고 같이 준비하겠다고."

"…."

"리, 왜 이렇게 서둘지?"

"내가 당신하고 독립할까 봐 미리 선수를 치는 거야."

"브라더, 괜찮나?"

"나 내일 회사에 사표 낼 작정이야."

불쑥 말했지만 이태진은 자신의 말끝이 떨린 것을 듣고는 심호흡을 했다.

이것은 배신인가?

아니다.

그때 오마르의 목소리가 부드러워졌다.

"예상하고 있었어, 브라더. 이런 분위기에서는 견디기 힘들지. 사장이 이런 식으로 압박하는데 일할 맛이 나겠나?"

"신우상사를 '함단 앤 리'로 바꾸고 다시 시작한다고 했지? 거기로 갈 거야. 아예 대표가 되는 거지."

"신용장은 '함단 앤 리'로 보낼 테니까 알아서 해. 축하하네. 살람 알라이쿰, 브라더."

"고마워."

"천만에. 내가 함단 가문하고 자연스럽게 인연이 맺어지는 것이니까, 나에겐 더 득이지."

오마르가 짧게 웃었다.

"대영 사람들이 이런 사연은 모르겠지?"

"모르고 있겠지."

"리, 네가 사표를 내면 놀라서 또 내 전화통에 불이 나겠는데?"

오마르의 목소리가 웃음기를 띠었다.

"나한테 맡겨줘, 리. 인슈알라."

오전 9시 10분.

출근 시간에 40분이나 늦었다.

수출부 직원들은 8시 반에 출근하기 때문이다.

이태진이 사무실로 들어섰더니 사무실 안이 갑자기 조용해진 느낌이 들었다.

150평 정도의 탁 트인 사무실이다.

이태진이 뒤쪽으로 발을 떼었을 때 옆으로 고재규가 다가왔다. 다가선 고재규가 낮게 말했다.

"과장님, 제가 아침 일찍 나와서 과장님 책상 싹 비웠습니다."

"어, 그래?"

"펜 하나 남기지 않고 담아서 밖에다 보관시켰습니다. 탈의실에 있는 옷까지 말입니다."

"역시 넌 내 심복이다."

이태진이 입술만 달싹이며 말했을 때 고재규가 싱긋 웃고 지나갔다.

"충성."

지나면서 한 소리다.

고재규도 오늘 함께 사표를 낸다.

바로 사장실로 불려 들어갔다.

최재일과 함께다.

사장실로 들어가는 둘에게 이제는 모두의 시선이 모였다.

"어, 왔나?"

이태진의 인사를 받은 안석호가 웃음 띤 얼굴로 맞는다.

안석호는 8시 반에 출근해서 이태진을 기다리고 있었다.

지금 회장 정병현도 회장실에서 기다리고 있는 것이다.

'끝냈습니다, 회장님.'

안석호로부터 이 말을 기다리고 있겠지.

그러면 고개만 끄덕이는 것이다.

그때 안석호가 앞에 앉은 이태진을 지그시 보았다.

"과원들한테 잘 이야기했지?"

"예, 사장님."

"중동과를 위한 조직개편이니까."

안석호가 고개를 끄덕였을 때, 이태진이 말했다.

"저, 오늘 자로 회사 그만두겠습니다."

이태진이 주머니에서 봉투를 꺼내 탁자 위에 놓았다.

봉투에 '사직서'라고 적혀 있다.

순간 안석호가 봉투를, 다시 이태진을 보았다.

입이 반쯤 벌어졌고 눈은 흐려져 있다.

최재일은 숨을 들이켜더니 그대로 굳어 있다.

그때 이태진이 말을 이었다.

"그동안 도와주셔서 감사드립니다. 그리고 죄송합니다."

그러고는 이태진이 자리에서 일어섰다.

"저 나가보겠습니다."

일어선 이태진이 고개를 숙였다.

"안녕히 계십시오, 사장님."

최재일이 엉겁결에 따라 일어섰지만 입을 열지 못했다.

뭐라고 하겠는가?

할 말이 있을 리가 없다.

어설프게 말 꺼냈다가 이 역사적인 순간에 웃음거리로 기억되리라는 것쯤은 경황 중에도 의식했을 테니까.

안석호도 시선만 줄 뿐이다.

여기서 고함을 치거나 욕을 했을 때 일어날 후환이 두려운 것이다.

그것은 오마르 오더가 눈앞에서 흔들리고 있기 때문이다.

사무실로 혼자 나온 이태진이 먼저 수출1부장으로 예정되어 있는 전영태에게 다가갔다.

이태진이 손을 내밀었다.

멋모르고 손을 잡은 전영태와 손을 흔든 이태진이 말했다.

"수고하세요."

손을 뗀 이태진이 몸을 돌렸을 때 뒤에서 전영태가 묻는다.

"이 과장, 무슨 일인데?"

"저 갑니다."

"또 출장이야?"

그때 이태진이 쳐다보는 서병준, 오세영을 향해 손을 들어 보이면서 말했다.

"그럼, 모두 건강하시고."

이제는 모두의 시선이 모였고 이태진이 발을 떼었다.

이태진의 뒤를 한여옥, 고재규, 최상호, 박윤선까지 따라 나온다.

사무실 안은 조용해져서 그들의 발소리만 울렸다.

복도로 나왔을 때 한여옥이 물었다.

"지금 신우상사로 가실 거죠?"

"응."

고개를 끄덕인 이태진이 둘러선 과원들을 보았다.

"이따 보자."

"가시죠."

고재규가 앞장섰다.

고재규의 사표는 한여옥이 제출할 것이다.

내일은 최상호가 나오고 한여옥은 일주일 후에 사표를 낸다.

"나갔단 말이지?"

안석호의 횡설수설을 듣고 난 정병현이 먼저 그렇게 물었다.

시선도 또렷했고 목소리도 흔들리지 않는다.

회장실 안.

"예, 회장님."

시선을 내린 안석호가 말을 이었다.

"중동과 사원 하나도 따라 나갔습니다. 그놈은 사직서를 맡기고…."

"계획적이군."

"예. 어제 과 회의한다는 것이 이런 공작을 꾸민 것 같습니다."

"나머지 직원들도 흔들리겠군."

"그래서 최 부장이 면담하고 있습니다."

"오마르 오더는 그놈이 가져갈 것 같나?"

마침내 정병현이 물었다.

문제는 그것이다.

이태진이 떠나건 말건 오더만 남아있으면 되니까.

그때 안석호가 말했다.

"대영 브랜드를 붙였으니까 그럴 가능성은…."

그러나 오마르가 떠나면 그만이다.

대영 브랜드는 아직 사우디 시장에서 기반이 단단하지 않다.

만일 오마르가 경쟁업체인 '신한'과 함께 신한 브랜드를 내놓아도 판매에 지장은 없다.

"이태진이 어디로 간 것 같나?"

"그건 아직 모르겠습니다."

"갈 곳 정해놓지 않고 떠날 놈이 아니야."

이제는 정병현의 목소리가 굵어졌고 이맛살이 찌푸려졌다.

"이미 계획을 세우고 있었어. 그렇지?"

"예, 회장님. 그럴 가능성이 많습니다."

"오마르한테 연락해."

"어젯밤에도 했습니다만…."

"또 하란 말이야!"

이제는 정병현이 소리쳤다.

"최 부장을 사우디로 보내! 그리고 중동과는 서병준이가 맡도록 하고! 그렇지. 최재일, 서병준을 같이 오마르한테 보내면 되겠다. 지금 당장!"

"저기, 비자를 받아야 하기 때문에…."

"서둘러!"

다시 고함이 터졌다.

"진급은 그대로 될 거야."

최재일이 말을 이었다.

"아마 유일하게 수출부 과장대리가 되는 것이지. 여직원 중에서 말야."

회의실 안.

이태진이 떠난 지 1시간도 되지 않았다.

지금 최재일은 10분이 넘도록 한여옥과 마주 앉아 있다.

"이 과장하고 잘 지냈겠지만 지금부터는 한여옥 씨가 중동과를 이끌어가 줘야겠어. 사장님도 기대가 커."

"…."

"그래서 나한테 한여옥 씨 만나보라고 하신 거지."

"…."

"더 이상 이 과장 이야기하는 건 분위기도 맞지 않으니까 그만두겠고. 어쨌든 한여옥 씨가 과원들 좀 챙겨서…."

"전 다음 주에 그만둘 거예요."

한여옥이 입을 열었을 때 최재일이 숨을 들이켰다.

한여옥이 똑바로 최재일을 보았다.

“그러니까 업무 인계해 줄 직원을 부탁드립니다. 인계도 안 한 상태에서 떠나면 일이 엉망이 될 테니까요.”

“이봐, 한여옥 씨.”

“다음 주 화요일까지 일주일 남았네요.”

한여옥이 눈썹을 모았다.

“그게 제 한계예요. 그 이상 남아있지 못할 테니까요. 오늘이라도 인수자를 저한테 보내주세요.”

“이봐. 너희들….”

최재일이 어깨를 부풀렸을 때 한여옥이 물었다.

“저 지금 당장 그만둘까요?”

전화기를 내려놓은 정예은이 잠깐 숨을 골랐다.

이태진의 직통전화로 연락을 했더니 다른 사내가 응답했던 것이다.

어젯밤 오피스텔로 연락했을 때는 받지도 않았었다.

오늘은 이태진이 회사의 조직개편안을 수용하고 새 체제가 공표되는 날이다.

그래서 바쁜가?

오후 3시 반이다.

이태진이 귀국한 지 사흘이 지나도록 연락도 주고받지 못했다.

출장 때는 그렇다고 해도 처음 있는 일이다.

다시 전화기를 든 정예은이 이번에는 정진호의 번호를 눌렀다.

“여보세요.”

신호음 두 번 만에 정진호가 응답했다.

"응, 나야."

정예은의 목소리를 알아들은 정진호가 목소리를 낮추고 묻는다.

"누나, 웬일이야?"

"궁금해서. 회사 일 잘돼?"

"큰일 났어."

목소리를 낮춘 정진호가 잇새로 말했다.

"그 새끼가 사표 냈어."

"응, 누가?"

"누구긴 누구야? 이태진이지."

"왜?"

"사표 내고 나가버렸어."

정진호가 말을 이었다.

"그 새끼 계획적이야. 사장한테 사표 던지고 직원 하나 데리고 나가버렸어."

"…."

"여직원 하나 있는데, 과장 진급시킬 고참 년인데, 일주일 후에 사표 낸다고 회사에 통보했어."

"…."

"남자 사원 둘, 여사원 하나도 이번 주에 나간다는 거야. 중동과가 다 흩어지게 되었어."

"…."

"지금 아버지는 사장, 부장하고 계속 회의 중이야."

"…."

"그 개새끼, 배신자 새끼가 회사를 망하게 할 작정이지만, 그렇게 안 될 거야."

그러더니 정진호가 전화를 끊어버렸다.

신우상사.

회의실에서 이태진과 정경호, 서재경, 강진수 그리고 고재규까지 둘러앉았다.

오후 4시 반이다.

이태진이 입을 열었다.

"다음 주에 마포 빌딩으로 옮겨갈 것이지만 지금부터 조직개편을 하지. 여기 있는 고재규 씨는 영업 2과장이야."

이태진이 고재규를 눈으로 가리켰다.

"앞으로 우리 회사에 영업을 관리할 영업과가 3개 신설될 거야. 잘 부탁해."

모두의 시선이 고재규에게 옮겨졌다.

이태진이 사장이 되고 나서 첫 인사를 했다.

"저 좀 보세요."

뒤에서 낮게 부르는 소리에 이태진이 고개를 돌렸다.

서재경이다.

복도 끝의 화장실 앞.

복도는 텅 비었고 이태진은 화장실로 들어서려는 참이다.

시선을 받은 서재경의 눈 주위가 붉어졌다.

그때 서재경이 낮게 말했다.

"오늘 오세요."

그러고는 여자 화장실로 쏙 들어가 버렸기 때문에 이태진이 입맛을 다셨다.

그러고 보니 서재경의 집에 안 간 지 꽤 되었다.

오후 8시 반.

현관으로 들어선 이태진이 숨을 들이켜면서 웃었다.

김치찌개 냄새가 집 안에 가득 차 있다.

서재경은 김치찌개를 잘 끓인다.

"무슨 일 있는 거냐?"

재킷을 뒤에서 벗기는 서재경에게 물었더니 웃기만 한다.

그래서 이태진은 옷을 갈아입고 씻고 나와 김치찌개에 소주까지 마셨다.

그때 서재경이 잔에 술을 따르면서 물었다.

"오빠, 괜찮아요?"

"뭐가?"

눈을 가늘게 떴던 이태진이 다시 대답했다.

"괜찮아. '함단 앤 리'는 지금부터 시작이야. 한국에서 다섯 손가락 안에 드는 오퍼상이 될 거야."

이태진이 한 모금에 소주를 삼켰다.

"이제야말로 열차를 레일 위에 올려놓은 셈이지."

"저 말이에요."

서재경이 손으로 제 얼굴을 가리켰다.

"제가 있어도 되냐구요."

"무슨 말이야?"

"제가 오빠 여자인지 다 아는데, 괜찮겠냐구요."

"누가 뭐래?"

"회사에 질서가 잡히겠어요, 회사가 더 커질 텐데?"

그때 이태진이 다시 한 모금에 술을 삼켰다.

"너 임신했어?"

"제가 그것 때문에 보자고 했겠어요?"

"그럼 뭔데?"

서재경이 눈을 흘겼다.

"오빠는 불편하지 않으세요?"

"네가 괜찮으면 다녀."

"오빠 여자로 말이죠?"

"일만 잘하면 되지. 난 괜찮아."

정색한 이태진이 서재경을 보았다.

"미안해. 난 널 좋아하지만 결혼 생각은 안 했어."

"알아요."

서재경이 얼굴을 펴고 웃었다.

"저도 오빠를 좋아했지만 결혼 생각은 안 했어요."

"네가 좋은 남자 만나면 보내줄게."

"소문 다 났는데 회사에서 누가 접근하겠어요?"

다시 이야기가 원점으로 돌아왔지만 서로 할 말은 다 한 셈이다.

오늘 서재경은 이 이야기를 하려고 부른 것이다.

술잔을 내려놓은 이태진이 서재경을 보았다.

"이제 됐지?"

"됐어요."

눈으로 웃은 서재경이 말을 이었다.

"소문은 났지만 티 내지 않도록 노력하겠습니다."

"넌 영리한 애야."

"오빠도 회사에서는 저한테 원칙대로 대해주세요."
서재경이 이렇게 결론을 내었다.

오후 10시.
오늘은 정병현이 늦게 귀가했다.
회사에 늦게까지 남아 있다가 회사 간부들과 저녁을 먹고 온 것이다.
정병현이 씻고 나왔을 때 응접실에는 가족이 다 모여 있었다.
정예은도 기다리던 중이다.
소파에 앉은 정병현에게 한선옥이 먼저 물었다.
"어떻게 되었어요? 그 이태진이란 놈."
한선옥은 먼저 귀가한 정진호한테서 들은 것이다.
지금까지 한선옥은 물론 정진호도 이태진과 정예은의 관계는 모르고 있다.
그때 정병현의 시선이 정예은을 스치고 지나갔다.
"곧 알게 되겠지."
정병현이 말을 이었다.
"오마르는 거래처를 바꾸지 못해. 내년 오더는 그대로 진행할 테니까."
"나쁜 놈 같으니."
한선옥이 목소리를 높였다.
"배은망덕한 놈. 제까짓 놈이 뭘 한다고 나가?"
그때 자리에서 일어선 정병현이 정예은을 불렀다.
"예은이 나하고 이야기 좀 하자."
정예은이 일어섰을 때 한선옥이 물었다.
"갑자기 예은이는 왜?"
"아니, 물어볼 일이 있어."

한선옥의 얼굴이 금세 어두워졌다.

박윤호를 만나고 있다는 건 정병현이 알고 있기 때문이다.

이야기를 해준 것이다.

서재로 들어섰을 때 정병현이 담배를 꺼내면서 물었다.

"너 요즘 그놈 안 만나지?"

그놈이란 이태진이다.

소파에 앉은 정예은이 대답했다.

"연락 안 한 지 한 달쯤 되었어요."

"네가 박윤호하고 만난다는 거 알까?"

"아마 모를걸요?"

"네가 먼저 좀 뜸했지?"

"그런 셈이죠."

"그런 건 눈치채기 쉬우니까."

"하지만 그런 일로 그런 일 할 사람은 아닌 것 같은데요."

"하긴 그렇다."

정병현이 고개를 끄덕였다.

"네가 그놈한테 요즘 연락해봤어?"

"어젯밤에도 집에 전화를 했는데 안 받더라구요."

"몇 시쯤인데?"

"9시가 좀 넘어선가?"

"그때 한 번만 했어?"

"네."

"지금 한 번 해보지 그러냐?"

"왜요?"

"왜 그랬냐고 물어보는 게 자연스럽지 않을까? 사표 낸 것 말이다."

그때 고개를 든 정예은이 정병현을 보았다.

눈이 흐려져 있다.

"아버지, 그렇게 급하세요?"

"무슨 말이냐?"

"저, 그 사람한테서 마음 떠난 거 아시잖아요?"

"…."

"아버지가 몇 달만 모른 척하고 지내라고 그때 말씀하셨을 때도 그랬지만…."

숨을 고른 정예은이 말을 이었다.

"지금 이렇게 된 상황에는 저 좀 놔두실 수 없어요?"

그때 정병현이 쓴웃음을 지었다.

"내가 요즘 다급해져서 너한테도 체면을 차리지 못하는구나."

"아버지, 그만큼 다급하세요?"

"너한테는 솔직할 수밖에 없지. 내가 큰소리는 쳤지만 불안해서 그런다."

정병현이 말을 이었다.

"그놈이 분탕을 치면 위험해."

그때 정예은이 손을 뻗어 옆에 놓인 전화기를 들었다.

버튼을 누르고 전화기를 귀에 붙였을 때 신호음이 울렸다.

신호음이 15번까지 울린 후에 정예은이 전화기를 귀에서 떼고는 내려놓았다.

"안 받는데요."

고개를 끄덕인 정병현이 정예은을 보았다.

"그런데 박윤호하고는 잘 되는 거냐?"

건성으로 묻는 분위기였는데 정예은이 정색하고 대답했다.

"아뇨. 깨졌어요."

순간 정병현의 눈에 초점이 잡혔다.

그러나 시선만 줄 뿐 묻지 않는다.

정예은이 말을 이었다.

"아버지가 반대하신대요."

"…."

"엄마한테는 아버지를 설득 중이라고 이야기했지만 제 생각에는 아버지가 죽었어도 결혼 못 할 작자예요."

정예은의 얼굴에 쓴웃음이 떠올랐다.

"다 깨진 거죠."

정병현한테는 털어놓은 것이다.

그때 정병현이 입을 열었다.

"내 처신이 잘못된 것 같다. 회사에서나 너한테나."

정병현이 길게 숨을 뱉었다.

"자업자득이야."

사흘 후에 신우상사는 마포 빌딩으로 이전했고, 14층 건물의 13, 14층에 사무실을 차렸다.

건물 현관에는 '함단 앤 리(Hamdan & Lee)'의 황금색 상호를 붙였다.

회사 등록도 마쳤기 때문에 함단과 오마르한테서 신용장이 도착했으며, 대기업에서 보낸 화환이 건물 로비에서부터 복도까지 가득 놓였다.

축하 방문은 일절 사양해서 조용한 이전이다.

14층은 사장실, 전무실이 있는 공간이다.

오전 10시.

사장실에는 이태진과 정경호, 그리고 고재규와 오늘 처음 출근한 한여옥까지 넷이 둘러앉았다.

한여옥은 영업 1과장이다.

그때 고개를 든 정경호가 이태진을 보았다.

"조금 전에 대영산업 안석호 사장한테서 전화가 왔습니다. 회사 이전 축하 전화였죠."

정경호는 공식석상에서는 존댓말을 한다.

정색한 정경호가 말을 이었다.

"대표이사 전무인 내 이름으로 이전 안내문을 보냈더니 연락을 해온 것이죠."

한여옥과 고재규의 얼굴에 웃음기가 떠올랐다.

"방문해서 인사드린다고 하길래 사양했습니다. 화환은 어제 보냈더군요."

정경호가 이태진을 보았다.

"상호가 '함단 앤 리'여서 사장이 함단인 줄 아는 것 같습니다."

그때 한여옥이 말했다.

"그런 것 같아요. 대영에서는 사장님이 여기 계신 것을 아는 사람이 없는 것 같습니다."

"하긴 회사 등기를 봐야 알 테니까."

정경호가 말을 받았다.

그때 듣기만 하던 이태진이 한여옥과 고재규를 보았다.

"한 과장이 대영산업을 맡도록 해. 고 과장은 나하고 오더를 개척해야겠고."

이태진의 시선이 정경호에게 옮겨졌다.

"정 전무는 사원 채용에 신경을 써줘야겠어요."

"알겠습니다."

정경호가 고개를 끄덕였다.

조직의 뼈대는 갖췄으니 살을 붙여야 한다.

"이태진이?"

안석호의 목소리는 비명 같았다.

오전 11시.

사장실 안이다.

"이태진이 '함단 앤 리' 사장이라고?"

그때 최재일이 어깨를 부풀렸다가 내렸다.

"동아무역 부장한테서 들었습니다."

최재일이 흐려진 눈으로 안석호를 보았다.

"동아무역 사장하고 같이 이태진을 만났다고 합니다."

"어디서?"

"어제 오후에 새 건물에서 말입니다. 14층 사장실에서…."

"내가 정 전무한테 간다고 했더니…."

"정 전무는 바지사장이었던 것입니다."

"그렇구나."

어깨를 늘어뜨린 안석호가 숨을 골랐다.

"오더는 지장 없겠지?"

"신우상사, 아니, '함단 앤 리'의 관리를 받아야겠죠."

최재일이 말을 이었다.

"신우상사도 이태진이 배후에 있었던 것입니다. 한여옥이, 고재규도 지금

'함단 앤 리'에 가 있습니다."
신음을 뱉은 안석호가 엉거주춤 일어섰다.
정병현에게 보고를 하려는 것이다.

정병현은 안석호의 보고가 끝날 때까지 눈도 깜박이지 않았다.
안석호가 숨을 고르고 나서 또 말을 이었어도 가만있었다.
추측까지 내놓은 안석호가 마침내 어깨를 늘어뜨리면서 입을 다물었다.
그제야 정병현이 입을 떼었다.
"난세의 영웅이군."
고개를 든 정병현이 안석호를 보았다.
"사우디 출장은 언제 가나?"
오마르를 만나려고 안석호와 최재일이 가기로 결정된 것이다.
정병현의 지시다.
그때 안석호의 어깨가 다시 늘어졌다.
"비자가 아직…."
"오마르한테서 아직 응답이 없습니다."
안석호가 먼눈으로 정병현을 보았다.
"그래서 조금 전에도 독촉을 했습니다만…."
정병현이 외면했다.
사우디 입국은 초청을 받아야 비자가 나온다.
그런데 초청자가 될 오마르가 응답이 없는 것이다.
"그랬더니 뭐래?"
"담당자가 알았다고만 합니다."
"오마르하고 통화를 했어?"

"아닙니다. 담당 직원이…."

"…."

"오마르는 출장을 갔다고 해서…."

"…."

"계속 접촉 중입니다."

그때 정병현이 손짓으로 나가라는 시늉을 했다.

"여보세요."

오세영이 응답했을 때 수화기에서 이태진의 목소리가 울렸다.

"나야."

오세영이 숨을 죽였고 이태진이 말을 이었다.

"회사는 좀 안정이 되었나?"

"누구 약 올리냐?"

낮지만 강한 목소리로 오세영이 되물었다.

오후 3시 반.

옆쪽 과장 석은 비었다.

아직 조직개편이 되지 않았기 때문에 중동과 좌석은 텅 비었다. 들어온 지 얼마 안 되는 여직원 둘이 앉아있을 뿐이다.

오세영이 말을 이었다.

"'함단 앤 리'의 사장이 되었다면서?"

"그래."

"이제 제 길로 들어선 거야?"

"그런 셈이지. 그런데 너한테 할 말이 있어."

"하지 마, 듣기 싫으니까."

"너한테 제의할 것이 있어."

오세영이 숨만 쉬었고 이태진의 말이 이어졌다.

"네가 대영산업 중동과장을 맡았으면 좋겠다. 내가 대영 측에 제의하면 거부하지 못할 거야."

"…."

"두 번째 조건은 네가 대영산업을 그만두고 다른 사업을 하는 건데, 내가 주선할 수 있어."

"다 싫어."

한마디로 자른 오세영이 덧붙였다.

"너하고 엮이기 싫으니까 이것을 마지막 통화로 해."

"정말이냐?"

"네 철저한 이중성에 질렸다. '함단 앤 리'로 잘해봐."

"너한테 비밀로 한 것 때문에 그래?"

"어쨌거나."

"놀랐는데, 이렇게 순진하다니."

이태진의 목소리에 웃음기가 섞여졌다.

"다 털어놓는다면 기절하겠구나."

그때 오세영이 전화기를 내려놓았다.

오후 7시.

대전행 열차에 이태진이 앉아있다.

오랜만에 고향으로 내려가는 것이다.

부모가 계신 곳이 고향이다.

어렸을 때 자란 곳과 지금 부모가 계신 곳이 다른 경우도 있다.

그러나 이태진에게 고향은 부모가 계신 곳이다.

아버지도, 어머니도 그랬다.

아버지에게 고향을 물었더니 할아버지가 묻힌 곳을 말해주었고, 어머니도 그랬다.

고향의 추억은 다 부모 주변에서 번져 나온다.

부모가 중심인 것이다.

고향은 땅이 아니라 겪었던 추억이 만들어 낸다.

대전역에 내렸을 때는 오후 8시 반.

택시정류장 앞 공중전화 부스에 들어가 전화를 했다.

신호음이 3번 울리더니 곧 김명화가 전화를 받는다.

"여보세요."

"너 집에 있구나."

"오빠."

깜짝 놀란 김명화가 물었다.

"오빠, 어디에요?"

"대전역. 택시정류장 앞이야."

"정말이에요?"

"그래."

"지금 오신 거예요?"

"그래."

"왜 연락도 안 하고."

"늦은 시간이라 그랬어."

"…"

"영동 가기 전에 너한테 전화나 하려고."

"영동까지 택시로 가려고?"

"응."

"아버님, 어머님은 오빠 오는지 알아요?"

"아니. 지금 전화해야지."

"나 지금 거기로 갈까요?"

"왜?"

"그냥."

"내일 돌아갈 때 보지. 난 그러려고 했는데."

"그래도."

"뭐가 그래도야?"

"여기까지 왔는데, 가깝게."

"너 지금 옷도 다 벗고 있잖아."

"금방 가요."

"영동 도착하면 11시쯤 되겠는데."

"그럼 전화하지 마요. 기다리시지 않게."

그러더니 덧붙였다.

"바보같이."

택시정류장 앞에서 기다렸더니 25분 만에 김명화가 도착했다.

바로 앞에서 택시 문이 열리면서 김명화가 내렸다.

활짝 웃는 모습이다.

"오빠."

주위에 사람이 여럿 있었는데도 다가온 김명화가 이태진의 팔짱을 끼었다.

"가요."

"어디로?"

끌려가면서 물었더니 김명화가 눈을 흘겼다.

"영동에다 전화 안 했죠?"

"아직."

"너무 늦었어요."

"괜찮아. 늦게 주무셔."

"우리 집에서 자고 내일 아침에 가요."

그때 이태진이 김명화를 보았다.

"그게 무슨 말이야?"

"뭐가요?"

"제정신이냐?"

김명화가 걸음을 멈췄기 때문에 끌려가던 이태진도 멈춰 섰다.

깊은 밤.

인도에는 오가는 사람이 드물다.

늦가을이어서 서늘한 바람이 훑고 지나갔다.

이태진이 김명화의 반짝이는 눈동자를 보았다.

그때 김명화가 대답했다.

"응, 제정신이야."

"그래도 돼?"

"응, 오빠는?"

그때 이태진이 가방을 열고 안에서 선물 봉투 하나를 꺼내 내밀었다.

"이거 갖고 가. 집에 들어가서 펴 봐."

"뭔데요?"

봉투를 받은 김명화가 고개를 들고 이태진을 보았다.

"너 주려고 사우디에서 샀어."

"오빠, 집에 안 가요?"

"응, 여기서 헤어지자."

이태진이 손을 들더니 김명화의 턱을 둘째손가락 끝으로 슬쩍 쓸었다.

"아무래도 내가 절제해야 될 것 같아. 그러니까 내가 시키는 대로 해줄래?"

"네."

이태진의 시선을 받은 채 김명화가 고개를 끄덕였다.

"그럴게요."

"내일 연락할게."

몸을 돌린 이태진의 등에 대고 김명화가 말했다.

"오빠, 도착하면 늦더라도 저한테 전화해주세요."

택시가 집 앞에 멈춰 섰다.

대문 앞에서 기다리고 서 있던 아버지가 어둠 속에서 다가왔다.

"아버지, 왜 나와 계세요?"

대전에서 출발하기 전에 전화를 한 것이다.

아버지가 함께 들어서며 말했다.

"대문 앞에서 바람 쐬는 게 어때서? 네 어머니는 술안주 만든다."

집 안으로 들어섰더니 고기 굽는 냄새로 가득 차 있다.

밤 10시 반이다.

반기는 어머니한테 이태진이 가방에서 선물상자를 꺼내 내밀었다.

"어머니 선물."

놀란 어머니가 국자를 내려놓고 탄성을 뱉는다.

이태진이 아버지한테도 포장지에 싼 선물을 내밀었다.

"아니, 이게 뭐냐?"

아버지가 쓴웃음을 짓고 선물을 받는다.

집 안이 떠들썩해졌다.

어머니한테는 리야드의 보석가게에서 산 진주목걸이였고 아버지는 롤렉스 시계다.

"아이구, 이거 비싸지?"

어머니가 조심스럽게 목걸이를 들어 올리면서 물었는데 진주 알맹이가 커서 은행알만 했다.

아버지는 시계를 차지도 않고 들여다보기만 했다.

한때 만주에다 제주도의 2배 면적의 땅을 소유했던 대영주 같지가 않다.

이태진은 심호흡을 했다.

아버지, 어머니한테는 대영산업 과장을 그만두고 '함단 앤 리'라는 오퍼상 사장이 되었다는 말을 아직 하지 않았다.

자식한테 누가 될까 봐 지금까지 회사에 전화를 한 번도 안 한 부모다.

아버지하고 밤늦게까지 술을 마셨다.

어머니는 맥주를 두 잔쯤 마시더니 자러 들어갔다.

이태진이 아버지의 잔에 술을 채우면서 물었다.

"아버지, 만주에 독립군이 많았어요?"

"많았지."

금세 대답한 아버지가 눈을 가늘게 떴다.

옛날을 떠올리려는 표정이다.

"조선과 가까운 데다 만주에 나온 조선인이 독립군에 호의적이었거든."

"아버지 출세에 독립군을 이용하신 적이 있어요?"

"많지. 내 배경이었다니까."

술잔을 든 아버지가 쓴웃음을 지었다.

"독립군 덕분에 출세했다."

한 모금 소주를 삼킨 아버지가 말을 이었다.

"김용운이라는 마적단 대장이 있었어. 충청도 보은 출신으로 휘하에 마적 1백여 명을 거느렸는데, 내 친구였다."

"친구요?"

"만주에서 만난 친구지. 고향도 같고, 동갑이어서 손목을 묶고 친구의 연을 맺었지."

아버지의 얼굴에 웃음이 떠올랐다.

"너도 직장생활을 해왔으니 이해가 갈 거다. 아무리 능력이 뛰어나도 운(運)이나 배경이 없으면 안 돼. 그래서 나는 배경을 만든 거다."

"독립군을요?"

"마적단이지."

잔에 술을 채우면서 아버지가 웃었다.

"김용운도 나를 이용했으니까 서로 이용한 관계지."

잠깐 아버지가 화장실에 간 사이에 이태진이 전화기를 들고 다이얼을 돌렸다.

신호음이 두 번 울렸을 때 곧 김명화가 응답했다.

밤 11시 반.

"여보세요."

"나야, 늦었지?"

"오빠."

숨을 고른 김명화가 먼저 묻는다.

"집이에요?"

"응, 아버지하고 술 마신다."

"두 분, 건강하세요?"

"응, 그래. 잠깐 아버지 화장실 가신 사이에 전화하는 거야. 잘 들어왔으니까, 너도 잘 자."

"오빠."

"왜?"

"시계 너무 이뻐요. 이거 비싼 건데."

"그건 됐고. 내일 전화할게."

"너무 이뻐요. 고마워요, 오빠."

"그래, 그래."

"이건 예물시계로나 차는 건데…."

"됐고, 끊는다."

"오빠, 고마워요."

"내일 봐."

전화기를 내려놓은 이태진이 숨을 골랐다.

김명화에게 고급 브랜드인 구찌 시계를 사준 것이다.

이번에 함단의 입찰 오더를 성사시키고 금일봉까지 받은 터라 아버지, 어머니, 그리고 김명화의 선물을 샀다.

김명화가 그만큼 특별하게 자리 잡고 있었기 때문이겠지.

소주를 둘이 세 병을 마셨을 때 아버지가 먼저 취했다.

거실에는 둘뿐이었고 어머니는 이미 안방에서 잠이 들었다.

아버지가 흐려진 눈으로 이태진을 보았다.

"난 해방이 안 되었다면, 지금쯤 만주인(滿洲人)이 되었을 거다."

"예? 만주인요?"

갑작스러운 말에 놀란 이태진이 눈을 크게 떴다.

아버지가 고개를 끄덕였다.

"그래. 만주인. 그때는 일본이 만주를 중국에서 떼어놓았지. 만주에 황제 푸이가 있었지만 허수아비. 만주는 일본의 영토나 마찬가지였다."

아버지의 눈이 번들거리기 시작했다.

"그리고 만주는 조선인에게 기회의 땅이었지. 만주에서 일본 놈의 조선인 차별은 약했다. 1등 국민은 일본인, 2등 국민은 조선인, 3등 국민이 중국인, 몽골인 등이었으니까."

"…."

"만주국 5천만 국민을 통치하려면 관동군까지 포함한 일본인 50만으로는 턱도 없이 부족했지. 그래서 만주로 이주한 조선인 150만과 손을 잡아야 했지."

아버지의 얼굴에 웃음이 떠올랐다.

"조선에서 출세의 기회를 노리던 놈들에게는 만주가 황금의 땅이었어. 일본 놈들도 마찬가지. 일본 육사에 들어가지 못한 일본 놈들은 만주의 육사에 들어갔으니까. 그러고는 일본 육사에 편입하는 거다. 만주국 13개 성장은 허수아비로 만주인을 내세웠지만 부성장은 일본인, 실무 국장은 조선인 식이었지. 지방의 작은 현이나 자치단체는 조선인이 실권을 장악했다."

"아버지도 그 기회를 잡으셨군요."

"당연하지."

아버지가 고개를 끄덕였다.

"내가 다니던 만척은 철도사업만 한 것이 아니다. 그래서 동양척식회사처럼 만척이라고도 불렀지. 만주국은 관동군이 장악했지만 경제는 만척이 맡았지. 내가 만척의 실세였다."

"독립군 이야기는 실화예요?"

불쑥 이태진이 물었더니 아버지의 흐려졌던 눈동자에 초점이 잡혔다.

정색한 얼굴이다.

"세상에 타협 안 하고 사는 인간은 없다."

아버지가 말을 이었다.

"하다못해 제 자신하고 타협해서 합리화시킨다."

시선을 내린 아버지가 술잔을 집었기 때문에 이태진은 숨을 골랐다.

그렇다.

성즉군왕이요, 패즉역적이다.

이 말로 다 통한다.

산속에서 솔잎만 먹고 사는 인간도 뿌리가 있고 이유가 있다.

나는 아버지한테서 자신을 합리화시킬 이유를 듣고 싶었던 것 같다.

이만하면 됐다.

다음 날 오전.

영동을 떠난 이태진이 대전에 오전 11시 반쯤 도착했다.

평일이어서 김명화는 수업 중일 것이다.

대전역 앞 공중전화 부스에서 이태진이 학교로 전화를 했다.

전화 연결이 되었을 때 김명화가 응답했다.

"여보세요."

목소리가 밝다.

"나 대전역인데, 네 목소리만 듣고 가려고."

"오빠, 오후 4시면 끝나는데."

김명화가 낮게 물었다.

"좀 기다릴 수 없어요?"

이태진이 짧게 웃었다.

"다음에 봐. 내가 바빠서 가야 돼."

"…."

"그래도 네 얼굴 보고 가서 기쁘다."

"오빠, 꼭 연락해요."

"그래, 다시 보자. 전화 끊을게."

전화기를 내려놓은 이태진이 허리를 폈다.

고향에 내려와서 에너지를 얻었다.

"네가 고발당했어."

사장실로 따라 들어선 정경호가 말했다.

얼굴이 하얗게 굳었고 걸음도 비틀리고 있다.

오후 3시 20분.

이태진은 서울역에서 바로 회사로 들어온 참이다.

소파에 앉은 이태진에게 정경호가 말을 이었다.

눈이 흐려져 있다.

"마포경찰서야. 수사과 전동철 수사관한테 연락을 해달라는군."

"누가 고발한 건데?"

"대영산업 안석호 사장. 사기, 횡령, 공문서 위조."

정경호가 말을 이었다.

"회사에 오는 대로 경찰서에 출두하라는데, 어떻게 하지?"

"가야지."

고개를 끄덕인 이태진이 정경호를 보았다.

"예상하고 있었던 거야."

"언제 갈 건데?"

"오늘."

전화기를 든 이태진이 고개를 끄덕였다.

"나가 봐."

인간은 위급할 때 본성과 능력이 드러난다.

정경호는 당황해서 이태진만 기다리고 있었다. 해놓은 것이 아무것도 없다.

연락이 왔을 때는 오전 10시경이었다는데, 5시간 동안 이태진만 기다리고 있었을 뿐이다.

1시간 반 후에 사장실로 윤기태가 들어섰다.

윤기태는 53세, 변호사다.

보좌역 변호사 김석호까지 대동한 윤기태가 인사를 마치고 나서 이태진에게 말했다.

"너무 빨리 출세하시면 구설이 따르는 법이죠."

소파에 앉은 윤기태가 얼굴을 펴고 웃었다.

"이 빌딩도 소유하고 계시더군요. 강남에 땅도 10만 평이나 되시고."

이태진은 따라 웃기만 했고 윤기태가 말을 이었다.

"안석호가 금세 조사를 한 겁니다. 용역회사 시키면 금방이죠."

윤기태는 검찰총장 출신이다.

오늘 이태진과 초면이었는데도 전부터 알고 지낸 사이처럼 군다.

그것은 중앙정보부의 부탁을 받았기 때문이다.

고개를 든 윤기태가 이태진을 보았다.

이제는 정색한 얼굴이다.

"내가 중앙정보부 1차장의 연락을 받고 나서 이 사장을 조사해봤는데 깜짝 놀랐어요."

"그러십니까?"

"100억 불 시대에 맞는 영웅이오. 히어로란 말이죠."

윤기태가 목소리를 높였을 때 문에서 노크 소리가 들리더니 서재경이 다가왔다.

셋 앞에 커피 잔을 내려놓은 서재경이 사장실을 나갔을 때 윤기태가 문 쪽에 시선을 준 채 물었다.

"저 아가씨도 운동권입니까?"

"운동권이었지요."

"여기 근무하는 운동권 출신의 사원은 몇 명이나 돼요?"

"곧 10명 정도가 또 입사할 테니까, 대충 25명쯤 됩니다."

"아이구야."

윤기태가 고개를 절레절레 흔들었다.

"여기서 데모하면 난리가 나겠는데."

"모두 뛰어난 사원입니다. 일을 더 잘해요."

"사장을 타도하고 북한에서 누구 데려다 앉히는 건 아닐까요?"

"에이, 변호사님도."

그때 상반신을 세운 윤기태가 이태진을 보았다.

어느덧 정색하고 있다.

"아마 지금쯤 경찰청에서 마포경찰서로 연락이 갔을 겁니다."

"…."

"마포서는 깜짝 놀라 수사를 종결하겠지요. 아마 어마무시한 윗선이 있다는 걸 짐작할 겁니다, 다 귀신들이니까."

윤기태가 말을 이었다.

"하지만 고소자인 대영산업에 대해서 경고해줄 필요가 있어요. 그래서 무고로 맞고소를 하는 한편으로…."

고개를 돌린 윤기태가 김석호를 보았다.

"그다음은 자네가 말해."

"예, 변호사님."

김석호가 기다렸다는 듯이 말했다.

"내일 대영산업에 세무사찰이 들어갑니다. 세무서에서 지금 준비하고 있을 겁니다."

그때 윤기태가 말을 받는다.

"벌통을 잘못 건드린 정도가 아냐. 뱀 굴로 떨어져버린 것이지."

"앞으로 잘 부탁합니다."

이태진이 고개를 숙였을 때 윤기태가 바로 말을 받는다.

"중정의 의뢰를 받고 이 회사의 일을 한 거요. 결국, 국익을 위한 일이지요."

그러고는 또 김석호를 보았다.

"김 변호사, 계약서 내놔."

"예, 변호사님."

다시 고개를 든 윤기태가 이태진에게 말했다.

"우리 '법무법인 동해'가 '함단 앤 리'의 법정대리인이라는 계약서지요. 이 사장의 서명이 필요합니다."

"잘 끝냈어."

사무실에서 초조하게 기다리고만 있던 정경호를 불러 이태진이 그렇게만 말했다.

"내가 경찰서에 갈 필요도 없다는군."

"잘되었네."

정경호가 얼굴을 펴고 웃었다.

"난 시끄럽게 될까 봐 별 걱정을 다 했는데."

이태진이 고개만 끄덕였다.

중정이 손을 쓴 것이나 대영산업이 무고죄로 맞고소를 당하고 내일 세무사찰에 들어간다는 말을 해줄 의욕이 일어나지 않는다.

정경호에게 맞는 대답만 해준 셈이다.

"사장님이 고소당했다구?"

한여옥이 묻자 서재경이 고개를 끄덕였다.

둘은 회의실에서 마주 보고 앉아있다.

"대영의 사장이 사기, 횡령, 공문서 위조 등의 혐의로 고소했다는 거야."

이맛살을 찌푸린 서재경이 말을 이었다.

"조금 전에 사장실에서 나온 사람들은 변호사야."

"더러운 놈들."

잇새로 말한 한여옥이 서재경을 보았다.

"그런데 고소했다는 말은 누구한테서 들었어?"

"전무한테서. 경찰서에서 전무한테 연락했다는 거야."

한여옥과 서재경은 금세 친해졌다.

나이도 같은 데다 같은 과장이 되었고 호흡이 맞았기 때문이다.

그때 서재경이 물었다.

"사장님이 대영에 약점 잡힌 거 있어?"

"없어. 오히려 사장님이 대영 목줄을 쥐고 있는 셈인데."

눈을 가늘게 떴던 한여옥이 말을 이었다.

"공장에 협박해서 리베이트 준 자료를 만들었을지도 모르겠군."

서재경의 시선을 받은 한여옥이 이를 드러내고 웃었다.

"어디, 해보자구."

그때 회의실 문이 열리더니 고재규가 들어섰다.

"오늘 회식이야."

고재규가 둘을 번갈아 보았다.

"강 과장까지 과장 넷하고 사장님까지."

다가선 고재규가 얼굴을 펴고 웃었다.

"고소 사건은 잘 끝났다는 말씀을 해주시겠다는군."

오후 7시.

마포의 일식당 후쿠오카 방에 다섯이 둘러앉았다.

이곳은 값이 비싼 대신 양을 많이 주는 곳인데, 오늘은 손님이 없다.

흐리고 싸늘한 날씨다.

요리와 술을 시키고 나서 한 잔씩 술을 마셨을 때다.

이태진이 입을 열었다.

"대영 안 사장이 날 고소한 것은 회장이 시켰기 때문이야."

술잔을 든 이태진이 빙그레 웃었다.

"내가 대영에서 횡령한 돈으로 회사를 차리고 부동산을 매입한 것으로 안 거야. 그래서 눈이 뒤집힌 것이지."

이태진이 말을 이었다.

"그 돈은 모두 함단 가문에서 받은 자금이라는 것이 금세 밝혀졌다. 그래서 중정이 개입했어."

술잔을 든 이태진이 넷을 둘러보았다.

"죄 없는 날 무고한 대영을 가만 놔둘 수는 없는 노릇이지. 내일 대영은 세무사찰을 받는다. 그리고."

이태진의 시선이 한여옥에게 옮겨졌다.

"대영산업으로 T/S 해줄 오마르 신용장은 보류시켜."

"예, 사장님."

한여옥이 바로 대답했다.

"내년분 1차 오더 200만 불 정도가 왔는데, 보류시키겠습니다."

"내가 오마르한테도 연락할 테니까."

"생산업체를 바꿉니까?"

"한 달만 보류시키면 부도가 나기 시작하겠지. 그때까지 두고 보자구."

혼잣소리로 말한 이태진의 시선이 서재경에게 옮겨졌다.

"내일 몇 명 면접을 보지?"

"22명입니다."

서재경이 말을 이었다.

"모두 자질이 뛰어나고 일할 준비가 되어있는 상태입니다."

또 운동권 수배자들을 사원으로 채용하는 것이다.

이번에는 10명을 채용할 예정이다.

2장 원격 조정

다음 날 저녁.

자택으로 돌아온 정병현에게 한선옥이 조심스럽게 물었다.

"어떻게 되었어요?"

정병현이 대답하지 않자 한선옥이 뒤를 따라 방으로 들어왔다.

"잘 되었어요?"

"뭐가?"

재킷을 벗던 정병현이 고개를 돌려 한선옥을 보았다.

"뭐가 잘 돼?"

"아니, 그 세무조사…."

대영산업이 갑자기 세무사찰을 받는다는 뉴스는 TV와 방송을 통해 보도되고 있다.

오전 11시부터 매시간 방송되고 있다.

그래서 대경실색한 한선옥이 회사에 전화해서 내용을 들은 것이다.

그때 정병현이 재킷을 방바닥에 내동댕이쳤다.

"다 가져갔어."

"뭐, 뭘요?"

"뭐긴 뭐야!"

정병현이 버럭 소리쳤다.

"세무자료지! 이젠 망했어!"

세무사찰을 받는다는 건 정권에 미운털이 박혔다는 증거다.

지금이 어느 땐가?

정권에 밉보이면 살아남지 못한다.

"아이구, 도대체 왜!"

한선옥이 떨리는 목소리로 혼잣소리를 했을 때 정병현이 잇새로 말했다.

"안석호 그놈 때문이야."

바지를 벗으면서 정병현이 말을 잇는다.

"그놈이 이태진을 고발하자고 했기 때문이야. 그 병신 같은 놈이 무엇도 모르고."

주방 옆 식탁에서 한선옥과 정예은, 정진호 셋이 둘러앉았다.

밤 10시 반.

한선옥이 늦게 들어온 정진호를 불러 내막을 듣는 것이다.

사실과 소문을 합친 이야기다.

정진호는 직원들과 술을 마시고 왔기 때문에 상기된 얼굴이다.

"지금 안 사장은 경찰에 소환되어서 아직도 나오지 않았어요."

정진호가 충혈된 눈으로 둘을 번갈아 보았다.

"무고래요. 안 사장이 고발한 내용이 다 허위라네요."

"아니, 그럴 수 있어? 공장 사장들이 다 리베이트를 줬다고 시인서까지 썼다면서?"

한선옥이 항의하듯 물었더니 정진호가 고개를 저었다.

"다 강압에 의한 시인서라고 자백했대요. 그러니 안 사장, 최재일 부장까지 걸려든 것이죠. 지금 최 부장도 소환되었어요."

"그, 그럴 수가…."

"이태진의 빌딩, 부동산 매입은 사우디의 함단이 보내준 돈이라는 증거가 있대요."

"…."

정진호가 얼굴을 일그러뜨리며 웃었다.

"큰일 났어요. 오마르 신용장 T/S가 안 돼요. 오마르한테 연락했더니 이태진한테 맡겼다면서 자기는 모르는 일이래요."

"그럼 문제 생기는 거냐?"

"다음 달까지 T/S 안 되면 은행에서 L/C 담보로 대출받으려던 계획에 차질이 난다네요. 거기에다 세금 추징당하면 회사가 어려워져요."

모두의 시선이 서재로 옮겨졌다.

정병현은 서재 문을 안에서 걸어 잠그고는 두 시간 동안 나오지 않는다.

안에서 술을 마시는 모양이다.

그 시간에 이태진은 박영균, 한인수와 한식당에서 셋이 술을 마시고 있다.

중정 중동부장 박영균이 1차장 한인수와 함께 이태진을 만난 것이다.

이번 사건으로 이태진이 한인수와 만나게 되었다.

한인수는 50세, 육군 중장 출신으로 중정의 2인자다.

술잔을 든 한인수가 웃음 띤 얼굴로 이태진을 보았다.

"이 사장, 30살이라고 하셨지요?"

"예, 그렇습니다."

한인수의 시선을 받은 이태진이 물었다.

"왜 그러십니까?"

"서른에 이 정도로 출세했으면 대단한 거야."

"아유, 카다피는 26살 때 지도자가 되었는데요, 뭘."

이미 위스키를 두 병째 셋이 나눠 마시고 있어서 셋은 술기운이 올라와 있다.

검은 피부에 단단한 체구의 한인수가 고개를 저었다.

"그때 리비아는 나라도 아니었어요. 카다피 중위는 친구, 부하까지 10명도 안 되는 인원으로 정권을 잡은 거야."

"그래도 그 용기는 대단하지 않습니까?"

"하긴 그래."

박영균은 웃음 띤 얼굴로 듣기만 했다.

그때 한인수가 말했다.

"이 사장 덕분에 우리가 사우디의 아즈란을 기반으로 중동 쪽 기반을 굳히고 있어요. 이 사장과 우리는 서로 상부상조해야 할 입장이지."

"감사합니다. 열심히 하겠습니다."

이태진이 고개를 숙였다.

이번 대영산업의 고발사건에 한인수가 적극 도움을 준 것이다.

그때 박영균이 은근히 한인수에게 물었다.

"차장님, 이제 아가씨들 부르실까요?"

한인수가 고개를 끄덕였다.

이제 인사는 끝난 셈이다.

인사동 한식당 '국화'는 요정이다.

이곳은 박영균이 예약을 한 곳이어서 이태진은 처음 온다. 이런 요정은 처음이기도 하다.

"이런 곳 자주 오셨나?"

한복을 입은 아가씨들이 각각 자리 잡고 앉았을 때 한인수가 물었다.

방 안 분위기가 환해졌다.

"아닙니다. 처음입니다."

아직 옆에 앉은 아가씨와 시선도 마주치지 못한 이태진이 대답하자 한인수가 짧게 웃었다.

"이런. 수출 실적을 올리는 건 좋은데, 돈 벌어서 좀 뿌려야 내수 경기가 좋아지는 거요."

"알겠습니다."

"부동산 투자만 하지 말고 이런 데에도 좀 투자를 해요."

"명심하지요."

"옆에 앉은 아가씨가 미인인데."

옆쪽에 관심을 가지라는 표시여서 이태진이 고개를 돌렸다.

이태진의 시선을 받은 여자가 슬쩍 웃었다.

짧은 머리에 한복 차림이었지만 잘 어울렸다.

목이 드러난 얼굴은 화장기가 엷었지만 선명한 윤곽의 미인이다.

심장박동이 빨라졌기 때문에 이태진은 숨을 들이켰다.

그때 한인수가 말했다.

"이 사장, 오늘은 우리가 접대하는 겁니다. 이것도 국가를 위한 일이니까 난 마음 놓고 2차를 갈 예정이오."

과연 군 출신답게 화끈하다.

한인수가 말을 이었다.

"그러니까 이 사장도 내수 진작 차원에서 2차 나가요."

눈을 뜬 이태진이 먼저 가슴에 안겨있는 민영주를 느꼈다.
몸이 붙어 있었기 때문이다.
창밖이 환해져 있다.
아직 술기운이 가시지 않았고 곧 갈증이 일어났다.
이태진이 조심스럽게 몸을 일으켰지만 민영주가 깨어났다.
"깼어요?"
시트로 가슴을 가리면서 민영주가 물었다.
"그냥 자. 나 물 마시려고."
냉장고로 다가간 이태진이 생수병을 꺼내 마시고는 몸을 돌렸다.
"물 줄까?"
"아뇨. 괜찮아요."
오전 7시 반이다.
다시 침대로 돌아온 이태진이 눕자 민영주가 가슴에 안겼다.
이곳은 동교동의 호텔 방이다.
어젯밤 '국화'에서 나와 이곳에 투숙한 것이다.
박영균이 내준 승용차에 민영주와 둘이 타고 왔다.
그때 민영주가 말했다.
"여자 많죠?"
"그걸 아는 방법이 있어?"
"촉으로."
"촉감?"
"느낌이라고 해두죠."
민영주가 바짝 몸을 붙였다.
"여자한테 정을 주는 성격 아니죠?"

"그런 데선 그런 것도 배우냐?"

"경험이죠."

"많이 겪었구나."

"열심히."

이태진이 가슴에 붙여진 민영주의 얼굴을 지그시 보았다.

아름답다.

또 가슴이 뛴다.

이 정도니까 그런 고급 요정에 나갈 수 있겠지.

'국화'는 화려하지 않고, 낡았지만 윤기가 흐르는 한옥이었다.

방도 몇 개밖에 없는 것 같았는데, 마담은 품위 있었고 아가씨들은 선녀 같았다.

탤런트라고 하기에는 값싼 평가 같다고 할 정도다, 룸살롱에는 탤런트가 많으니까.

그때 민영주가 물었다.

"왜 봐요?"

"날 평가해 봐."

"내 이름도 안 물었죠? 그래서 내가 먼저 이름을 알려드렸고."

"그랬나?"

"술에 취했어도 잠자리 매너는 끝내줬어요. 난 그런 느낌 오랜만에 받았어요."

"난 그런 말 자주 들어."

"잠자코 들어요, 오빠."

민영주가 이태진의 몸을 움켜쥐었기 때문에 저절로 신음이 뱉어졌다.

민영주가 말을 이었다.

"오빠, 여자한테 상처 주지 마요."

"그런 적 없어."

"오빠는 그런 적 없다고 하지만 여자 입장에선 다르다니까."

"니가 점쟁이냐?"

이태진이 민영주의 엉덩이를 움켜쥐었다.

"그런 말 딴 놈들한테나 써먹어."

그때 민영주가 몸 위로 올라왔다.

오전 10시 반.

어머니 한선옥도 외출했기 때문에 집에는 정예은과 현이 둘만 남았다.

물론 가정부 둘은 아래층에서 숨을 죽이고 있다.

집이 초상집처럼 변해서 오늘 아침은 아무도 식사를 하지 않았다.

현이도 눈치를 챘는지 놀다가 자버린다.

방으로 들어온 정예은이 현이의 이불을 고쳐 덮어주고 나왔을 때다.

탁자 위의 전화벨이 울렸다.

정예은의 방 전화다.

다가간 정예은이 전화기를 들었다.

"여보세요."

"나야."

그 순간 정예은은 전화기를 떨어뜨릴 뻔했다.

머릿속이 하얗게 된 것 같더니 곧 현기증이 났기 때문이다.

겨우 정신을 수습한 정예은이 전화기를 고쳐 쥐었다.

이태진이다.

그때 이태진이 물었다.

"괜찮아?"

"네."

다른 때는 응, 했을 텐데 대답이 그렇게 나왔다.

이젠 남이니까.

이태진의 목소리가 울렸다.

"요즘 놀랐지?"

"할 수 없지, 뭐."

조금 진정한 정예은이 그렇게 대답했다.

웬일인지 전혀 감동이 일어나지 않는다.

그래서 한마디 더 했다.

"자업자득이지."

"그거 진심이야?"

"그냥 나온 말이야."

"현이는 잘 커?"

"응, 자."

"홍역은 잘 지나갔고?"

"그거 거짓말이었어."

"알아."

"뭘 안다고 그래?"

"네가 박윤호 만나는 거."

순간 정예은이 숨을 들이켰다.

이번에도 감동이 일어나지 않는다.

끄집어내지 않는 생각 속에 박혀있었기 때문일까?

그때 이태진이 말을 이었다.

"어때, 박윤호하고는 잘 돼?"

"깨졌어."

"왜?"

"그쪽 아버지가 반대해서."

"별것도 아닌 것들이."

말을 끊듯이 정예은이 불쑥 물었다.

"어떻게 할 거야?"

"내가 그것 때문에 전화했는데."

잠깐 침묵했던 이태진이 말을 이었다.

"대영산업 이야기를 할 사람은 너밖에 없어. 현이 데리고 저녁때 오피스텔로 오지 않을래?"

"…."

"만날 장소가 마땅치 않아서 그래."

이태진의 목소리에 웃음기가 섞였다.

"현이도 보고 싶고."

그때 정예은이 손등으로 눈물을 닦았다.

어느새 눈물이 흘러내리고 있었다.

'함단 앤 리' 건물 5층에 '동양기획'이 입주했다.

50평을 임대해서 이전해온 것이다.

직원이 6명.

그런데 사장이 김봉철이다.

김봉철이 아예 같은 건물로 옮겨온 것이다.

김봉철의 직원은 3명, 사장 포함해서 4명이다.

그리고 나머지 2명은 안철성, 배규환이다.

직급은 부장으로 겉은 동양기획 사원이지만, 중정 파견 요원이다.

중정이 어디 만만한 조직인가?

운동권 수배자가 20여 명이나 버글거리는 '함단 앤 리' 사무실을 멀거니 쳐다만 볼 수는 없는 노릇이다.

이태진의 업무에 협조한다는 대의를 걸고 놔두었지만 감시원은 박아놓아야 한다.

그리고 이태진으로서도 같은 건물에 김봉철을 데려오는 것이 편리하다.

이제는 전문적으로 이용할 수가 있는 것이다.

대신 사무실은 무료로 임대해주고 4명의 월급까지 내줘야겠지만.

김봉철 또한 안정적인 직장을 갖게 되었으니 셋이 다 윈윈인가?

그리고 또 있다.

이것은 가장 중요한 일로 김봉철의 감시역까지 중정 요원한테 맡긴 것이다.

오후 7시 반.

오늘은 일찍 오피스텔로 돌아온 이태진이 창문을 활짝 열고 환기부터 시켰다.

방 안에 흩어진 옷가지도 대충 치우고 났을 때 문이 열리는 기척이 났다.

고개를 든 이태진이 안으로 들어서는 정예은을 보았다.

정예은은 현이를 등에 업고 두 손에 가방을 들었다.

"뭘 가져온 거야?"

다가간 이태진이 정예은의 가방을 받아 내려놓고는 등에 업힌 현이를 보았다.

현이가 이태진을 빤히 쳐다보고 있다.

정예은이 잠자코 현이를 업은 띠를 풀었고 이태진이 안아 들었다.

현이가 이태진의 목을 감아 안는다.

이태진이 현이를 안고 있는 동안 정예은이 가방에서 밑반찬을 꺼내 냉장고에 넣는다.

"빈손으로 오기 그래서."

김치통을 넣으면서 정예은이 말했다.

"오늘 이후에 만날 일은 없겠지만 말야."

이태진은 현이를 안은 채 잠자코 뒤에 서 있다.

정예은이 말을 이었다.

"난 당신하고 안 맞아. 박윤호를 만나면서 깨달았어."

그때 현이가 이태진의 목을 안고 불렀다.

"아빠."

그 순간 몸을 돌린 정예은이 눈을 크게 떴다.

"얘가 아무한테나 아빠라고 불러."

놀라서 냉장고 문도 닫지 않았기 때문에 이태진이 현이를 안은 채 문을 닫았다.

이태진이 현이의 볼에 입을 맞췄다.

"잘 살아야 한다, 현이야."

현이가 간지러운지 킥킥 웃었다.

"얘 성격이 아빠 닮은 것 같구만."

현이를 정예은에게 넘겨주면서 이태진이 말했다.

"현이는 거지 차별하는 애가 아냐."

순간 정예은이 시선을 들었지만 입을 열지는 않았다.

둘이 냉장고 앞 식탁에서 마주 보고 앉았다.

현이가 이쪽저쪽으로 돌아다녔기 때문에 가끔 살펴봐야 한다.

그것이 서먹한 분위기를 조금 풀어주었다.

그때 이태진이 입을 열었다.

"나하고 너와의 관계는 회장님이 아실 테니까, 가서 전해. 오마르의 내년 오더는 그대로 진행될 것이라고. 신용장도 곧 T/S 될 거야."

"…."

"사장이 오마르를 찾아가겠다고 여러 번 비자 요청을 한 모양인데, 갈 필요 없다고 해. 초청도 안 해줄 거야."

"…."

"오마르는 나를 통해서 오더가 관리되기를 바라고 있어. 그러니까 무슨 일 있으면 '함단 앤 리'로 연락하면 돼."

"…."

"중동과가 '함단 앤 리'로 모두 옮겨왔으니까 지시대로 하면 될 거야."

"대영의 중동 오더는 앞으로 어떻게 될 것 같아?"

불쑥 정예은이 물었기 때문에 이태진은 고개를 들었다.

그때 현이가 다가와 이태진의 다리를 흔들었다.

"아빠, 과자."

과자를 달라는 말이다.

"이런."

벌떡 일어선 이태진이 정예은에게 말했다.

"내가 과자 사 올 테니까 조금만 기다려."

"괜찮아."

정예은이 말했지만 이태진이 물었다.

"어떤 걸 좋아하지?"

"아무거나. 얘가 갑자기 웬일이야?"

몸을 돌린 이태진이 현관으로 다가갔다.

잠시 후에 비닐 봉투에 가득 과자를 담아온 이태진이 탁자 위에 쏟아놓았다.

"여기 과자다."

정예은이 현이와 함께 탁자로 다가가 과자 봉투를 집었다.

그때 이태진이 말했다.

"내가 오마르 에이전시니까 오더 물량이 많을수록 수수료도 늘어나는 상황이야. 그렇게 생각하면 돼."

정예은의 등에 대고 이태진이 말을 이었다.

"내년도에 650만 불을 계획하고 나왔지만 1천만 불도 가능할 거야. 그렇게 전해."

"…."

"중동부를 계획대로 만들어야겠지. 1백만 불도 안 되는 다른 과들은 모두 1개 과로 축소하고 말야."

그때 고개를 돌린 정예은이 이태진을 보았다.

"중동부장은 누가 맡는 게 좋지?"

"정진호를 시켜."

"진호를?"

"그래. 내가 가르칠 테니까. 다른 놈이 오면 내가 비튼다고 해."

"…."

"이 기회에 정진호를 키우는 거야. 본래 진호가 중동부 과장급으로 올 계획이었으니까."

"…."

"아버지한테 전해. 진호를 중동부장 직대로 시키면 내가 적극 도와주겠다고."

정예은의 시선을 받은 이태진이 쓴웃음을 지었다.

"난 너하고 결혼하게 되더라도 대영을 먹을 생각은 없었어. 와이프 덕분에 사장까지 될 생각도 없었고. 어차피 이번 일은 잘된 거야."

그때 정예은이 방을 둘러보는 시늉을 했다.

현이는 과자 먹느라고 정신이 없다.

"나 여기 온다고 아버지한테 말하고 왔어."

"짐작하고 있었어."

"여기서 자고 가도 돼?"

"안 돼."

정예은의 시선을 받은 이태진이 쓴웃음을 지었다.

"나도 너 만나는 사이에 다른 여자들 만났어. 난 그런 면에선 쓰레기야."

"…."

"넌 더 존중받는 남자를 만나야 돼. 네가 말한 대로 난 너하고는 안 맞아."

이 말은 거짓말이다.

그러나 분명한 사실이 있다.

정예은하고는 더 이상 엮이기 싫다는 것.

이런 식으로 또 이어지다가는 틀림없이 같은 일이 계속 발생할 것이라고 믿어졌기 때문이다.

다음 날 오전.

이태진이 다시 출국했다.

공항 출국장까지 따라 나온 고재규에게 이태진이 말했다.

"내가 대영 측에다 중동부장으로 정진호를 임명하라고 했다. 회장 측근한테 이야기했으니까 곧 연락이 올 거야."

긴장한 고재규에게 이태진이 말을 이었다.

"네가 대영을 맡아. 정진호하고만 상대해라. 다른 놈은 전화도 받지 마."

"알겠습니다."

금세 상황을 파악한 고재규가 어깨를 폈다.

"맡겨주십시오."

카이로에 도착했을 때는 오후 5시 반이다.

공항에는 무스타파 연락사무소의 직원 하드람이 마중 나와 있었다.

하드람은 마흐밧의 소개로 입사한 전직 경찰이다.

시내로 들어오는 택시 안에서 하드람이 입을 열었다.

"내일 시청 자우프 국장과 오후 2시에 면담 약속을 잡았습니다."

이태진이 고개만 끄덕였고 하드람이 말을 이었다.

"유 박사가 오후 8시에 호텔로 방문한다고 했습니다."

유 박사는 유성희다.

유성희가 무스타파 카이로지사의 지사장 역할도 겸하고 있다.

하드람이 고개를 돌려 이태진을 보았다.

"마흐밧이 사무실을 옆방으로 옮겼습니다."

마흐밧의 사무실이란 한국 중정의 사무실을 말한다. 사무실이 비좁아서 옆방을 빌려 늘린 것이다.

이제 중정도 이집트에 기반을 굳힌 셈이다.

하드람은 35세.

경찰에서 퇴직한 후에 관광 가이드를 하다가 마흐밧의 소개로 채용되었다.

장신에 육중한 체격. 이태진의 경호역도 겸하고 있다.

그때 이태진이 말했다.

"앞으로 바빠질 거야. 사무실 인력도 보강해야 될 것이고."

"경호원도 세 명 정도 더 늘려야 합니다."

하드람이 말을 이었다.

"저는 사장님의 신변 보호가 급선무입니다. 여기선 납치사건이 많아서요."

이태진이 고개를 끄덕였다.

이집트는 관광객이 많고 납치사건도 많은 곳이다.

힐튼 호텔의 특실 안.

이태진과 유성희가 소파에 앉아있다.

오후 8시 15분.

유성희가 입을 열었다.

"그동안 클레오파트라 호텔 건에 진전이 있었어요. 이집트 정부가 탈세액과 세금 미납을 이유로 호텔을 가압류했습니다. 호텔은 영업을 하고는 있지만 운영자금은 모두 압류됩니다."

"금액이 얼마나 되죠?"

"미화로 1,800만 불 정도. 압류에서 해제되려면 1,800만 불을 납부해야죠."

"핫산은 호텔을 매각할 수밖에 없겠네요."

"그래서 서너 명이 술라이만과 접촉 중인 것 같습니다."

지금까지 은밀하게 추진되었던 매각 협상이 압류로 인해 공개된 셈이다.

그때 유성희가 이태진을 보았다.

"15일쯤 후에는 공매 공고가 나올 테니까 그때까지 결정이 안 되면 공매처분이 되겠죠."

"유 박사 의견은?"

"공매에서 매입하는 방법이 가장 안전합니다."

유성희가 말을 이었다.

"하지만 경쟁이 치열하겠지요."

"체육관도 아직 구매자가 나타나지 않았지요?"

"네. 그것도 지지부진이네요. 10년간 매물로 나온 채 팔리지 않은 것도 다 이유가 있기 때문이죠."

현재 시에서 공시한 가격은 1,700만 불.

팔리지 않는데도 시간이 흐를수록 가격은 점점 높아진다는 것이다.

시에서 팔 의욕이 없는 데다 구매자도 나타나지 않기 때문이다.

한동안 탁자 위에 펼쳐놓은 신시가지 지도를 내려다보던 이태진이 고개를 들었다.

"꼭 백화점, 호텔이라는 고정관념에 매어 있을 필요는 없는 거죠."

이태진이 혼잣말을 했다.

"이집트에 대한 무스타파 씨의 집착도 바꿀 수가 있고."

유성희의 시선을 받은 이태진이 말을 이었다.

"하지만 공매에 참여는 합시다. 유 박사가 진행해 주세요. 그리고 내일 시청 자우프 국장을 만나러 같이 가십시다."

다음 날 오후 2시.

이태진과 유성희가 시청 관리국장실에서 자우프 국장과 만나고 있다.

이제는 구면이어서 자우프는 웃음 띤 얼굴로 묻는다.

"무스타파 씨는 안녕하신가요?"

"예, 알라의 덕분으로 잘 지내십니다."

"제가 뵌 적은 없지만 명성은 자주 들었지요."

"무스타파 님도 국장님 성함을 이제는 기억하고 계십니다."

"영광입니다."

옆에 앉은 유성희는 웃음 띤 얼굴로 듣기만 했다.

히잡을 썼고 아랍식 긴소매 드레스를 입어서 얼굴과 손만 드러났다. 롱스커트에 가려 신발도 보이지 않는다.

그때 이태진이 말했다.

"체육관은 경매로 내놓지는 않겠지요?"

"예, 그런 일은 없을 겁니다."

자우프가 비대한 상체를 앞쪽으로 기울여 이태진을 보았다.

"제시 가격을 내놓은 상태라서요. 경매를 하면 잡음이 많아집니다."

"그렇다면 저희도 서둘 필요가 없을 것 같습니다."

고개를 끄덕인 이태진이 웃음 띤 얼굴로 자우프를 보았다.

"국장님을 알게 된 것으로 만족합니다."

이태진이 가슴 주머니에서 두툼한 봉투를 꺼내 탁자 위에 놓았다.

자연스러운 동작이어서 자우프가 봉투에서 시선을 들고 이태진을 보았다.

"그럼 이만 가보겠습니다."

낮게 말한 이태진이 자리에서 일어섰다.

잠깐 굳어 있던 유성희가 따라 일어섰다.

국장실을 나온 둘이 계단을 내려갈 때다.

잠자코 옆에서 걷던 유성희가 물었다.

"뭐죠?"

"뭐가 말입니까?"

"아까 내놓은 봉투."

"돈, 1만 불 넣었어요."

숨을 들이켠 유성희가 이태진을 보았다가 발을 헛딛고 비틀거렸다.

차를 타고 회사로 돌아올 때 유성희가 다시 입을 열었다.

"깜짝 놀랐어요. 공무원이 뇌물을 받다가 발각되면 바로 구속이 되거든요."

"압니다."

"모험했어요."

그때 이태진이 유성희를 보았다.

"자우프는 월급 1,150불을 받더군요. 그런데 1년 학비만 3만 5천 불이 되는 영국 대학에 아들을 유학 보내고 있어요."

"…."

"카이로 신시가지의 저택에는 하인이 셋, 방이 12개짜리 이층 저택에 삽니다."

"…."

"마흐밧이 알려주더군요. 한 달에 업자들로부터 뇌물을 1만 불 정도씩 받는다고."

이태진이 길게 숨을 뱉었다.

"일단 받아들였으니 이번에는 저쪽에서 연락이 올 때까지 기다려보기로 하죠."

"수단이 좋으세요."

마침내 유성희가 낮게 말했다.

클레오파트라 호텔 공매는 유성희에게 맡긴 이태진이 다음 날 두바이로 날

아갔다.

동행자는 하드람이다.

두바이의 컨티넨탈 호텔에 투숙했을 때는 오후 4시 반.

이태진이 호텔 라운지에서 배성호를 만난다.

배성호는 두바이에 진출한 한국인 사업가다.

"이곳은 아직 시장 수준이지만 앞으로 수백 배, 수천 배 성장할 겁니다."

배성호는 쿠웨이트에서 이곳으로 옮겨온 지 2년이 되었다고 했다.

중동에서만 10년째 떠돌다가 두바이로 왔다는 것이다.

10년 전에는 중소기업 영업사원이었는데, 회사가 부도를 맞자 출장 나왔던 요르단에 주저앉아 버렸다는 것이다.

배성호를 알게 된 것은 무역진흥공사에 등록한 두바이의 한국인 무역업자 명단에서 찾아냈기 때문이다.

등록된 한국인은 배성호 하나뿐이었다.

이태진은 먼저 배성호의 내력을 들었다.

배성호는 잡화 수입을 했는데, 물량은 연간 60만 불 정도.

수입선은 한국, 대만, 일본, 그리스, 루마니아, 동독, 유고슬라비아 등 10여 개국가나 되었다.

한국에서는 주로 의류와 가발을 수입했는데, 5만 불 정도라는 것이다.

다 듣고 난 이태진이 길게 숨을 뱉고 나서 말했다.

"제가 진짜 원조 세일즈맨을 만나게 되었네요. 존경합니다."

"난 스케일이 작아서 겨우 1년에 60만 불 규모로 삽니다. 하지만 손해 보는 장사는 안 하지요."

배성호가 웃음 띤 얼굴로 말했다.

배성호는 42세.

외국에서 떠도는 바람에 이혼했고 한국에 12살 된 아들이 전처와 살고 있다는 것이다.

"그런데 이 형께서는 두바이에서 어떤 일을 하시려고 합니까?"

배성호가 물었다.

이태진은 배성호에게 '함단 앤 리'의 대표 명함만 건네준 것이다.

배성호의 시선을 받은 이태진이 대답했다.

"시장조사죠. 제가 많이 도움을 받아야 될 것 같습니다."

'백문이 불여일견'이라고 했다.

사흘 동안 이태진은 배성호와 함께 두바이와 아부다비까지 가보았다.

두바이는 UAE 즉, United Arab Emirates의 7개 부족국가 중 하나다.

UAE의 수도는 아부다비.

두바이는 7개국 중 상업이 가장 발달한 국가다. 또한 두바이(Dubai)에서 석유가 가장 많이 산출된다.

나흘째 되는 날 오전 10시.

이태진이 무스타파에게 전화를 했다.

무스타파는 회사에서 전화를 받는다.

"오, 리, 지금도 두바이에 있나?"

"예, 무스타파. 이곳 부동산을 알아보았는데, 부동산 투자부터 시작하는 것이 나을 것 같습니다."

"그런가?"

"구입 계획서를 작성, 보고 드리지요."

"알았어."

무스타파의 목소리에서 웃음기가 느껴진다.

"바쁘구만, 리. 난 두바이 부동산은 생각도 못 했어."

이태진의 얼굴에도 쓴웃음이 번졌다.

부동산 투자는 대영의 사주 정병현한테서 배운 것이다.

한국의 재빠른 기업가들은 부동산 투자를 시작한 상태다.

10시 반.

한국 시간은 오후 4시 반이다.

전화기를 귀에 붙인 이태진이 신호음 소리를 듣는다.

호텔 방 안.

방금 무스타파와 통화를 끝냈다.

그때 응답 소리가 들렸다.

"여보세요."

고재규다.

"응, 나야."

"아, 사장님."

놀란 고재규가 물었다.

"지금 어디십니까?"

"두바이야. 별일 없지?"

"예, 별일 없습니다. 그런데, 대영에서 조직개편이 있었습니다."

고재규가 바로 본론을 꺼내었다.

"정진호가 중동부장이 되었고 다른 과들은 1부장이 된 전영태 과장이 맡게 되었습니다. 최재일 부장은 수출담당 이사로 진급했구요."

정진호가 이태진 대신 중동부장이 된 것만 빼고 부서장 인사는 같다.

그때 고재규가 말했다.

"오세영 과장이 중동부 1과장으로 발령이 났는데, 바로 사표를 냈습니다."

"…."

"최재일 부장이 전무님한테 인사하러 오겠다고 연락을 했는데, 전무님이 바쁘다고 만나는 걸 연기했습니다."

정경호가 그쯤은 튕길 수 있는 것이다.

이태진이 입을 열었다.

"내가 정진호한테 연락해서 고재규 씨 찾아가라고 할 테니까 만나면 신용장 T/S 해줘."

"예, 사장님."

"잘 대해줘."

"알겠습니다."

서로 입장이 묘할 것이다.

잠시 후에 이태진이 다시 전화기를 귀에 붙이고 응답을 기다린다.

정진호에게 전화를 한 것이다.

중동부장을 찾았더니 바로 연결해 주었다.

그때 정진호가 응답했다.

"예, 정진호입니다."

"나 이태진이야."

순간 정진호가 숨을 죽였고 이태진이 말을 이었다.

"요즘 바쁘지?"

"아닙니다."

정진호가 가라앉은 목소리로 대답했다.

"괜찮습니다."

"누나한테서 이야기 들었어?"

"예, 들었습니다."

"놀랐나?"

"예, 조금."

"내가 자네 매형이 될 뻔했어."

"…."

"그걸 자네하고 자네 어머님만 모르고 계셨지."

"…."

"현이가 날 아빠라고 부른다네. 자주 만나서 그런가 봐."

"…."

"'함단 앤 리'의 고재규가 대영 담당이야. 고재규한테 연락하고 찾아가도록 해. 알겠나?"

"알겠습니다."

그때 이태진이 숨을 고르고 나서 말했다.

"자네한테는 미안하네."

"아닙니다."

정진호가 낮게 말했다.

"회사도, 그리고 누나도 과장님, 아니 사장님을 배신한 셈인데요, 뭘."

"아냐. 그 이야기는 나중에."

이태진이 서둘러 말을 덮었다.

"고재규부터 찾아가서 일 시작하자구."

이렇게 통화를 끝냈다.

리야드로 온 이태진은 먼저 함단을 만나 '함단 앤 리' 회사 설립에 대한 보고를 했다.

회사 간판이 붙여진 사진까지 본 함단이 얼굴을 펴고 웃었다.

"내가 한국에 뿌리를 박은 느낌이 드는구만."

"함단, 당신은 한국의 은인입니다. 아마 대통령 표창도 받게 될지도 모릅니다."

"알 함두릴라."

두 손을 든 함단이 다시 웃었다.

"내가 돈 벌고 대통령 표창까지 받게 된단 말인가? 그건 염치가 없는 일이지."

함단이 말을 이었다.

"리, 두바이에서 부동산을 조사하고 왔다면서? 무스타파한테서 들었어."

"예, 투자 가치가 있습니다."

"무스타파 사업만 하지 말고 내 일도 해주게."

"무슨 말입니까?"

"내 부동산도 알아보란 말이야."

"이런."

쓴웃음을 지은 이태진이 고개를 끄덕였다.

"알겠습니다. 바로 체크하지요."

"두바이의 조건이 좋긴 해."

정색한 함단이 이태진을 보았다.

함단도 두바이를 의식하고 있다.

"리, 자네의 장점은 적극적으로 뛰어든다는 거야. 그리고 기지가 번뜩여. 그것이 한국인의 유전자 때문인가?"

함단이 묻는 순간 이태진은 아버지를 떠올렸다.

아버지, 그리고 만주의 땅.

오후 5시.

리야드 킹덤 호텔의 특실 안.

브리핑을 끝낸 이태진에게 무스타파가 말했다.

"두바이 부동산 이야기를 함단한테 했더니 자기도 투자하겠다는군."

"예, 들었습니다."

"자네에게 일임하겠네. 두바이 부동산 투자로 5천만 불을 맡기겠네."

무스타파가 말을 이었다.

"카이로의 사업과는 별도야."

무스타파의 재산을 알 수 없었지만 수억 불 규모다.

그때 무스타파가 탁자 위에 서류를 밀어놓았다.

"리, 내가 마음대로 정했지만 앞으로 연봉 계약을 하지. 계약서 준비를 해 왔어."

무스타파가 말을 이었다.

"연봉은 5백만 불로 하고 보너스는 별도로 지급한다는 내용이야."

무스타파 앞에서는 1백만 불이 1백 불로 들린다.

다음 날 오전.

제다로 가려고 가방을 챙기는데, 함단이 찾아왔다.

"리, 문제가 생겼어."

말은 그렇게 했지만 소파에 앉은 함단의 표정은 느긋하다.

"뭡니까?"

"난 1년에 한 번씩 양탄자를 수입하고 있어. 4백만 불 정도의 물량인데."

함단이 말을 이었다.

"그 양탄자 공급업자가 구속되어서 제품 공급에 차질이 났어. 그래서 현지에 가야될 것 같네."

"가야지요. 어딥니까?"

"사마르칸트야."

"아니, 그러면…."

"소련 연방국 우즈베키스탄의 도시지."

"가서 해결하지요."

"공급업자 대신 생산자들을 만나 대금을 지급하고 보내면 돼. 거긴 항공화물로 실어야 돼."

이태진이 고개를 끄덕였다.

"카이로 들렀다가 사마르칸트로 가겠습니다."

함단의 에이전시 역할이니 당연히 해야 할 일이다.

그때 함단이 자리에서 일어섰다.

"양탄자 대금과 경비는 바로 자네 계좌로 넣겠네. 부탁하네."

그러고는 덧붙였다.

"그리고 두바이 부동산 구입 건은 나한테도 상의해주게."

제다에 도착했을 때는 오후 3시 반이다.

공항에 마중 나온 카림이 시내로 돌아오는 차 안에서 말했다.

"대영에서는 제다에 오려는 계획을 취소한 것 같습니다. 이제는 초청장 보내 달라는 연락이 안 옵니다."

이태진은 고개만 끄덕였고 카림이 말을 이었다.

"어제 중동부장이 된 정진호가 전화로 인사를 해왔더군요. 전화는 제가 받왔습니다."

"잘했어, 카림. 정진호는 회장 아들이야."

"알고 있습니다."

"생산과 품질 체크는 내가 더 엄격하게 할 테니까 신경 안 써도 될 거야."

"그래야죠."

고개를 돌린 카림이 웃음 띤 얼굴로 말했다.

"사장 되신 것 축하합니다."

"고맙네."

이태진이 함단과 무스타파의 대리인 역할을 하는 것이다.

"쿠웨이트 물량이 커질 거야."

오마르가 이태진에게 말했다.

오마르의 사무실 안.

이태진이 호텔에 짐만 갖다 놓고 곧장 사무실로 온 것이다.

"말라피가 열심히 하고 있어."

쿠웨이트는 자체 시장보다 중동, 아프리카 지역에서 온 도매상들의 구매량이 많다.

관세와 창고료가 싸기 때문에 도매상들이 몰리는 것이다.

"오마르, 두바이 시장은 어때?"

"그곳이 곧 쿠웨이트 이상이 될 거야."

오마르가 대번에 말했다.

"정부가 적극적으로 시장을 개방하고 특히 출입국을 자유롭게 만들어주고 있어. UAE 연방의 주민은 외지인이 90퍼센트나 된다네."

"그런가?"

이태진이 눈을 크게 떴다.

두바이 시장에 대한 평판은 중동의 장사꾼 대부분이 호의적이다.

이것이 바로 현지의 평가다.

백문이 불여일견이다.

고개를 끄덕인 이태진이 오마르에게 대영과의 관계를 수습한 내막을 말해 주었다.

정예은과의 사연까지 털어놓았더니 오마르가 두 손을 들고 부르짖었다.

"살람 알라이쿰."

평화가 그대와 함께 하기를 바란다는 말이다.

그래서 이태진도 화답했다.

"인슈알라."

모든 일은 알라의 뜻대로 이루어진다는 말이다.

이야기가 끝났을 때 오마르가 고개를 끄덕이며 말했다.

"리, 자네나 대영이나 다 잘 되었어. 다 알라의 뜻이야."

그래서 둘은 같이 소리쳤다.

"알라 아크바르."

알라는 위대하다는 뜻이다.

제다에서 이틀 밤을 자고 나서 다시 카이로로 돌아갔다.

그동안 그림자처럼 수행했던 하드람에게 이태진이 말했다.

"하드람, 카이로에서 우즈베키스탄 사마르칸트로 가야 한다. 비자 준비를 해야 돼."

"언제 가십니까?"

공항에서 시내로 들어가는 차 안이다.

오후 6시 무렵.

이태진이 하드람을 보았다.

"이틀 후에. 그런데 하드람, 넌 이렇게 나하고 붙어 있어도 되는 거야?"

하드람은 이태진을 따라 두바이, 리야드, 제다를 거쳤다가 다시 이틀을 쉬고 사마르칸트로 가야 되는 것이다.

"다른 직원을 시키지 그래?"

"아닙니다. 제가 가야 합니다."

하드람이 고개까지 저었다.

"그리고 지금처럼 보람 있는 일을 한 적이 없습니다."

하드람은 카이로에서 처와 5살, 7살짜리 두 딸, 그리고 부모까지 여섯 식구가 함께 산다.

무스타파 사무소의 이태진 경호 책임자로 고용되었는데, 월급은 300불.

유성희가 대학교수로 받는 월급이 350불이었으니 보수는 높은 수준이다.

함께 지내면서 하드람의 과묵하고 성실한 태도가 마음에 들었기 때문에 이태진이 주머니에서 메모지를 꺼내 내밀었다.

"이게 사마르칸트에 있는 공급업자 전화번호야. 이곳에 전화해서 함단의 대리인인 내가 간다고 전해. 우리 비행기 편도 말해주고."

"예, 사장님."

"공급업자가 감옥에 갔으니까 아마 직원이 받을 거야. 직원한테 생산업자들에게 연락해서 양탄자를 준비해놓으라고 해. 내가 대금 지급하고 실어 보낸다고."

하드람이 고개를 끄덕이더니 펜을 꺼내 메모지 귀퉁이에 꼼꼼하게 적는다.

그날 저녁 8시.

호텔로 찾아온 유성희가 말했다.

"클레오파트라 호텔이 매물로 나왔습니다. 입찰은 5일 후입니다."

"응찰해요."

이태진이 말을 이었다.

"전문가하고 상의해서 상한선은 세금 포함한 5천만 불로."

"5천만 불입니까?"

유성희가 정색하고 묻자 이태진이 고개를 끄덕였다.

"그 이상은 투자할 가치가 없어요."

탈세액까지 세금 등을 공제하면 실제 호텔 가격은 3천만 불 남짓인 것이다.

그러나 어차피 매수하는 입장에서 보면 5천만 불이다.

"알겠습니다."

유성희가 고분고분 동의했다.

"분위기를 봐서 5일 안에 제출하지요."

"부담 느낄 것 없어요. 안 돼도 그만이니까."

이태진이 말을 이었다.

"체육관 부지 매입 건도 마찬가지요. 무리할 필요가 없습니다."

유성희의 시선을 받은 이태진이 빙그레 웃었다.

"내가 두바이에서 오는 길입니다. 그곳 부동산을 곧 매입할 계획이오. 그건 확실하게 결정된 사업이죠."

놀란 유성희가 눈만 크게 떴다.

유성희도 두바이의 중요성을 말했던 것이다.

우즈베키스탄은 1977년 현재 소련연방(USSR)의 연방국이었기 때문에 카이로에 있는 소련대사관에서 우즈베키스탄 비자를 받아야만 했다.

그러나 하드람이 나서서 비자는 하루 만에 받아내었다.

출장 인원은 셋.

우즈베키스탄의 치안 상태가 좋지 않아서 하드람은 경호원 칼라드까지 추가한 것이다.

"사장님, 티무르 통상의 담당 직원 소냐하고 연락이 되었습니다."

다음 날 오후.

무스타파 지점 사무실에서 하드람이 보고했다.

"소냐 씨도 함단 씨의 연락을 받았다고 합니다. 그래서 이번 오더 양탄자를 준비해놓겠답니다."

"잘되었어."

만족한 이태진이 고개를 끄덕였다.

그러면 제품 확인을 한 후에 대금을 지급하고 항공화물로 보내면 되는 것이다.

"저희 일정을 알려주었더니 호텔 예약을 해놓겠다는군요."

"그런데 사장은 무슨 일로 구속된 거야?"

"그건 묻지 않았습니다."

함단도 모르고 있는지 말해주지 않았다.

그때 하드람이 말했다.

"사장님, 제가 알아보겠습니다."

"떠나기 전에 알고 가는 것이 낫지."

고개를 끄덕인 이태진이 하드람을 보았다.

하드람은 경호원 이상의 업무를 하는 셈이다.

문득 서울의 김봉철이 떠올랐다.

그날 저녁.

같은 건물에 사무실을 둔 강준호와 이태진은 중식당에서 저녁을 먹는다.

오후 8시 무렵이다.

탕수육을 씹으면서 강준호가 말했다.

"마흐밧은 이집트 정부에서 파견한 비공식 파트너 역할이죠. 이젠 우리도 이집트에 기반이 굳어졌습니다."

"다행이네요."

"모두 이 사장님 덕분입니다."

"서로 돕는 거죠."

이태진이 쓴웃음을 지었다.

지난번 대영에서 하청공장을 내세워서 고발했을 때 중정이 즉각 수습해준 것이다.

고개를 든 강준호가 이태진을 보았다.

"'함단 앤 리'에 운동권 출신이 또 10명 가깝게 입사했더군요."

"예, 이번에 큰 오더가 들어가서요. 물량이 2억 불 가깝게 됩니다."

"어이구, 2억 불."

놀란 강준호가 숨을 들이켰다.

"엄청난데요. 회사가 커진 것은 알았는데, 그 정도일 줄은…."

강준호가 흐린 눈으로 이태진을 보았다.

"그래서 회사를 나오셨군요."

"아시겠지만 제가 알 마후드 가문의 일을 맡고 있어서요. 일이 많습니다."

"그렇죠."

강준호가 고개를 끄덕였다.

"무스타파 씨 일까지 맡으셨으니 대영에 매여 있을 수는 없겠지요."

그렇다.

세상은 넓고 할 일은 많다.

시냇물에서 고기를 잡다가 바다로 나온 셈이다.

밤 12시 반.

서울은 오전 7시 반이다.

이태진이 전화기를 귀에 붙인 채 기다리고 있다.

카이로의 호텔 방 안.

주위는 조용하다.

신호음 3번 만에 응답 소리가 들렸다.

"여보세요."

정경호의 목소리다.

"응, 나야."

"아, 사장님."

"얌마, 둘이 있을 때는 반말해야지."

"응."

정경호가 짧게 웃었다.

빅 오더가 터지고 새 빌딩으로 이주한 후에 전무로 강등되었지만 정경호는 오히려 더 밝아졌다. 그리고 사장으로 온 이태진을 깍듯이 모신다.

진심이 배어나는 모습이다.

그것은 책임감이 무거웠기 때문일 것이다.

정경호는 분수를 아는 인간이다.

그때 이태진이 물었다.

"사원 몇 명 채용했지?"

"14명."

정경호가 바로 대답했다.

"일반 4명, 수배자 10명이야."

"수배자 수준은 어때?"

"서재경, 강진수가 추천했는데, 모두 SKY 출신이야. 수배자인 것만 빼면 일급 사원이지."

"일반은?"

"대리급 3명, 경력 2년짜리 1명이야. 대리급은 전문직인 경리, 관리직이고."

"그럼 사원이 몇 명이 되나?"

"모두 32명이 되었어."

"관리 잘 부탁한다."

"직원들이 모두 사기가 높아. 그리고."

정경호가 말을 이었다.

"너에 대한 충성심이 다 보여."

이태진이 숨을 들이켰다.

직장생활을 제대로 한 사람이라면 그 충성심이란 것이 얼마나 허황한 것인지를 안다.

그 충성심의 원인은 권력이다.

또는 금력이다.

아마 이번에 입사한 수배자 10명도 사장의 배후에 '중정'이 있다는 사실을 알고 있을 것이다.

유성희는 무스타파 지사의 상임고문 역할로 지사원을 관리했다.

카이로 지사에도 직원이 6명이다.

경호원이 3명, 그리고 여직원 사로나와 유성희가 고용한 조수 아르진이다.

아르진은 유성희의 조교이기도 하다.

오전 10시.

사무실에서 이태진과 유성희가 회의를 한다.

공매로 나온 클레오파트라 호텔의 입찰 문제다.

유성희가 입을 열었다.

"응찰가의 10퍼센트를 담보로 넣어야 해요. 그런데 문제가 있어요."

유성희가 말을 이었다.

"담보로 맡긴 돈을 낙찰이 안 되면 규정상 1년 안에 돌려주기로 되어 있는데 몇 년이 지나도 돌려주지 않는 경우가 많다는 것입니다."

만일 5천만 불로 응찰한다면 5백만 불을 정부에 담보로 넣어야 한다.

고개를 끄덕인 이태진이 유성희를 보았다.

"몇 개 업체가 응찰을 할 것 같습니까?"

"현재로서는 3개 업체입니다. 알 나일 호텔의 사주와 재력가 2명입니다."

"마흐밧을 만난 후에 결정합시다."

마침내 이태진이 이런 결정을 했다.

마흐밧은 같은 층에 위치한 옆방을 사용하고 있었는데, 간판이 없었기 때문에 무스타파 지사 사무실처럼 보였다.

이곳이 한국 중정의 이집트 지부인 것이다.

이태진이 방으로 들어서자 강준호와 이야기 중이던 마흐밧이 일어섰다.

강준호와 눈인사를 나눈 이태진이 마흐밧과 함께 회의실로 들어섰다.

자리에 앉은 마흐밧이 입을 열었다.

"클레오파트라 호텔은 복잡합니다. 지금 6개 업체 이름으로 입찰 예정자가 드러났는데, 그중 유력한 것이 무크바와 바르쿠 둘입니다."

고개를 든 마흐밧이 이태진을 보았다.

"둘 다 재력가고 권력자와 연결되어 있지요. 그리고 뒷거래가 있을 가능성이 많습니다."

"우리가 입찰에 참가해서 낙찰 받을 가능성이 있습니까?"

그러자 마흐밧이 이를 드러내고 웃었다.

콧수염 밑에서 흰 이가 드러났다.

마흐밧과는 중정을 연결하기 전부터 인연을 맺은 사이다.

마흐밧이 상반신을 이태진에게 굽히고는 목소리를 낮췄다.

"이 사장, 정상적인 방법으로 낙찰을 받을 수 있다고 생각한 겁니까?"

"아니."

고개를 저은 이태진이 쓴웃음을 지었다.

"방법을 찾고 있었던 거요. 그래서 당신한테 조사를 맡긴 것 아닙니까?"

"그러려면 먼저 배경을 만들어야 해요. 그 사람이 영향력을 발휘해야 됩니다."

"마흐밧, 당신이 소개해 줄 수 있지요?"

"있어요."

고개를 끄덕인 마흐밧이 지그시 이태진을 보았다.

"리, 당신의 배경을 아니까 내가 솔직히 말해줄 수 있는 겁니다."

"이집트에서 사업을 하려면 이집트의 실력자가 필요하다는 것도 압니다."

그러고는 이태진이 낮게 물었다.

"누굽니까?"

"경찰청장 겸 정보국장인 알 사우드 하와라. 내 최고위 상관이기도 하지요."

마흐밧이 말을 이었다.

"사우디 경찰청 부청장이며 정보국 부국장인 알 마후드 아즈란 씨의 친구이기도 하지요."

이태진이 숨을 죽였다.

아즈란이 무스타파의 사촌이다.

이집트 정보국이 마흐밧을 시켜 한국 중정 일을 도와주고 있는 것도 아즈란이 하와라에게 부탁했기 때문인 것이다.

이윽고 이태진이 고개를 끄덕였다.

"마흐밧, 하와라 국장을 만나게 해줘요."

"연락하지요."

마흐밧이 고개를 끄덕였다.

"당신이 누구인지를 이미 알고 계실 테니까요."

"내가 아즈란 씨하고도 형제로 통합니다. 무스타파, 함단 세 사촌들하고 말이지요."

"그것도 전하겠습니다."

이태진에게 시선을 준 채 마흐밧이 이번에는 천천히 고개를 끄덕였다.

눈에 초점이 멀어져서 흐려져 있다.

오후 3시 무렵이 되었을 때 하드람이 이태진의 방으로 들어섰다.

앞쪽에 앉은 하드람이 바로 입을 열었다.

"티무르 통상 대표 이바노프는 양탄자 제조업자들한테서 사기로 고발당해서 수감 중입니다."

하드람이 말을 이었다.

"연줄을 통해서 사마르칸트 경찰국 담당 수사관하고 직접 통화를 했습니다. 수입품 대금 55만 불 정도를 떼어먹었다고 합니다. 죄질이 나빠서 3년 형은 받는다는군요."

"이번에 가져올 물량은 차질이 없겠지?"

"예, 담당자 소냐가 회사에 남아있는데요, 제조업자들한테 이야기해놓았답니다. 대금만 가져오면 바로 집행된다고 했습니다."

이태진이 고개를 끄덕였다.

사전에 준비해야 한다.

그 준비의 대부분은 정보다.

김봉철의 전화가 왔을 때는 오후 4시다.

서울은 오후 11시일 것이다.

무스타파 지사 사무실에서 이태진이 전화를 받는다.

이 시간에 전화를 한 것이 수상했기 때문에 이태진은 조금 긴장했다.

"응, 웬일이야?"

"사장님, 열흘이 지났기 때문에 중간보고를 해야 할 것 같아서요."

"그렇구나. 벌써 열흘이 지났나?"

"예, 그런데 이번에 입사한 '함단 앤 리' 신입사원 중에서 2명이 문제가 있습니다."

김봉철이 말을 이었다.

"우리 회사 안 부장이 말해준 겁니다. 그 두 명이 지금도 조직 활동을 하고 있다는데요. 북에서 온 사람들과 접촉하는 정황이 있다는 것입니다."

안 부장이란 동양기획에 파견된 중정 요원 안철성을 말한다.

동양기획에는 안철성, 배규환 둘이 파견되어 있다. 동양기획 직원으로 위장한 것이다.

그때 김봉철이 말했다.

"그 둘은 서재경 과장이 추천했다는 겁니다. 안 부장은 서 과장도 의심하고 있는데요."

"…."

"안 부장은 우선 그 둘을 체포해야 된다고 했습니다. 서 과장 문제는 사장님 귀국하시고 나서 상의드린다는군요."

"알았어."

"그럼 보고 드렸다고 전하겠습니다."

"내가 다시 연락하지."

전화기를 내려놓은 이태진이 길게 숨을 뱉었다.

예상은 했지만 현실이 되니까 찜찜하다.

더구나 서재경이 연루되었다는 건 믿기지 않는다.

모르고 추천했겠지.

오후 8시.

힐튼 호텔의 특실 안.

이태진의 방 안이다.

문에서 벨 소리가 났기 때문에 이태진이 서둘러 다가가 문을 열었다.

문 앞에 두 사내가 서 있었는데, 마흐밧과 50대쯤의 사내다.

그때 마흐밧이 이태진에게 말했다.

"국장님이십니다."

이태진이 고개를 숙여 보이면서 비켜서자 사내가 들어섰다.

마흐밧은 뒤쪽에서 이태진에게 시선만 준 채 오히려 한 걸음 물러섰다.

같이 들어가지 않겠다는 표시다.

문을 닫은 이태진이 사내에게 말했다.

"무스타파 대리인 이태진입니다."

"하와라요."

사내가 손을 내밀고 악수를 청했다.

얼굴에 웃음이 떠올라 있다.

양복 차림으로 콧수염만 길렀기 때문에 서양인으로도 보인다.

특실에는 응접실이 갖춰져 있다.

소파에 마주 보고 앉았을 때 하와라가 이태진을 보았다.

날씬한 체격에 잘생긴 용모다.

"알 마후드 가문의 사촌들과 형제의 의(義)를 맺었다니, 능력이 있는 분이시군요."

"운이 좋았기 때문입니다."

"사촌 중 하나인 함단의 에이전시로 이번에 사우디 정부에서 빅 오더를 받으셨다고 들었습니다."

소파에 등을 붙인 하와라가 말을 이었다.

"그리고 이번에는 무스타파 씨를 대신해서 나선 겁니까?"

"사촌간이니까요. 셋이 자주 만나는 사이니까 저도 함께하게 된 것이지요."

"그렇군요."

"이번에 클레오파트라 호텔 입찰에 응찰하려는데 도움이 필요합니다."

정색한 이태진이 하와라를 보았다.

"무스타파 씨는 저한테 전권을 일임했기 때문에 국장님 면담을 신청한 겁니다."

하와라가 고개만 끄덕였고 이태진이 말을 이었다.

"저는 무스타파 씨한테서 5천만 불을 받았습니다. 그것이 클레오파트라 호텔의 구입 대금이죠."

이태진이 주머니에서 쪽지를 꺼내 탁자 위에 놓았다.

"여기 5천만 불입니다."

하와라가 쪽지와 이태진의 얼굴을 번갈아 보았다.

그러나 여전히 차분한 표정이고 입을 열지 않는다.

이태진이 눈으로 쪽지를 가리켰다.

"부탁드립니다. 낙찰만 받으면 됩니다."

그때 하와라의 입술 끝이 조금 올라갔다가 내려갔다.

"만일 낙찰 받지 못했을 경우에는?"

"담보금을 포기하겠습니다."

"대담한 분이군."

어깨를 늘어뜨린 하와라의 눈에도 웃음기가 떠올랐다.

"알 마후드 가문의 사촌들이 신임할 만하군요."

하와라가 손을 뻗어 쪽지를 집었다.

"내가 5천만 불을 손에 쥔 것은 처음이오."

이번에는 하와라가 이를 드러내고 웃었다.

"너 오늘 쉬는 날이야?"

커피숍에 들어선 오세영이 앞에 앉았을 때 민소정이 물었다.

오전 11시.

신촌의 커피숍 안이다.

"응."

자리에 앉은 오세영이 종업원에게 커피를 시키고는 민소정을 보았다.

"회사 그만뒀어."

"뭐라고?"

"사표 냈다고."

순간 숨을 멈춘 민소정의 눈이 흐려졌다.

그때 오세영이 입을 열었다.

"이태진은 나보다 먼저 떠났고."

"…."

"어떻게 떠났는지 아니? 회사를 차렸어. 엄청난 회사야."

"…."

"오더 양이 2억 불 가깝게 돼. 우리나라 올해 목표가 1백억 불인데 이태진이 2억 불이야. 물론 내년에 수출하겠지만."

"…."

"재주가 좋은 놈이지. 3류 지방대 출신이라고 무시했던 나나 네가 진짜 무색해지는 순간이야."

"난 무시한 적 없어."

"거짓말 그만두고."

"네가 무시했지."

"그랬다. 왜?"

커피가 놓이자 오세영이 들고 한 모금 삼켰다가 찡그렸다.

"커피가 왜 이렇게 짜."

"그래서 이태진 지금 잘된다는 거냐?"

"응, 마포에 14층 빌딩도 이태진 소유야. 강남에 땅도 10만 평이 넘게 사놓았다고 하고. 회사 직원이 30명도 넘는단다. 거기 사장이야. 바이어가 준 돈이래."

"…."

"회사 직원들을 다 데려갔어. 나한테도 오라는 걸 내가 일언지하에 거절했지."

"왜? 가지 그래?"

"끝났어."

"뭐가?"

"걔하고의 인연."

말을 그친 오세영이 눈을 가늘게 떴다가 다시 묻는다.

"너 걔한테 미련 있는 거냐?"

민소정이 시선만 주었기 때문에 오세영은 쓴웃음을 지었다.

"꿈 깨. 걘 지금 외국 나가 있어. 아마 네 이름도 잊어먹었을 거다."

"…."

"나나 너나 걔를 이용해먹으려다가 코를 다친 경우가 되었어. 이런 경우는 얼른 잊는 것이 상책이야."

오후 3시가 되었을 때 한여옥이 전화를 받는다.

'함단 앤 리'의 사무실 안이다.

"네, 한여옥입니다."

"한여옥 과장님?"

여자 목소리다.

고개를 기울인 한여옥이 되물었다.

"네, 전데요. 누구시죠?"

"나 오세영이에요, 한 과장."

"어머, 오 과장님."

놀란 한여옥의 목소리가 높아졌다.

"웬일이세요, 저한테 전화를 다 주시고?"

"그래도 한 과장님하고는 중동과원 중에서 안면이 많은 편이었으니까요."

"아유, 존댓말 어색해요. 전처럼 한여옥 씨, 미스 한, 하세요."

"그럴 수 있나요?"

"그런데 웬일이세요? 회사 그만두셨다면서요?"

"그래서 시간이 좀 남는데, 우리 만날 수 있어요?"

"지금 어디 계신데요?"

"'함단 앤 리' 회사 근처에 와 있어요."

"그럼 여기 오실 수 있어요?"

정색한 한여옥이 옆자리의 고재규를 보았다.

옆쪽 자리여서 통화 내용을 반쪽만 들은 고재규가 눈을 껌벅이고 있다.

오전 9시에 카이로에서 출발한 소련 여객기 아에로플로트는 타슈켄트에 도착했다.

타슈켄트에서 사마르칸트까지는 288킬로.

국내선으로 갈아타야 한다.

이태진 일행은 셋.

경호원 하드람, 칼라드를 대동했기 때문이다.

타슈켄트에서 다시 한 시간을 날아간 비행기가 사마르칸트에 도착했을 때는 오후 2시 반이다.

공항 입국장으로 나온 셋 앞으로 여자 하나가 다가왔다.

동양 여자.

그러나 큰 키.

검은 머리는 뒤에서 묶었고 흰색 코트에 부츠 차림.

그때 여자가 앞장선 하드람에게 물었지만 시선은 이태진에게 향해 있다.

영어로 묻는다.

"함단 씨가 보낸 미스터 리이신가요?"

"나요."

이태진이 한 걸음 다가갔다.

"당신이 소냐인가?"

"그래요. 제가 소냐입니다."

맑고 울림이 강한 목소리.

여자가 말을 이었다.

"밖에 차를 대기시켰습니다."

이태진은 여자를 따라 발을 떼었다.

소련제 승합차는 높고 소음이 큰 데다 딱딱해서 덜컹거린다.

차가 출발했을 때 소냐가 이태진에게 말했다.

"20분 정도 걸립니다. 사마르칸트 호텔에 예약했습니다."

"수고했어요."

이태진이 소냐를 보았다.

"준비는 다 되었어요?"

"네, 오늘 저녁에 제조업체 대표를 만나실 수 있습니다."

소냐가 상기된 얼굴로 이태진을 보았다.

"검사원 셋도 대기시켰습니다. 제품이 오면 바로 검사할 수 있어요."

고개를 끄덕인 이태진이 앞에 앉은 소냐를 보았다.

소냐의 맑은 눈과 검은 눈동자가 앞에 떠 있다.

그때 이태진이 말했다.

"난 한국인이오. 압니까?"

"예, 이름을 듣고 알았습니다."

"당신 조상은?"

"한국입니다."

대답한 소냐의 얼굴이 조금 상기되었다.

이태진이 다시 물었다.

"한국말 할 줄 압니까?"

"네, 압니다."

이태진이 고개를 돌렸다.

둘은 지금까지 영어로 대화를 한 것이다.

사마르칸트 호텔은 사마르칸트에서 유일한 현대식 호텔이다.

호텔에 투숙한 셋은 제조업체 대표를 기다렸다.

소냐가 제조업체 대표를 데리고 오기로 한 것이다.

방으로 하드람을 부른 이태진이 말했다.

"소냐가 한국계야."

"그게 무슨 말입니까?"

"우즈베키스탄에 한국계 주민이 많다고 들었는데, 소냐가 한국계야."

"그렇군요. 이민을 온 겁니까?"

"아니. 70, 80년쯤 전에 한국에서 소련으로 이주한 한민족의 후손이야."

"우즈베키스탄으로 말입니까?"

"아니지."

이태진이 말을 이었다.

"한반도 북쪽으로 이주했는데, 2차 세계대전 때 소련의 스탈린이 한민족이 일본군과 내통할까 봐서 수십만 명을 이쪽으로 이주시킨 거지."

"그렇군요."

"지금 우즈베키스탄에 한국계 주민이 1퍼센트쯤 돼."

"그럼 수십만 명이겠습니다."

그때 문에서 노크 소리가 들렸다.

하드람이 일어나 문을 열고 소냐를 데리고 들어왔다.

문밖에 서 있는 칼라드의 모습이 보였다.

오후 4시 반이다.

방으로 들어선 소냐가 앉지도 않고 이태진을 보았다.

굳은 얼굴이다.

"드릴 말씀이 있습니다."

한국어여서 옆에 서 있던 하드람이 눈썹을 좁혔고 이태진이 숨을 삼켰다.

그때 소냐가 말을 이었다.

"문제가 있습니다."

"영어로 말해요, 소냐."

이태진이 지적하자 소냐가 숨을 골랐다.

"문제가 있습니다."

다시 영어로 말한 소냐가 흐려진 눈으로 이태진을 보았다.

"제가 회사로 갔더니 북한인들이 와 있었습니다."

"북한인들이?"

"예, 티무르 통상에서 북한의 철광석을 수입하기 때문에 북한인들이 자주 들릅니다. 미스터 박은 상주 직원이구요."

그때 하드람의 시선이 이태진에게 옮겨졌다.

긴장한 하드람의 눈이 번들거리고 있다.

소냐가 말을 이었다.

"이번에 이바노프가 구속된 것은 철광석 대금을 지불하지 않았기 때문입니다. 양탄자를 할 상황이 아니었죠."

"북한인들이 와 있다는 건 뭐야?"

"대금을 못 받은 북한인들이 무슨 수단을 쓸지도 모릅니다. 담당자들이 총살을 당한다고 들었습니다."

"그렇다면 나한테서 돈을 빼앗아간다는 말인가? 아무 관계도 없는 나한테?"

"티무르 통상의 돈을 빼앗는 셈이 되니까요. 그들은 받을 돈을 받는 셈이 될 겁니다."

"양탄자 제조업자에게 줄 돈 아닌가?"

"그건 상관할 일이 아니죠. 그래서 미스터 박이 연락한 것 같습니다."

소냐가 지친 듯 어깨를 늘어뜨렸다.

"그 사람들은 거래가 끝나기를 기다리든지, 다급해지면 이곳을 습격할지도 모릅니다."

그때 이태진이 물었다.

"나한테 알려주는 이유는?"

"난 두 달 동안 월급도 받지 못했어요."

고개를 든 소냐가 똑바로 이태진을 보았다.

"회사가 망했지만 최선을 다해서 수습하려고 했습니다. 양탄자 제조업자들은 생산을 다 해놓고 직원들한테 보수도 못 준 채 기다리는 상황이에요. 이것을 처리해주고 끝낼 생각이었지만…."

소냐의 두 눈이 번들거렸다.

"제조업자들이나 당신이 또 당하게 할 수는 없었어요."

"양탄자 제조업체 대표하고 호텔에서 만나기로 했으니까 아마 같이 저녁을 먹는지도 몰라요."

박병수가 말하자 전태기가 이맛살을 찌푸렸다.

"야, 이 간나야. 그런 식으로 처신했기 때문에 이바노프 놈이 돈을 빼돌렸어도 눈치채지 못한 거다."

"그건 이바노프 뒤를 붙어 다니지 않는 이상 발견하기 힘든 일입니다."

"닥쳐!"

전태기가 던진 담배가 박병수의 가슴에 맞고 불똥을 흐트러트렸다.

피우던 담배를 던진 것이다.

오후 5시 35분.

티무르 통상의 사무실 안.

불을 밝힌 사무실에는 조선인 사내 넷만 둘러앉아 있다.

지금 그들은 소냐가 양탄자 제조업체 대표하고 회사로 오기를 기다리는 중이다.

소냐가 출발하기 전에 전화하기로 했다.

그때 조바심이 난 전태기가 박병수에게 지시했다.

"네가 호텔에 가 봐."

사무실에서 호텔까지는 두 블록밖에 떨어지지 않았다.

걸어서 10분이면 간다.

전화기를 귀에 붙인 말렌코프가 이맛살을 찌푸렸다.

그러나 심호흡을 하고 나서 낮게 목청을 가다듬고 응답했다.

"예, 말렌코프입니다."

"아, 난 네프스키야."

"예, 국장 동지."

벽시계가 오후 6시 20분을 가리키고 있다.

지금 말렌코프는 타슈켄트의 경찰청 부청장 네프스키의 전화를 받는 중이다.

10분 전에 먼저 정보국장 비서가 연락했기 때문에 대기하고 있었다.

네프스키가 말을 이었다.

"이봐, 말렌코프, 요즘 사마르칸트 분위기 어때?"

"지난주의 데모 사건은 진압되었습니다. 보고했다시피 후유증은 거의 없습니다."

"그래. 골치 아픈 놈들이야, 버스 운전사 놈들은. 여긴 버스 운전사보다 트럭 운전사들이 문제야."

"잘 되겠지요."

말렌코프는 사마르칸트 경찰청의 정보국장이다.

그래서 타슈켄트 본청의 정보국장 네프스키가 직속상관이 된다.

정보국은 반국가사범에서부터 밀수, 통상에 이르기까지 감독하는 가장 힘센 부서다.

그때 네프스키가 말했다.

"말렌코프, 잘 들어."

"예, 국장 동지."

"거기 티무르 통상이라고 있어, 사장 놈이 현재 구속되어있는."

"예, 들은 것 같습니다."

"그 사장 놈은 놔두고, 지금 사마르칸트에 와 있는 한국 국적의 사내 하나를 만나게. 이집트인 경호원 둘을 데리고 있을 거야."

영문을 모르는 말렌코프가 전화기만 더 귀에 붙였고, 네프스키가 말을 이었다.

"미스터 리야. 그 친구가 곧 자네를 찾아갈 테니까 만나보게. 그것이 국익을 위한 거야. 빅 바이어니까."

"아, 예."

"그 친구를 도와주란 말야. 그렇지. 스폰서가 되는 것이지. 내가 자네한테 서비스해주는 거야."

"예?"

"자네도 스폰서를 둘 시기가 되었어, 말렌코프. 그럼 부탁하네."

말렌코프가 얼떨떨한 표정으로 전화기를 내려놓았을 때 열린 문으로 형사 보리스가 들어섰다.

"현관에 한국인 일행이 찾아왔습니다. 약속이 되어있다는데요."

"식당에도 없는데요."

수화기에서 박병수의 짜증 섞인 목소리가 울렸을 때다.

창가에 서 있던 김종무가 소리치면서 말했다.

"경찰차가!"

놀란 전태기가 전화기를 제대로 놓지도 못하고 일어섰을 때다.

뒤쪽 문이 열리면서 경찰 둘이 들어섰다. 그러더니 요란한 사이렌 소리가 울렸다.

경찰이다.

잠시 후에 복도에서 발소리가 울렸다.

이미 경찰 둘의 기세에 눌려 제자리에 서 있던 전태기 일행 셋은 문이 열리고 들어서는 일단의 경찰들을 보았다.

그때 전태기가 숨을 들이켰다.

경찰들 뒤를 따라 들어서는 동양인 사내를 본 것이다.

그리고 그 뒤에 소냐가 따라온다.

양복 차림에 콧수염을 기른 사내 둘.

아랍계 같다.

그때 맨 뒤를 어깨에 노란 별 4개를 붙인 국장급 간부가 들어선다.

전태기는 눈앞이 흐려졌다.

차라리 조국에서 총살당하는 것이 나을지도 모른다는 생각이 스치고 지나갔다.

3장 우즈베키스탄 개척

“잘 들어.”

말렌코프가 테이블에 둘러앉은 사내들을 훑어보면서 말했다.

주위에 이태진, 하드람, 칼라드 그리고 전태기와 유상준, 김종무, 소냐와 박병수까지 둘러앉아 있다.

박병수는 호텔에 갔다가 불려온 것이다.

빈자리가 없어서 말렌코프 뒤에는 보리스가 서 있다.

오후 8시.

티무르 통상 회의실 안.

옆쪽 사무실에는 10여 명의 경찰이 들어와 있다.

말렌코프의 시선이 전태기 쪽으로 옮겨졌다.

“너희들 여권은 당분간 압류다. 체포해서 조사하는 것이 정상이지만 이 정도로 해두겠다.”

전태기는 숨만 쉬었다.

세 명 다 여권에 러시아 입국 비자가 찍혀 있지 않았다. 북한에서 러시아로 밀입국해서 이곳까지 온 것이다.

말렌코프가 말을 이었다.

“여기 앉은 이태진 씨 덕분이라는 것을 명심해. 이태진 씨가 보증을 섰기 때문에 여권을 압류하는 것으로 끝낸 거야. 알겠어?"

말렌코프가 소리쳐 묻자 전태기는 고개부터 끄덕였다.

"알겠습니다."

지금 그들은 영어로 대화를 하는 중이다.

전태기 등은 북한 여권 소지자다.

그때 말렌코프가 자리에서 일어서더니 이태진에게 말했다.

"이 선생, 내 보좌관 보리스를 남겨두고 가겠소. 이따 다시 보십시다."

그러고는 말렌코프가 보리스와 함께 방을 나갔기 때문에 남북한 측만 남았다.

이태진이 의자에 등을 붙이고는 전태기부터 박병수, 소냐까지 차례로 훑어보았다.

방이 조용해졌다.

바깥 사무실에서 두런거리는 말소리만 희미하게 울리고 있다.

그때 이태진이 말했다.

"알고 있겠지만 난 남한 국적이고 사우디 바이어의 대리인이오."

한국어다.

이태진이 말을 이었다.

"우즈베키스탄에서 상품을 실어가려고 온 건데 당신들이 미리 기다리고 있는 바람에 조사를 받게 된 것 같소."

"무슨 사업을 하시오?"

전태기가 다소 거칠게 물었기 때문에 이태진이 쓴웃음을 지었다.

"여러 가지야. 당신은 몰라도 돼."

반말로 내려치듯 말했지만 전태기는 어깨를 부풀렸다가만 내렸다.

이태진이 사내들을 둘러보았다.

"이곳에서 내가 하는 일을 보면 알게 될 거야."

그러고는 덧붙였다.

"아마 앞으로 사흘쯤이면 이번 일이 끝날 것 같은데, 그때는 다 수습이 되겠지."

고개를 돌린 이태진이 소냐를 보았다.

"늦었는데, 양탄자 업자는 지금 어디 있지요?"

"호텔에서 기다리고 있을지도 모르겠는데요. 하지만 숙소 전화번호를 아니까요."

"지금 연락해서 이곳으로 오라고 해요."

이태진이 바로 지시했다.

그러고는 고개를 돌려 하드람에게 영어로 지시했다.

"하드람, 모두 저녁을 안 먹은 것 같은데, 밖에 있는 보리스한테 상의해서 식사를 가져오도록 해 봐."

"예, 사장님."

하드람이 칼라드와 함께 일어섰다.

방에 소냐까지 포함해서 한국인들만 남았다.

그때 다시 이태진이 말했다.

"내가 요즘에야 우즈베키스탄을 알게 되었어. 양탄자 오더 때문에 말이지."

고개를 든 이태진이 전태기와 박병수까지 둘러보았다.

"그래서 티무르 통상의 내막도 알게 된 것이지. 사장 이바노프가 북한산 철광석 대금을 착복하고 사기 등 혐의로 구속되었더군."

이태진의 얼굴에 웃음이 떠올랐다.

"중앙아시아의 생소한 국가에서 남북한 국민에다가 현지의 한국계 주민까지 이렇게 둘러앉게 되다니. 신기하군."

양탄자 제조업체 대표가 달려왔다.

오후 8시 40분.

그때는 사무실이 식당으로 변해서 모두 식사를 하는 중이었다.

보리스 형사가 아는 식당에다 음식을 배달시켰기 때문이다.

하드람한테서 음식 값으로 200불을 받은 보리스가 놀라 시중드는 종업원 둘까지 불렀기 때문이다.

그래서 저녁도 굶고 기다리던 제조업자 대표 안드레이도 포식했다.

저녁을 함께 먹으면서 이태진이 안드레이에게 말했다.

"내일 제품을 창고에 가져오면 검사가 끝난 즉시 대금을 현금으로 지급하지요."

씹던 것을 그친 안드레이에게 이태진이 물었다.

"가능합니까?"

그때 음식을 삼킨 안드레이가 대답했다.

"오늘 밤에 다 갖다 놓겠습니다."

안드레이가 허겁지겁 돌아갔고 사무실의 음식도 다 치워졌을 때는 9시 반이 되어갈 무렵이다.

자리에서 일어선 이태진이 전태기에게 물었다.

"숙소가 어디요?"

"예, 시내의 아파트를 빌려서 묵고 있습니다."

전태기가 조금 고분고분해졌다.

고개를 끄덕인 이태진이 다시 물었다.

"이바노프에게 받을 대금이 얼맙니까?"

"56만 불이지요."

전태기가 말을 이었다.

"사고가 일어난 지 두 달이 넘었습니다."

"회수 가능성은 있습니까?"

"이놈은 도박과 주식으로 망해서 가능성이 없습니다. 와이프도 이혼하고 아이들을 데리고 시골 친정으로 내려가 있습니다."

이태진의 시선이 소냐에게 옮겨졌다.

"여기 직원은 몇 명이죠?"

"박병수 씨가 철강 수입 때문에 와 있었으니까 티무르 통상 직원은 저 하나만 남은 셈이지요. 전에는 직원이 5명까지 있었습니다."

이태진이 고개를 끄덕였다.

"그럼 티무르 통상은 폐업을 해야겠군."

"저도 이번 양탄자를 싣고 나서 그만둘 테니까요."

"무역회사를 설립할 수 있죠, 티무르 통상 대신으로?"

"그럼요."

소냐가 바로 대답했다.

"하루면 돼요. 말렌코프 씨 같은 분이 도와주신다면요."

"그럼 내일 양탄자 실어 보내고 회사 등록해요. 회사 이름은 '함단 앤 리'로."

이태진이 '함단 앤 리' 사장 명함을 꺼내 소냐에게 내밀었다.

그때 고개를 돌린 이태진이 전태기를 보았다.

그때는 옆에 서거나 앉았던 유상준, 김종무 그리고 박병수까지도 몸을 굳히고 있다.

"전 형, 그렇다면 '함단 앤 리'가 북한과 교역을 이어가기로 합시다."

전태기가 숨을 들이켰다.

"우, 우리하고 말입니까?"

"싫습니까?"

"그럴 리가 있습니까?"

"그 56만 불 미수금에 대해서는 내가 전 형 체면을 세워드릴 수도 있어요."

이제 전태기는 숨을 멈췄고, 이태진이 말을 이었다.

"이바노프는 그대로 감옥에 박아놓고 56만 불을 내가 보상해드리되, 추가 오더에서 조금씩 공제해주는 조건으로 하는 거요. 다른 오더를 만들어서 공제해주는 방법도 있겠지. 오늘 밤 숙소에 들어가서 상의해봐요."

"아, 그렇게 해주신다면."

어깨를 부풀렸다가 내린 전태기가 번들거리는 눈으로 이태진을 보았다.

"우리한테는 은인이시지요."

전태기의 말끝이 떨렸다.

옆에 선 유상준은 눈이 흐려져 있다.

전태기가 떨리는 목소리로 말을 잇는다.

"이걸 전화위복이라고 해야 하나, 말씀만이라도 고맙습니다. 오늘 밤에 상의할 것도 없습니다, 이 사장님."

사무실에 소냐와 둘이 남았다.

이태진이 할 이야기가 있다고 했기 때문이다.

소냐가 긴장한 얼굴로 이태진을 보았다.

얼굴이 상기되어 있다.

이태진이 입을 열었다.

"소냐, 여기서 월급을 얼마 받았지요? 미화로 말해 봐요."

"150불 정도 되었어요."

시선을 내린 소냐가 말했을 때 이태진이 고개를 끄덕였다.

"소냐, 당신이 지사장을 해요. 월급은 500불로 합시다, 보너스는 별도로."

소냐가 시선만 주었는데 눈이 흐려져 있다.

그때 이태진이 다시 물었다.

"소냐, 할 수 있어요?"

"정말이세요?"

소냐가 되물었다.

눈이 반짝이고 있다.

"지금 하신 말씀이 정말이냐구요."

"내가 농담할 상황입니까?"

그러자 소냐가 숨을 고르고 나서 대답했다.

"할게요."

다음 날 오전 9시 반에 이태진의 호텔 방으로 말렌코프가 들어섰다.

말렌코프는 웃음 띤 얼굴이다.

소파에 앉은 말렌코프가 물었다.

"잘 되셨지요?"

"덕분에 잘 되었습니다."

이태진이 탁자 밑에서 봉투를 꺼내 내밀었다.

1만 불이 들었다.

"오늘 무역회사를 등록하려고 합니다. 도와주시기 바랍니다."

"아, 티무르 통상 대신으로 영업할 회사군요. 알겠습니다."

금세 알아들은 말렌코프가 봉투를 받더니 재킷 가슴 주머니에 넣었다.

자연스러운 동작이다.

손바닥으로 봉투가 든 가슴을 눌러본 말렌코프가 붉은 얼굴을 펴고 웃었다.

"이렇게 만나게 되어서 기쁩니다, 이 사장님."

"앞으로 자주 뵙지요."

자리에서 일어선 이태진이 손을 내밀었다.

선수들끼리는 긴말이 필요 없다.

"저는 북조선 대외사업부 소속입니다."

회사 사무실에 앉아있는 이태진에게 전태기가 정식으로 자신을 소개했다.

둘은 테이블을 사이에 두고 앉아있다.

"김일성대학 영어과를 졸업하고 시베리아 벌목사업 감독실에서 근무하다가 철광석 수출 업무를 하게 되었지요. 현재 대외사업부 철광석반 주임입니다."

"난 '함단 앤 리'라는 사우디인 사업체 에이전시 사장이죠. 본사는 서울에 있습니다."

이태진이 명함을 건네주었다.

전태기는 명함을 건네지 않았는데 이태진은 받을 생각도 안 했다.

전태기가 말을 이었다.

"어젯밤 사업부 국장 동지께 보고를 했더니 만일 그렇게 해주신다면 적극 협력해주시겠다고 하셨습니다."

이태진은 고개만 끄덕였고 전태기의 목소리에 열기가 띠어졌다.

"참고로 대외사업부 국장 동지는 현역 육군 중장이시고 당 조직지도부 위원이십니다. 한철 동지라고 성함도 말씀해주라고 하셨습니다."

"고맙군요."

이태진이 정색하고 전태기를 보았다.

"내가 북한산 생산품을 소개할 테니까 다음에 만날 때까지 준비해놓아요. 연락은 소냐를 통하면 되겠지요."

"예, 사장님."

"그리고 전 형의 각서라도 한 장 써주시는 게 낫겠지. 56만 불을 선금으로 가져간다는 내용으로 말입니다."

"당연하지요, 이 사장님."

"각서를 써주시면 어느 계좌로든 당장 송금해드릴 테니까."

"아아, 예."

"그리고 말렌코프 씨한테 연락해서 여권은 바로 돌려드리라고 하지요."

이태진이 심호흡을 했다.

이렇게 새로운 길이 열릴지도 모르는 것이다.

어젯밤에 창고로 양탄자가 운반되어 왔기 때문에 아침 일찍부터 시작된 검사는 오후 2시경에 끝이 났다.

그래서 이태진은 사무실로 찾아온 제조업체 대표에게 412만 불짜리 수표를 건네주었다.

사무실에는 제조업체 대표가 제조업자 10여 명까지 데리고 왔다.

모두 수공업자들이어서 각 제조업자는 또 서너 명씩의 제조자를 동반했기 때문에 무려 60, 70명이나 되었다.

그래서 사무실에 와 있는 보리스 형사가 교통정리를 해야만 했다.

"와아!"

수표가 전달되었을 때 사무실이 떠나갈 것 같은 환호성이 일어났다.

일부는 복도에서, 나머지는 회사 마당에서 환호성을 지른다.

보리스가 빙글빙글 웃었다.

잠시 후에 빈 사무실에서 이태진이 전태기의 각서를 받아 보았다.

영어로 쓴 각서는 잘 타이핑되었고 전태기의 사인까지 해놓았다.

56만 불을 '함단 앤 리' 이태진에게 차용하고 순차적으로 변상하겠다는 각서다.

각서 전달 현장에는 소냐와 보리스까지 참관인 자격으로 참석했다.

이윽고 고개를 끄덕인 이태진이 전화기를 들었다.

전태기가 알려준 계좌로 송금을 시키려는 것이다.

그날 오후 6시 반.

호텔로 돌아온 이태진이 호텔까지 따라온 보리스 형사를 방으로 불렀다.

보리스는 40대의 육중한 체격으로 러시아인이다.

"보리스, 그동안 수고 많았어요."

이태진이 봉투를 건네주며 말했다.

"당신이 실무자니까 말렌코프 국장과 함께 회사를 도와줘야겠어요."

"걱정하지 마십시오."

보리스가 이를 드러내며 웃었다.

"함께 일하게 되어서 영광입니다, 보스."

봉투를 주머니에 넣으면서 보리스가 활짝 웃었다.

이곳은 뇌물이 아니라 선물로 받는다는 의식이 있는 것 같다.

소련 연방국이어서 러시아인 세상이다.

보리스의 형사 월급이 150불 정도였으니까, 2천 불을 넣었으니 1년 반 월급이다.

저녁은 소냐와 둘이서 먹도록 스케줄을 짰다.

지사장을 시킨 소냐에 대해서 더 알아둬야 했기 때문이다.

호텔 1층 식당에서 양고기 파라프와 생선튀김, 와인을 시킨 이태진이 소냐에게 물었다.

"소냐, 지사장이 되었으니 소냐에 대해서 조금 더 알아둬야 할 것 같아서."

이태진이 웃음 띤 얼굴로 말을 이었다.

"내가 좀 바쁘다 보니까 차분하게 겪을 시간이 없어서 그래."

"이해합니다, 사장님."

소냐가 수줍게 웃었다.

"전 고려인이라고 부르는 조선족 후손이죠. 스물다섯 살. 사마르칸트 대학 러시아어과를 나왔지만 영어도 좀 합니다. 티무르 통상에는 2년 근무했구요."

소냐가 말을 이었다.

"제 할아버지가 만주에서 이곳으로 이주해오셨죠. 제 할머니는 러시아인이었기 때문에 제 용모에 좀 혼혈기가 있는 것 같아요."

"부모님은 조선계이시고?"

"네, 두 분 다 고려인이시죠."

가져온 양고기 파라프는 놀랄 만큼 맛이 있었기 때문에 이태진이 잠깐 묻는 것을 잊어먹었다.

파라프에 이어서 나온 생선튀김을 먹던 이태진이 소냐를 보았다.

"가족은?"

"부모님과 택시 운전사인 남동생이 하나 있습니다."

"부모님도 일하시나?"

"네, 부모님은 시장에서 채소 장사를 하시죠."

"열심히 일하는 가족이네."

"그래서 변두리지만 집도 갖고 있지요. 시골에는 농지도 있습니다. 거기서 경작한 채소를 시장에서 팔지요."

“남자친구는?”

“대학 때 사귄 친구가 있었는데 헤어졌습니다.”

“우즈벡인이었어? 남자친구 말이야.”

“고려인인데요, 저는 부모의 영향인지 타민족과는 교제 안 합니다.”

소냐가 말을 이었다.

“러시아인 할머니는 아버지가 어렸을 때 버리고 도망갔거든요.”

이맛살을 찌푸린 이태진이 지그시 소냐를 보았다.

미인이다.

처음에는 느끼지 못했지만 대리석 같은 피부, 윤곽이 선명한 이목구비에 검은 눈동자와 머리칼, 늘씬한 몸매.

아버지를 버리고 도망간 러시아인 할머니의 유전자가 섞여 있는 것이다.

혼혈은 우성 유전자끼리 섞였을 때 빼어난 미모가 된다.

소냐가 그 경우다.

그때 소냐가 말했다.

“집에서 부르는 제 이름은 민소녀입니다. 소련 이름은 소냐구요.”

“그렇군.”

고개를 끄덕인 이태진이 소냐를 보았다.

소냐는 앞으로 사마르칸트의 ‘함단 앤 리’ 지사장 역할을 해야 한다.

무역 업무를 계속하는 것이 중요했기 때문에 티무르 통상 근무 경험이 있는 소냐를 시킨 것이다.

“소냐, 식사하고 회사 이야기를 더 해야겠어.”

소냐가 고개를 끄덕였다.

다음 날 티무르 통상 이름으로 마지막 화물이 화물기에 실려 리야드로 출발했다.

오후 2시.

호텔로 전태기와 박병수가 찾아왔다.

"입금 확인되었습니다."

정색한 전태기가 이태진을 보았다.

호텔 방 안이다.

소파에 앉은 전태기가 말을 이었다.

"사업국장 동지께서 직접 통화를 하고 싶다고 하셨습니다."

"아, 그렇게까지."

"아닙니다, 사장님."

손까지 저은 전태기가 말을 이었다.

"국장께서 감사 인사를 드린다고 했습니다. 지금 기다리고 계십니다."

전태기가 옆에 놓인 전화기를 눈으로 가리켰다.

"제가 연락을 해도 되겠습니까?"

이태진이 입맛을 다셨다.

감사 인사를 하겠다는데 거부할 필요는 없다.

"여보세요. 나 대외사업국장 한철이오."

수화기에서 굵은 목소리가 울렸다.

어렵게 교환을 통해 평양으로 연결된 것이다.

앞에 앉은 전태기와 박병수는 몸을 굳히고 있다.

"아, 예, 이태진입니다."

"아이구, 이태진 동지. 말씀 들었습니다. 도와주셔서 고맙습니다."

"아닙니다. 저도 필요했기 때문입니다."

"겸손하신 말씀. 앞으로 많이 도와주시기 바랍니다."

한철이 말을 이었다.

"이 동지를 통해서 새로운 사업이 적극적으로 추진되기를 바랍니다."

"예, 국장님."

"전태기에게 도와드리라고 지시했습니다. 앞으로 협력관계가 잘 유지되도록 노력하겠습니다."

"알겠습니다."

"무슨 일 있으시면 저한테 직접 연락을 해주시지요. 전태기한테 제 전화번호를 받으시지요."

"감사합니다."

"전태기를 바꿔주시지요."

이태진이 전화기를 건네주자 전태기가 부동자세로 선 채 대답을 하더니 통화를 끝냈다.

자리에 앉은 전태기가 메모지에 전화번호를 꼼꼼하게 적고 나서 이태진에게 내밀었다.

"이것이 국장 동지의 전화번호입니다."

북조선 대외사업국장 한철의 연락처다.

오후 5시가 되었을 때 소냐가 돌아왔다.

'함단 앤 리' 지사 등록을 마치고 돌아온 것이다.

티무르 통상을 폐업하고 그 자리에 새 회사가 들어섰다. 보리스가 소냐를 따라다니면서 도와줬기 때문이다.

호텔 방 안이다.

이태진이 앞에 앉은 소냐에게 물었다.

"티무르 통상이 하던 업무는 다 끊겼지?"

"네, 구속되기 서너 달 전부터 회사 일을 거의 하지 않았기 때문에."

"그럼 인계받을 일이 없겠네."

"빚을 넘겨받지 않는 것만 해도 다행이죠."

"박병수는 정식 직원인가?"

"고려인인데 북한 관계 일만 했습니다. 북조선 당국이 이바노프한테 부탁해서 임시직으로 고용한 직원이죠. 월급은 북조선 측이 지급했는데 월급으로 1백 불을 받았다고 합니다."

"어떤 사람이야?"

"33살. 결혼해서 아이가 둘 있어요. 사마르칸트에서 전문대를 졸업하고 여러 가지 일을 하다가 티무르 통상에서 일한 지 2년쯤 되었습니다."

"데리고 일할 만해?"

"네, 성실해요."

"그럼 직원으로 채용하지. 월급은 2백 불을 주면 되겠군. 지사에서 말야."

"기뻐할 거예요. 이곳에선 3년 차 직장인 월급이 1백 불 정도니까요."

고개를 든 소냐가 수줍은 표정으로 물었다.

"제 5백 불 월급이면 회사 사장 보수예요. 제 부모가 함께 시장에서 일해도 월 2백 불 정도밖에 못 벌어요."

이태진이 주머니에서 봉투를 꺼내 소냐에게 내밀었다.

"여기 5천 불이야. 당분간 운영비로 써."

"알겠습니다."

소냐가 고개를 끄덕였다.

"자금 관리를 철저히 하겠습니다."

이미 함단과 상의를 했기 때문에 회계 처리가 될 금액이다.

다음 날 오전.

사마르칸트 공항에는 소냐와 전태기, 박병수까지 따라 나왔다.

이태진은 하드람, 칼라드와 동행이었기 때문에 출국장에 한 무리가 모여 있다.

"그럼 연락은 리야드의 함단 사무실로 하겠습니다."

전태기가 먼저 말했다.

"저는 평양으로 돌아갑니다. 오랜만에 돌아가는 셈이지요."

이를 드러내고 웃은 전태기가 말을 이었다.

"하지만 준비를 충분히 해서 곧 사마르칸트로 돌아오겠습니다."

고개를 끄덕인 이태진이 소냐를 보았다.

소냐한테는 카이로의 무스타파 사무실과 서울 '함단 앤 리' 명함까지 주었으니 아무 곳에나 연락해도 된다.

"소냐, 잘 부탁해."

"네, 사장님."

소냐의 목소리가 떨렸고 얼굴은 상기되었다.

그 순간 이태진의 심장박동이 빨라졌다.

감동이란 이런 것이다.

중앙아시아의 한복판, 사마르칸트 공항에서 둘러싸여 있는 자신에 대한 감동이다.

내가 어느덧 이렇게 되었다.

카이로에 도착했을 때는 오후 1시 반.

공항에는 유성희가 마중 나와 있었는데, 이태진을 보더니 바로 말했다.

"낙찰 발표가 내일 오후 2시로 결정되었어요."

출구를 향해 발을 떼면서 유성희가 말을 이었다.

"총 7개 업체와 개인이 응찰했는데 경매를 주관한 국세청은 철저하게 입을 다물고 있습니다. 응찰자도 밝히지 않습니다."

이태진이 고개를 끄덕였다.

하와라가 무스타파를 대신해서 응찰한 것이다.

그러나 내막은 알 수가 없다.

"리, 신경 쓰지 마. 안 돼도 그만이야."

수화기에서 무스타파의 목소리가 울렸다.

"담보금은 수고비로 주는 것으로 하자. 너는 최선을 다했어."

이태진은 곧장 사무실로 들어와 무스타파에게 연락한 것이다.

"알겠습니다. 하지만 내일까지 기다려보지요."

"어쨌든 수고 많이 했어. 그만하면 최선을 다한 거야."

"호텔이 성사 안 되더라도 백화점 부지는 계속 체크하지요."

"알았어. 두바이 사업은 계속 진행하도록 하자."

"내일 결과를 본 후에 리야드에 들렀다가 두바이로 가겠습니다."

"그렇다면 내일 보지."

무스타파하고 통화를 끝낸 이태진이 고개를 돌려 유성희를 보았다.

두바이에 대한 가능성을 가장 먼저 말해준 사람이 유성희다.

"두바이의 부동산을 매입하고 있어요."

이태진이 말하자 유성희가 생기 띤 표정으로 대답했다.

"마침내 시작하셨군요. 손해 보지는 않으실 겁니다."

유성희도 이제 무스타파 프로젝트에 참여한 상황인 것이다.

호텔 방 안.

이태진이 전화기를 들었을 때는 오후 4시 반.

한국 시간은 오후 11시 반이다.

늦은 시간이었지만 정경호가 전화를 받는다.

"응, 기다리고 있었어."

정경호가 들뜬 목소리로 말을 이었다.

"어제 대영의 안 사장이 왔어. 인사를 한다고 말야. 최 이사, 정 부장하고 같이 왔더구만."

"내가 없는 사이에 몰려왔구나."

"맞아."

정경호가 웃음 띤 목소리로 말을 잇는다.

"어차피 인사를 해야 할 테니까 네가 없는 사이에 온 것이지."

"뭐래?"

"열심히 하겠다는구만. 잘 부탁한다고. 그리고 너한테 안부 전하라더라."

"내가 한국에 돌아오지 않는 것이 낫겠다는 말은 안 해?"

"속으로야 그렇겠지."

"회사는 별일 없지?"

"신입사원 중에서 2명이 제외되었어. 면접까지 다 보았는데 출근하지 않은 거야. 서 과장한테 물어보았더니 서 과장도 모른다는군."

"…."

"그 외에는 별일 없어. 사기도 높고. 고재규는 매일 대영 정 부장하고 업무 연락을 하는 모양이야. 정진호 말야."

"…."

"대기업들은 벌써 오더를 진행하는 중이고. 그런데 언제 오는 거야?"

"여기 일이 좀 밀려 있어서. 다시 연락할게."

"무슨 일 있으면 내가 연락할게. 여기는 걱정 마."

"그래. 고맙다."

"내가 네 덕분에 이렇게 사는데 고맙기는 뭘."

그러더니 정경호가 덧붙였다.

"너는 날 믿어도 돼. 걱정 마."

정경호도 직장생활을 지금까지 해왔기 때문에 요점을 대놓고 말한 셈이다.

통화를 끝낸 후에 잠시 우두커니 앉아있던 이태진이 다시 전화기를 들었다.

버튼을 누르고 나서 신호음이 3번 울렸을 때 곧 응답 소리가 울렸다.

"여보세요."

서재경이다.

목소리는 가라앉았지만 자다가 깬 것 같지는 않다.

"나야."

"어머, 사장님."

"자고 있었어?"

"아녜요. 안 잤어요."

"혼자 있냐?"

"그럼요."

"회사는 별일 없어?"

"신입사원 둘이 안 나왔어요."

서재경이 바로 말했다.

"제가 추천한 애들인데. 같은 학교는 아니지만 동화대 후배들인데요."

"…."

"그래서 동화대 애들한테 알아보았더니 걔들은 방화범으로 수배 중이었다네요. 전 그럴 줄은 몰랐는데."

"…."

"우리 회사를 중정에서 감시하고 있는 건 맞죠? 중정에서 데려간 것 아닐까요?"

"글쎄."

"제가 괜히 걔들을 부른 것 같아요. 저 때문에 걔들이 그렇게 된 것 같고."

"네가 몰랐다면 어쩔 수 없는 일 아니냐? 방화범이라면 너한테 미리 이야기해주는 게 정상일 것 같은데."

"그래두요."

"걱정 마. 내가 알아서 처리할 테니까."

이태진이 화제를 돌렸다.

"어떠냐, 넌?"

"뭐가요?"

"요즘 어떻게 지내?"

"그냥 심란해요."

서재경이 말을 이었다.

"오빠가 옆에 있으면 좋겠어요."

이태진이 심호흡을 했다.

서재경이 최소한 파괴자는 아니다.

그럴 이유도 없고.

다음 날 오전.

사무실로 출근한 이태진이 옆방으로 들어섰다.

옆방은 간판이 없어서 무스타파 사무실처럼 보이지만 중정 카이로 분실이다.

"아, 제가 뵈러 가려고 했는데."

이태진을 본 강준호가 자리에서 일어서며 말했다.

강준호가 중정 카이로 지부장이다.

사무실에 있던 요원들이 이태진을 보더니 제각기 눈인사를 했다.

이태진이 강준호와 함께 회의실로 들어섰다.

"오늘 클레오파트라 호텔 낙찰자 발표가 있지요?"

강준호가 인사치레로 물었을 때 이태진이 고개를 끄덕였다.

"예, 그런데 상의할 일이 있습니다."

강준호의 시선을 받은 이태진이 말을 이었다.

"내가 이번에 사마르칸트에 다녀왔어요."

"우즈베키스탄 말인가요?"

"그렇죠."

"거기 소련령인데."

"사마르칸트에 내 거래선이 있어서, '함단 앤 리'의 거래선 말입니다."

"아, 그렇군요. 이 사장님이 '함단 앤 리' 사장님이시지."

"거기서 일을 처리하다가 누구를 만났는지 압니까?"

"누굽니까?"

"북한 대외사업부."

순간 강준호가 숨을 들이켰고 이태진이 전태기 등과의 사연을 말해주었다.

숨도 쉬지 않고 듣던 강준호에게 이태진이 주머니에서 쪽지를 꺼내 내밀었다.

"이게 뭡니까?"

쪽지를 든 강준호가 물었다.

“대외사업국장 한철 씨의 직통 전화번호라는군요. 한철 씨하고 통화를 했습니다.”

놀란 강준호가 쪽지를 폈는데 눈이 흐려져 있다.

이태진이 말을 이었다.

“무슨 일 있으면 직접 전화를 하라고 했습니다.”

그때 고개를 든 강준호가 흐린 눈으로 이태진을 보았다.

“한철은 북한 실세입니다. 한철과 직통 라인을 갖게 되다니.”

이제는 강준호의 얼굴에 생기가 퍼졌다.

“이것은 대사건입니다.”

강준호가 번들거리는 눈으로 이태진을 보았다.

“이 사장님이 사업뿐만 아니라 외교의 선봉에 서 계십니다.”

이태진이 쓴웃음을 지었다.

그것은 당연한 결과였기 때문에 감동도 일어나지 않는다.

사업으로 뻗어 나가면 마주칠 수밖에 없는 것이다.

낮 12시 반이 되었을 때 이태진이 전화를 받았다.

지사장실의 직통 라인으로 걸려온 전화다.

응답했을 때 수화기에서 사내의 목소리가 울렸다.

“이태진 씨 맞습니까?”

“예, 전데요. 누구시죠?”

“그럼 잠깐 기다리시죠.”

그러더니 곧 다른 목소리가 울렸다.

“나 하와라인데 좀 만납시다.”

알 사우드 하와라.

이태진의 심장박동이 거칠어졌다.

45분 후인 오후 1시 15분.

나일 강변의 알 나일 호텔의 스위트룸 안.

이태진이 방으로 들어서자 소파에 앉아있던 하와라가 자리에서 일어섰다.

웃음 띤 얼굴이다.

"어서 오시오."

넓은 방 안에는 둘뿐이다.

하와라하고는 악수만 나누고 둘이 자리에 앉았다.

이태진은 긴장하고 있다.

하와라에게 클레오파트라 호텔 입찰 작업을 맡겼기 때문이다.

그때 하와라가 정색하고 이태진을 보았다.

"이 사장, 클레오파트라 호텔은 무스타파 사무실 이름으로 낙찰되었소."

순간 이태진이 숨을 멈췄다.

낙찰된 것이다.

하와라가 무표정한 얼굴로 말을 이었다.

"경매 위원회의 심사를 거친 결과 다른 응찰자들은 모두 결격사유가 있어서 탈락했고, 무스타파 사무실이 낙찰을 받은 거요."

"감사합니다."

이태진이 겨우 그렇게 대답했다.

목이 메어서 말이 이어지지 않는다.

마침내 '무스타파 사업장'이 카이로에 설립된 것이다.

그때 하와라가 이태진을 보았다.

“세금과 벌금 포함해서 4,550만 불로 낙찰을 받았소. 담보금은 500만 불을 내었지.”

하와라의 얼굴에 희미한 웃음이 떠올랐다.

“응찰한 업체 중 최고가는 7,500만 불이었소. 위장 응찰한 업체 하나를 빼고 무스타파 가격이 최하위였지만 나머지 업체들은 모두 결격사유가 많았지요.”

그것은 모두 하와라가 캐냈을 것이다.

정보국장이 약점을 캐내려고 작정을 하면 빠져나갈 업체나 재력가는 하나도 없다.

없다면 만들 수도 있는 것이다.

“수고하셨습니다.”

그때 하와라가 말했다.

“그래서 잔액이 450만 불이 남습니다. 가져가시지요.”

하와라가 탁자 위에 쪽지를 내려놓았다.

“여기 계좌번호하고 비밀번호가 있습니다.”

하와라가 5천만 불을 찾아 다른 은행에 입금해 놓은 것이다.

이태진이 고개를 들고 하와라를 보았다.

“받지 못하겠습니다.”

하와라의 시선을 받은 이태진이 얼굴을 펴고 웃었다.

“처음에 국장님께 부탁드렸을 때 그것으로 다 끝난 일입니다. 감사드립니다.”

“그런가?”

쓴웃음을 지은 하와라가 이태진을 보았다.

“앞으로 자주 만나게 되겠군요.”

“잘 부탁합니다.”

"무스타파 씨한테 안부 전해 주시오."

"당연히 그래야지요."

자리에서 일어선 하와라가 이태진에게 손을 내밀었다.

이태진이 손을 잡았더니 하와라가 끌어당겨 어깨를 감싸 안았다.

하와라가 이태진의 뺨에 입술을 붙였다.

한 번, 두 번, 세 번.

사무실로 돌아가지 않고 이태진은 숙소인 나일 힐튼으로 돌아왔다.

그때가 2시 10분이다.

응접실의 전화기를 든 이태진이 번호를 눌렀다.

무스타파는 신호음이 두 번 울렸을 때 응답했다.

전화를 기다렸다는 증거다.

"여보세요."

"무스타파 씨, 이태진입니다."

"오, 브라더."

"낙찰 받았습니다."

"알 함두릴라."

"즉시 인수 절차를 시작하겠습니다."

"맡기겠네."

"재무 담당자를 보내주시지요. 호텔에 대한 전면적인 실사가 필요합니다."

"즉시 보내겠네."

무스타파도 사우디 국영석유의 중역이다.

대비하고 있었던 것이다.

"오늘 실사단을 보내겠네. 그들을 지휘해주게."

활기 띤 목소리로 말한 무스타파가 말을 이었다.

"리, 잘했어. 모두 자네 덕분이야."

"인슈알라."

그러자 무스타파가 소리 내어 웃고 나서 말했다.

"알라후 아크바르."

무스타파와 통화를 마친 이태진이 전화기를 내려놓자마자 전화벨이 울렸다.

"낙찰, 되었어요!"

이태진의 목소리를 들은 유성희가 소리쳤다.

"방금 발표가 났습니다! 무스타파 사무소가 인수했습니다!"

"수고했어요."

"제가 무슨. 지사장님 덕분이죠."

유성희의 목소리는 감동으로 떨렸다.

"이제야 한 건 성사되었네요!"

"곧 실사단이 올 겁니다. 유 감사도 실사단에 참가해야 되겠어요."

"그래야죠."

아직도 흥분이 가라앉지 않은 유성희가 소리쳤다.

"아직 실감이 안 나요. 경쟁자들이 강력했는데 말이에요!"

하와라한테서 들은 이야기는 할 필요가 없다.

카이로에 사흘간 더 머물면서 클레오파트라 호텔의 인수단을 구성했다.

실사단의 실사를 받으면서도 호텔은 정상적으로 운영을 계속했다.

이제 클레오파트라 호텔은 무스타파의 소유다.

카이로의 무스타파 사무소의 관리를 받는 것이다.

사무소의 소장인 이태진이 책임자다.

"내일 귀국하십니까?"

강준호가 물었을 때는 오후 4시 반.

사무실로 강준호가 찾아온 것이다.

소장실 안이다.

"예, 이젠 돌아가야죠."

"호텔 인수 작업은 잘 되고 있더군요."

자리에 앉은 강준호가 웃음 띤 얼굴로 이태진을 보았다.

"이젠 카이로에서도 기반이 굳어지신 셈입니다."

"도와주신 덕분이죠."

"이번에 우즈베키스탄에서 가장 큰일을 하셨습니다."

"무슨 일입니까?"

눈을 크게 뜬 이태진에게 강준호가 정색한 얼굴로 대답했다.

"북한 대외사업부와 연결된 것이지요. 더구나 대외사업국장하고 직통 라인을 갖게 되셨지 않습니까?"

강준호가 말을 이었다.

"이번에 귀국하시면 1차장님과 만나게 되실 겁니다. 돌아오시기를 기다리고 계십니다."

이태진이 고개를 끄덕였다.

"만나 뵙지요."

남북한은 아직도 휴전상태로 대치하고 있는 상황인 것이다.

중정 입장에서 보면 이태진이 대외사업국장과 인연을 맺었다는 사실이 엄청난 사건이다.

카이로에서 서울까지 일본항공을 탔다.

싱가포르를 거쳐 서울로 가는 직행편이다.

무스타파 사무실은 감사역인 유성희에게 맡겼는데, 믿을 만하다.

사무실 관리와 호텔의 실사, 관리 작업을 무스타파가 파견한 팀과 함께 능숙하게 조정했다.

아즈하르 대학 교수직도 겸임하고 있었는데 그것이 오히려 유성희의 권위를 높여주는 역할을 했다.

"미스터 리, 마실 것을 드릴까요?"

비행기가 순항고도에서 마치 멈춰 서 있는 것처럼 떠 있을 때다.

다가온 스튜어디스가 소곤대듯 물었다.

고개를 든 이태진과 시선이 마주치자 스튜어디스가 눈웃음을 쳤다.

갸름한 얼굴의 미인이다.

눈이 초승달처럼 굽었고 단정한 입술 끝도 웃음을 머금고 있다.

"위스키를 한 잔."

"뭘로 드릴까요?"

"발렌타인이 있으면 그것으로."

"17년이 있습니다만."

"더블. 스트레이트."

"얼음은 따로 드릴까요?"

"물만 한 잔."

고개를 끄덕인 스튜어디스가 몸을 돌렸을 때 향내가 맡아졌다.

가슴에 '시바다'란 이름표가 붙어 있다.

보잉 747의 1등석에 이태진이 앉아있다.

여객기 탑승 시에 앞면과 뒷면의 문이 열리는데 앞쪽 출입구는 1등석 전용이다.

이태진이 앞쪽 출구용 통로로 들어서자 출구 양쪽에 서 있던 기장과 1등석 전용 스튜어디스들의 얼굴이 긴장으로 팽팽해졌었다.

일반석 손님이 길을 잘못 들어온 것으로 생각한 것이다.

이럴 때 짓궂은 스튜어디스는 통로 밖으로 쫓아내기도 한다.

다가선 이태진이 가슴 주머니에서 붉은색 1등석 티켓을 내보였을 때 스튜어디스의 얼굴에 웃음이 떠올랐었다.

그 스튜어디스가 시바다였다.

발렌타인을 더블로 2잔을 마셨을 때 시바다는 아예 발렌타인 17년을 병째로 가져와 앞쪽 펼쳐진 식탁에 놓아주었다.

생수병 2개, 땅콩 2봉지도 함께 놓았다.

"드시고 한숨 자고 나면 싱가포르에 도착할 거예요."

시바다가 나긋나긋한 목소리로 말했다.

1등석은 칸막이가 있어서 밀실이나 같다. 더구나 손님이 서양인 서너 명뿐으로 옆쪽은 텅 비었다.

옆에 붙어 선 시바다가 말을 이었다.

"난 1등석을 맡은 지 1년 반 되었는데 미스터 리 같은 젊은 한국인 1등석 손님은 처음입니다."

1등석 승객의 이름은 스튜어디스들이 외우고 있는 것이다.

"앞으로 더 많아지겠지, 시바다 씨."

술잔을 든 이태진이 흐려진 눈으로 시바다를 보았다.

지금은 긴장이 확 풀린 상태였고 그것을 즐기는 중이다.

"당신은 한국인에 대한 선입견이 있는 모양이네."

"아녜요."

쓴웃음을 지은 시바다가 고개를 저었다.

"저, 그런 거 없어요, 미스터 리."

"나 일본 여자 애인이 있어요, 시바다."

"어머, 축하해요."

시바다가 이를 드러내고 웃었다.

덧니가 드러났고 귀여운 모습이 되었다.

"애인이 일본에 계세요?"

"아니. 외국에 있는데 만난 지 오래되었어요."

가까운 곳에 있으면서도 스에코한테 연락하지 않았다.

바빴기도 했지만 스에코의 어머니 토모에, 그리고 아버지가 금세 연결되었기 때문이다.

이제는 아버지도 스에코 이야기를 묻지 않는다.

이태진의 거부감을 느끼기 때문이다.

어머니에 대한 부담감이다.

어머니를 무시한 느낌이 드는 것이다.

술잔을 든 이태진이 시바다를 보았다.

"시바다, 애인 있어요?"

"없어요, 지금은."

시바다의 눈이 흐려졌다.

초점이 멀어진 것이다.

이태진이 시바다의 콧등에 박힌 작은 점을 보았다.

숨을 들이켰더니 체취가 섞인 향내가 맡아졌다.

"시바다, 서울에서 쉬나?"
"네, 이박 삼일."
"나하고 서울에서 데이트할까요?"
"좋아요."
시바다가 웃었는데 수줍은 웃음이다.
고개를 끄덕인 이태진이 시바다의 손을 쥐었다.
부드럽고 따뜻한 손이다.

공항에는 고재규가 마중을 나왔다.
이태진을 보더니 서둘러 다가와 허리를 꺾어 인사를 했다.
오후 5시 반.
가방을 받아든 고재규가 상기된 얼굴로 이태진을 보았다.
"한 과장, 서 과장이 같이 나온다고 하는 걸 제가 말렸습니다."
"잘했다."
"전무님도 지금 회사에서 기다리고 계십니다."
"난 지금 집으로 가서 쉴 테니까 집에서 전화를 하지."
"그럼 댁으로 가시지요."
고재규가 말을 이었다.
"모시고 가는 동안 보고를 하지요."
공항 건물을 나온 둘은 택시에 올랐다.
회사 차가 있었지만 고재규는 가져오지 않았다.
운전사가 함께 있는 것이 부담스러운 것 같다.
고개를 든 고재규가 이태진을 보았다.
"오세영 과장이 한 과장을 만났다고 합니다. 잘 되기를 바란다고 했다는군요."

고재규가 말을 이었다.

"오 과장은 대영에 사직서를 내고 미국으로 갔다는 소문이 났습니다. 미국에 오빠가 이민 가 있다는군요."

"…."

"대영은 중동부 하나만 살아남은 셈이지요. 다른 과는 모두 합쳐서 1부로 만들었지만 매출액이 150만 불 정도밖에 안 되니까요. 중동부는 700만 불 가깝게 되지 않습니까?"

"…."

"그래서 1부장으로 진급이 된 전영태도 황당한 것 같습니다. 서병준을 과장으로 데리고 있지만 머리만 컸지 몇십만 불도 안 되거든요. 머릿수는 30명 가깝게 되는 부서가 150만 불이라니요? 중동부는 현재 8명이 700만 불을 하는 것 아닙니까?"

"정진호는 어때?"

"잘합니다."

고재규의 얼굴에 생기가 띠어졌다.

"거의 매일 저한테 찾아옵니다. 담당자 둘을 데리고 와서 노트에 꼬박꼬박 기록합니다. 겸손하고 성실해요."

"…."

"저한테 과장님, 과장님, 하면서요. 자세가 되었습니다. 한 과장도 칭찬하더군요."

"대영이 망하지는 않겠다."

이태진의 얼굴에 웃음이 떠올랐다.

그때 고재규가 이태진을 보았다.

"사장님, 서재경, 강진수 과장이 운동권이지 않습니까?"

택시 운전사를 의식한 고재규가 목소리를 낮췄다.

이태진의 시선을 받은 고재규가 말을 이었다.

"이번에 입사한 직원들까지 운동권 출신 사원이 20명 가깝게 되었습니다. 회사가 괜찮을까요?"

"그 걱정은 안 해도 돼."

이태진이 말을 이었다.

"중정하고 이야기가 돼 있다."

"아."

고재규가 숨을 들이켜더니 곧 어깨를 늘어뜨렸다.

"역시 그렇군요. 안심했습니다."

"정 전무도 알아. 네가 한 과장, 김태식, 최상호한테도 말해줘."

"김태식, 최상호도 과장으로 진급시켜 주십시오."

"다음 달에 진급시키겠다."

"감사합니다. 그놈들에게 오늘 밤에라도 이야기해주겠습니다."

"너희들이 회사의 핵이야. 명심해."

"알고 있습니다."

'함단 앤 리'는 이태진의 중동과 멤버가 주축이 된 회사인 것이다.

오후 7시.

오피스텔에 가방만 내려놓은 이태진이 근처의 커피숍으로 들어섰다.

그때 안쪽 자리에 앉아있던 김봉철이 일어섰다.

커피숍의 손님은 그 혼자뿐이다.

"다녀오셨습니까?"

김봉철이 허리를 굽혀 인사를 했다.

자리에 앉은 이태진이 웃음 띤 얼굴로 김봉철을 보았다.

"김 사장은 내 중앙정보부장이오."

"아이구, 과분합니다."

따라 웃은 김봉철이 말을 이었다.

"하긴, 제 사무실에 안 부장, 배 부장이 근무하고 있으니까 저도 착각할 때가 있다니까요."

"자, 중정부장 보고를 들어볼까요?"

"이번 조사는 안 부장의 도움을 받았습니다. 안 부장의 일이기도 해서요."

동양기획에서 근무하는 중정 요원 안철성을 말한다.

김봉철이 탁자 위에 녹음기를 내려놓았다.

"여기, 강진수의 녹음테이프를 들어보시죠."

그때 종업원이 다가와 커피 주문을 받고 돌아갔다.

김봉철이 버튼을 누르자 곧 강진수의 목소리가 울렸다.

"난 이제 손 떼었어. 놔줘."

"그게 어디 쉽게 되는 일이냐?"

사내의 목소리.

사내가 거칠게 말을 잇는다.

"네 회사에 20명 가까운 동지들이 있다고 들었어. 다 네가 끌어들인 것이고, 맞지?"

"그런 셈이지."

"사장이 이태진이란 놈이더구만. 대영산업에 있다가 오더 빼돌려서 독립한 놈."

"그건 아냐. 빼돌리다니. 어떤 놈이 그런 모험을 하냐? 알지도 못하면서 개 같은 소리 말라구."

"이 자식이 완전히 이태진 심복이 되었는데. 어쨌든."

사내의 목소리가 굵어졌다.

"이태진도 너희들 데리고 있는 건 이미 약점이 잡힌 상태야…."

그때 종업원이 다가왔기 때문에 김봉철이 버튼을 눌러 녹음기를 껐다.

커피 잔이 놓였고 종업원이 돌아가자 김봉철이 다시 녹음기를 켰다.

"그래서 말인데."

사내의 목소리가 이어졌다.

"네가 주도해서 애국성금을 모아줘야겠다. 한 달에 2백씩 모아줘."

"미친 자식."

"그렇게 못 한다면 네 회사는 자폭하게 될 거다. 수배자 20명을 고용해서 고혈을 빨아먹고 있는 악덕 기업이지."

"거머리 같은 놈들."

"중정이 펄쩍 뛰면서 좋아할걸?"

"이제 본색이 나오는구나."

"너희들은 변절자야. 그 대가를 받는 것이지."

"차라리 회사 그만두겠다."

"그만둬도 회사는 망하게 될 거다."

그때 김봉철이 버튼을 눌러 녹음기를 껐다.

이태진의 시선을 받은 김봉철이 정색했다.

"이자는 수배 중이던 조남석이란 운동권 거물인데, 이 대화가 끝난 후에 체포되었지요. 물론 은신처에서 일당들과 함께 있다가 체포된 겁니다."

"…."

"강진수는 선언은 하지 않았지만 일반 직장인이 된 것이 확실합니다. 중정에서도 그렇게 믿고 있는 것 같습니다."

이태진이 고개를 끄덕였다.

커피 잔을 든 이태진이 한 모금 커피를 마셨을 때 김봉철이 다시 버튼을 눌렀다.

"이제 서재경의 테이프를 들어보시지요."

"오빠, 언제 나왔어?"

서재경의 목소리가 울렸기 때문에 이태진이 긴장했다.

오빠라니?

그때 사내가 대답했다.

"넉 달쯤 돼."

"근데 왜 이제야 연락해?"

"네가 열심히 사는데, 방해가 될 것 같아서."

"오빠도 참. 그래서 요즘 어떻게 지내?"

"학원 영어강사로 나갔는데…."

"그런데?"

"중정 놈들이 찾아오는 바람에 짤렸어."

"…."

"기만 선배하고 영미가 결혼했다길래 물어 물어서 유영미를 찾아냈더니 네 소식을 들은 거야."

"…."

"그런데 영미는 이혼해버렸더군. 아이만 데리고 말야. 도대체 기만 형은…."

"구제불능이야."

"5년 선고를 받았더라."

"오빠는 앞으로 어떻게 할 건데?"

"글쎄."

"어머님은 지금 어디 계셔?"

"시골에."

"혼자?"

"응."

"오빠, 숙소는 어디야?"

"고시원을 돌아다녀."

"오늘 우리 집에 가."

그때 김봉철이 녹음기의 버튼을 누르고는 이태진을 보았다.

"박영일이라는 자로 운동권인데 3년형을 받고 출소했습니다."

"…."

"서재경의 애인이었지요. 소문난 사이여서 다 알려져 있더군요."

"…."

"서울대를 졸업한 수재인데 출소 후에는 운동권과 손을 뗀 상태라고 합니다."

그때 이태진이 고개를 끄덕이며 웃었다.

"내가 여자가 많아서."

김봉철은 이태진과 서재경 관계를 알고 있다.

김봉철이 따라 웃었다.

"어쩔 수 없는 상황 아닙니까?"

그러더니 고개를 들고 이태진을 보았다.

"그 외에는 특별한 일이 없습니다."

밤.

10시 반이 되었을 때 이태진이 전화기를 들었다.

오피스텔 안.

소파에 앉은 이태진이 신호음 세 번 만에 아버지의 목소리를 듣는다.

"여보세요."

"아버지, 접니다."

"오, 귀국한 거냐?"

놀란 아버지의 목소리는 밝다.

"예, 오늘 귀국했어요."

"별일 없지?"

"예, 아버지. 어머니는…."

"잠깐, 네 어머니 바꿔주마."

곧 수화기에서 어머니의 목소리가 울렸다.

"태진이냐?"

"응, 어머니. 나 오늘 왔어."

"몸은 건강하냐?"

"응, 내가 조만간 내려갈게."

"그래. 기다리마."

어머니가 서두르듯 말을 잇는다.

"명화한테는 자주 연락하냐?"

"아니, 요즘은 바빠서."

"그래. 지난주에도 제 엄마하고 우리 집에 왔다가 갔다."

"…."

"아버지가 좋아하시더라."

그때 아버지가 전화기를 넘겨받고 물었다.

"네 회사가 크다면서?"

"예, 조금."

"회사를 그만뒀다고 해서 걱정했는데 잘되어야지."

"곧 찾아뵐게요."

"응, 그런데…."

아버지가 말을 이었다.

"너 집에 올 적에 명화한테 연락해서 같이 오너라."

"왜요?"

"뭐, 걔도 보고 싶고…."

"지난주에도 보셨다면서요?"

그때 아버지가 짧게 웃었다.

"내키지 않으면 놔두고."

"아버지, 조만간 찾아뵐게요."

"오냐."

오늘은 이렇게 통화를 끝냈는데, 통화 주제가 김명화가 되었다.

전화기를 내려놓은 이태진이 쓴웃음을 지었다.

두 분 다 김명화가 마음에 드는 것 같다.

다음 날 오전.

회사에 출근한 이태진이 직원들의 인사를 받았다.

신입사원이 11명이나 되었기 때문에 인사가 길었다.

그런데 그중에는 사장 비서로 채용된 홍지연도 포함되어 있다.

홍지연은 2년 차 경력사원으로 대학교 총장의 비서실에서 근무하다가 옮겨 온 경우다.

비서학과 출신.

정경호가 말했다.

"사장 스케줄을 관리하는 비서가 필요할 것 같아서."

인사를 마치고 사장실에 둘이 마주 앉았을 때다.

정경호가 웃음 띤 얼굴로 말을 이었다.

"신입, 경력사원 모집공고를 냈더니 서류를 낸 사람이 1천 명이 넘었어. 경쟁률이 1백 대 1이야."

그때 문이 열리더니 홍지연이 커피 잔을 들고 들어섰다.

둘 앞에 커피 잔을 내려놓은 홍지연이 몸을 세웠을 때다.

이태진이 말했다.

"홍지연 씨, 앞으로 커피 심부름 하지 마."

고개를 든 홍지연에게 이태진이 말을 이었다.

"사장실에 냉장고를 놔두고 음료수는 꺼내 먹을 테니까."

"네, 사장님."

홍지연이 반짝이는 눈으로 이태진을 보았다.

"총무부에 연락하겠습니다."

홍지연이 방을 나갔을 때 이태진이 정경호를 보았다.

"내가 이번에 이집트에서 일어난 이야기를 해주지."

정경호에게 우즈베키스탄 지사 설립과 무스타파의 대리인으로 카이로의 클레오파트라 호텔을 매입했다는 것까지 알려주려는 것이다.

오후 3시가 되었을 때 방으로 홍지연이 들어섰다.

"사장님, 박영균 씨라는 분인데요."

중정 중동부장이다.

이태진이 고개를 끄덕였더니 홍지연은 곧 전화를 연결했다.

전화기를 귀에 붙인 이태진이 응답했을 때 박영균의 목소리가 울렸다.

"이 사장님, 잘 다녀오셨지요?"

"예, 부장님. 그동안 안녕하셨어요?"

"여러 가지로 도움을 많이 받습니다."

박영균이 말을 이었다.

"이번 우즈베키스탄에서의 일로 저희 차장님께서 뵙자고 하십니다."

"아, 예."

예상했기 때문에 이태진이 말을 이었다.

"시간, 장소만 알려주시지요."

오후 7시 10분.

인사동의 한식당 '유월'의 방에서 이태진과 중앙정보부 1차장 한인수, 중동부장 박영균 셋이 앉아있다.

이미 식탁에는 한정식이 차려졌고 셋은 인사를 마친 후다.

한인수가 이태진의 잔에 소주를 따르면서 말했다.

"이번에 이 사장님이 북한 대외사업국장 한철과 직통 라인을 갖고 오셨다고 해서 깜짝 놀랐습니다."

"저야…."

이태진이 쓴웃음을 지었다.

"일하다 보니까 걸린 일인데요."

"이집트에서도 신세를 입었고, 이제는 한철과 연결되는 라인을 확보하셨다니요. 이건 훈장감입니다."

"제가 중정의 요원처럼 느껴지는데요, 그런 말씀을 하시니까 말입니다."

"요원 이상의 일을 하셨지요."

정색한 한인수가 이태진을 보았다.

"부장께 이미 보고가 되었고 아마 대통령 각하께도 부장이 보고하셨을 겁니다."

"아이구."

"우즈베키스탄으로 북한이 수출할 수 있는 품목을 우리가 체크해 보았습니다."

불쑥 한인수가 말했기 때문에 이태진이 숨을 들이켰다.

중정이 덤벼들었다.

"제가 검토해봤지만 철광석 같은 광물뿐이던데요."

이태진이 말을 이었다.

"그런 게 있다면 좋은 일이지요."

그때 한인수가 대답했다.

"공장을 세워서 우즈베키스탄 시장, 나아가서 소련과 주변 시장을 상대로 사업을 하는 것이지요."

순간 숨을 들이켠 이태진은 머릿속이 밝아진 느낌을 받는다.

과연 중정이다.

그때 이번에는 박영균이 입을 열었다.

"우즈벡에는 고려인이 인구의 1퍼센트에 달합니다. 수십만이죠. 그들 중 상당수는 가난한 환경으로 무직자입니다."

박영균이 이태진을 보았다.

"이 사장님이 사우디에서 받으신 오더를 우즈벡에서 생산할 수도 있지 않겠습니까? 기술자들 몇 명을 우즈벡으로 보내 기술을 가르치고 말입니다."

"…."

"'함단 앤 리'의 우즈벡 공장은 한국인 사장과 기술자, 그리고 우즈벡 고려인과 북한인들이 연합한 체제가 되는 것이지요."

이태진이 숨을 들이켰다.

우선 감동이 일어났다.

중정의 제의가 현실적인지 비현실적인지를 떠나 착상의 원대함, 비상함에 감동한 것이다.

이태진 같은 영업직에게 가장 필요한 요소다.

고개를 든 이태진이 둘을 번갈아 보았다.

둘은 중앙정보부 고위 간부다.

지금 북한 고위층과의 연결고리를 확보하기 위해서 이러고 있다는 것을 떠올린 것이다.

감동만 하고 있을 상황이 아니다.

애국도 좋고 국가에 대한 봉사도 좋지만, 잘못되면 목숨까지 위험하다.

그때 한인수가 말했다.

"정부에서 적극 도와드리지요. 사업자금을 제공해드리는 것은 물론 다른 업무도 협조해드리겠습니다."

한인수가 미리 선수를 쳤기 때문에 이태진이 쓴웃음을 지었다.

"생산에 이어서 판매까지 대비해놓아야 합니다. 철저한 시장조사가 필요합니다."

이태진이 말했을 때 한인수가 고개를 끄덕였다.

"이 사장이 승낙만 하신다면 중정에서 팀을 만들어서 계획을 수립, 시장조사까지 해놓겠습니다. 그동안 이 사장께서는 북한 대외사업국장 한철 씨와의 교류를 돈독하게 쌓아두시지요."

이것이 가장 중요한 과제인 것이다.

한식당 유월에서 나왔을 때는 밤 9시 무렵이다.

택시정류장으로 걷는 이태진의 머릿속에는 자연스럽게 공식이 자리 잡는다.

그것은 권력과의 공생 관계다.

이집트에서 호텔을 인수할 때도 그랬고 한국에서도 마찬가지.

중앙정보부와 관계를 맺게 된 것은 수배자를 채용했기 때문이다.

그것이 서로 윈윈하는 입장이 되면서 방패막이가 되었다.

'함단 앤 리'를 창립할 때 대영산업이 고발한 사건을 무산시켜 준 것이 그 예다.

또한 중정이 중동지역 기반을 구축하는 데 이태진도 일조했고, 이번의 우즈벡 사업도 그렇다.

이제는 중정이 적극적으로 새 사업을 벌이려고 한다.

이태진으로서는 손해 볼 입장이 아니다.

"여보세요."

서재경의 목소리가 울렸을 때 이태진이 숨부터 골랐다.

오후 9시 반.

이곳은 서재경의 집에서 1백 미터쯤 떨어진 커피숍 안이다.

이태진이 구석에 놓인 공중전화 부스에 서 있다.

"응, 나야."

이태진의 목소리를 들은 서재경이 1초쯤 주춤하더니 물었다.

"오빠, 어디예요?"

"나, 네 집 근처 커피숍에 와 있다. 아래쪽 사거리의 장미 커피숍, 알지?"

"네, 알아요."

"잠깐 여기로 올래?"

"네, 갈게요."

전화기를 내려놓은 이태진이 안쪽 자리에 앉았다.

늦은 시간이어서 커피숍에는 손님이 이태진 하나뿐이다.

한인수와 헤어져 곧장 이곳으로 온 것이다.

잠시 후에 점퍼 차림의 서재경이 들어서더니 앞쪽 자리에 앉았다.

낮에 회사에서 만났을 때는 업무 이야기만 나눴고 여럿이 함께 있었기 때문에 시선도 제대로 마주치지 않았다.

종업원에게 커피를 시킨 이태진이 서재경을 보았다.

"별일 없지?"

"있어요."

반사적으로 말한 서재경이 고개를 들고 이태진을 보았다.

눈이 번들거렸지만 눈동자는 흔들리지 않았다.

"제 남자친구가 석방되었어요."

"…."

"그래서 집에서 사흘간 자고 갔어요."

"…."

"남자친구한테 오빠 이야기 안 했어요."

서재경의 눈 주위가 붉어졌다.

"오빠가 귀국하신다는 말을 듣고 남자친구를 내보냈어요."

"…."

"박영일이라고 해요. 3년간 수감되었다가 풀려난 것이죠. 전 잊고 있었는데 그게 아닌 것 같아요."

그때 서재경의 눈에서 눈물이 흘러내렸다.

종업원이 다가와 커피 잔을 내려놓더니 외면하고 돌아갔다.

서재경이 다시 말을 이었다.

"오빠가 이곳에서 절 부르시기에 알고 계신다는 생각이 들었어요. 그래서 여기 오면서 다 말하겠다고 마음먹었어요."

이태진은 고개만 끄덕였고 서재경은 길게 숨을 뱉었다.

"오빠, 죄송해요. 오빠를 배신한 것 같아요."

"천만에."

이태진이 고개를 저었다.

"넌 어떻게 할 거냐? 내가 적극 도와줄 테니까, 네 생각을 말해."

"회사 그만두겠어요. 그리고 박영일 씨하고 행상을 하려구요."

"행상이라니?"

"트럭에 잡화를 싣고 시골 마을을 찾아다니면서 파는 일인데, 박영일 씨가 교도소에서 들었다고 해요, 수감자한테서요."

"…."

"열심히 일한 만큼 벌 수 있다는데, 제 생각도 그래요. 둘이 사는 데 지장은 없을 것 같아요."

"트럭이 있어야겠구나."

"3백만 원쯤 있어야 하는데 제가 100만 원쯤 모았고 나머지는 어떻게든 마련해 보려구요."

"잡화 구입비도 있어야겠고."

"어떻게든 될 거예요."

서재경이 다시 흐르는 눈물을 손끝으로 닦더니 이태진을 보았다.

"오빠, 저 나쁜 년이죠?"

"아니."

이태진이 정색하고 고개를 저었다.

"다행이야. 네가 나한테서는 상처를 받지 않게 되어서."

호흡을 고른 이태진이 말을 이었다.

"그동안 고마웠다. 내가 내일 네 새 출발 자금을 마련해줄게."

그렇다.

지금은 고맙다는 생각밖에 없다.

과거 없는 사람은 없다.

다만, 정리를 못 해서 과거가 짐으로 업혀 다닌다.

오피스텔로 돌아왔을 때는 오후 11시가 되어가고 있다.

씻고 옷을 갈아입은 이태진이 소파에 길게 몸을 눕히고 앉았을 때다.

전화벨이 울렸기 때문에 이태진이 눈썹을 모았다.

순식간에 전화를 할 가능성이 있는 인물들이 눈앞을 스치고 지나갔다.

가능성이 많은 인물부터다.

김명화, 정경호, 오마르, 함단, 무스타파, 유성희, 고재규, 어머니.

이윽고 몸을 세운 이태진이 전화기를 들었다.

"여보세요."

그때 수화기에서 여자 목소리가 울렸다.

"나야. 전화해도 괜찮아?"

순간 이태진이 어깨를 늘어뜨렸다.

정예은이다.

"응, 괜찮아."

부드럽게 응답한 이태진이 되물었다.

"무슨 일이야?"

“미안. 혼자 있어?”

“그래. 나 여긴 여자 안 데려오는 거 알잖아?”

“미안해.”

“자꾸 그러지 말고. 근데 갑자기 내 생각이 난 거야?”

“그건 아닌데. 아버지가 전화 한번 해보라고 하셔서. 좀 늦었지?”

“괜찮아. 무슨 일인데?”

“먼저 진호한테 잘해줘서 고맙다고 하셨어.”

“그거야 우리 일이기도 하니까. 오더를 잘 진행할 책임이 있거든.”

“대영은 중동부 오더밖에 없어. 기타 지역은 2백만 불도 안 되고 앞으로의 전망도 불투명하다는 것도 알지?”

“그거야 능력에 따라서 달라지겠지.”

“태진 씨 생각은 어때?”

“뭘 말야?”

“대영산업 수출부 구조.”

“난 떠난 사람이야. 내가 말할 입장이 안 돼. 하기도 싫고.”

“대영은 내수기반이 단단한 회사야. 생산시설도 완벽하고. 알지?”

“무슨 말을 하려는 거야?”

“아버지는 대영 수출부를 독립시키는 것이 낫겠다는 생각을 하셔.”

“그러든지.”

“수출부를 독립시키되 자체 능력으로는 비전이 없으니까 합자회사 식으로 운영하는 것이지. 지분을 50 대 50 정도로.”

이태진이 잠자코 전화기를 고쳐 쥐었다.

사업가들은 생각의 규모가 다르다.

특히 대기업을 운영하는 사업가들은 끊임없이 미래를 구상해야 한다.

그때 정예은이 말을 이었다.

"'함단 앤 리'하고 말야. '함단 앤 리'에서 생산기반을 가진 대영 수출부와 적당한 조건으로 합병하면 엄청난 시너지를 받지 않겠어?"

"…."

"진호한테도 더 큰 세상이 열릴 것이고. 아버지는 태진 씨가 검토해 주기를 바라고 계셔. 조건이 있으면 얼마든지 제의하라고 하셨어."

"회장님이 참 외롭다는 생각이 드는구나."

이태진이 차분하게 말했지만 정예은은 침묵했다.

숨을 고른 이태진이 말을 이었다.

"끝난 사이인 너를 시켜서 그런 제의를 하시다니. 그렇게 믿고 맡길 만한 대리인이 없는 거야? 내가 미안해서 어쩔 줄 모르겠다."

"…."

"진호를 잘 도와줘서 회사 안에서 기반을 굳히도록 해줄게. 그리고 그 제의는 생각해볼게."

"…."

"내가 너하고 잘 지냈다면 현이까지 껴안고 대영을 짊어졌겠지만 지금은 배신자 입장이라 선뜻 나서기가 그렇다."

"…."

"넌 내가 시너지를 받는다고 했지만 솔직히 대영이 아닌 다른 회사가 날 만나도 그래."

"내가 미워?"

불쑥 정예은이 물었기 때문에 이태진은 쓴웃음을 지었다.

"그런 감정은 없어. 하지만 너를 시켜서 이런 제의를 하시는 회장님이 너무 무감각하신 것 같다."

"내가 좀 미련이 남은 모양이야, 아버지한테 선뜻 하겠다고 나섰으니까."

"박윤호 같은 놈 다시 찾아봐."

그때 주춤했던 정예은이 말했다.

"알았어. 아버지한테 그렇게 전할게."

"그래. 잘 지내."

"고마워."

통화가 끝났을 때 이태진이 길게 숨을 뱉었다.

영화나 드라마에서처럼 근사한 대화로 위선을 떨기는 싫었다.

그러나 미운 감정이 없다고 한 것은 거짓말이다.

이쪽도 성실하지는 않았지만 김봉철이 녹음해 온 정예은의 대화가 지금도 생생하게 귓가에서 맴돌고 있다.

그것을 잊다니.

내가 잊음 버튼만 누르면 잊는 기계냐?

다음 날 오전.

김태식과 최상호가 과장 진급을 했다.

그래서 한여옥, 고재규까지 포함해서 대영에서 옮겨온 넷은 모두 과장이 되었다.

오후 11시 반.

사장실로 서재경이 들어왔다.

사장과 독대여서 바깥 사무실은 긴장하고 있을 것이다.

이태진이 앞에 앉은 서재경을 보았다.

시선이 부딪치자 서재경의 얼굴이 금세 붉어졌다.

시선을 내린 서재경이 말했다.

"죄송해요."

"뭐가?"

"이렇게 되어서요."

"어떻게 되었는데?"

"떠나게 되었잖아요?"

"속으로는 좋아서 죽을 것 같으면서."

"어머나."

고개를 든 서재경이 이태진을 보았다.

어느새 눈이 번들거리고 있다.

그때 이태진이 심호흡을 했다.

"한 가지만 묻자."

서재경이 시선을 들었다가 내렸을 때 이태진이 말했다.

"대답은 꼭 들어야겠다."

"뭔데요?"

"대답 꼭 해줄 거지?"

"할게요."

결연한 표정이 된 서재경이 이태진을 보았다.

그때 이태진이 물었다.

"걔, 잠자리에서 나보다 잘하냐?"

순간 숨을 들이켰던 서재경이 시선을 내렸다가 들었다.

눈이 흐려졌고 얼굴색이 하얗게 굳어졌다가 다시 붉어졌다.

이태진이 고개를 끄덕였다.

"나보다 못하는 것 같구만. 알았다."

책상 밑에서 검은색 가방을 집은 이태진이 서재경 앞에 내려놓았다.

"여기 5백만 원 들었어."

서재경이 시선만 주었고 이태진은 말을 이었다.

"트럭도 사고 잡화를 채우려면 물품 대금도 있어야 할 테니까. 그리고 예비금도 좀 있어야 돼."

"…."

"내 전별금. 그리고 너희들의 재결합 축하금이라고 봐도 돼."

그러고는 이태진이 손을 내밀었다.

악수를 하자는 표시다.

엉겁결에 손을 내민 서재경과 악수를 한 이태진이 말했다.

"나한테 연락하지 마."

가방을 집어 서재경의 손에 쥐어 준 이태진이 말을 이었다.

"지긋지긋해, 너희들은."

어젯밤의 정예은을 떠올린 발언인 줄은 서재경이 상상도 못 했겠지.

함단의 한국 오더는 2억 불이 넘는다.

4개의 대기업에 분배된 대량 오더여서 '함단 앤 리'의 책임은 막중하다.

수시로 시제품 검사, 중간 검사, 출하 검사를 했고, 선적 일에 맞추도록 체크를 한다.

오전 11시 반.

사장실로 들어온 강진수가 각 오더별 출하검사 보고를 마치더니 고개를 들고 이태진을 보았다.

"사장님, 어제저녁에 서재경의 송별파티를 했습니다."

"잘했어."

이태진이 웃음 띤 얼굴로 말을 이었다.

"내가 끼어야 했는데 아쉽다."

"아닙니다. 사장님께서 해주신 것만으로도 충분하지요."

서재경이 이태진한테서 전별금 받은 이야기를 해준 것이다.

"8명이 참석했는데 서재경의 남자친구까지 왔더군요. 잘 끝냈습니다."

"네 책임이 막중해."

"알고 있습니다."

강진수가 시선을 내렸다가 들었다.

"이번에 제 주변에서 사건이 일어난 후에 아마 저는 배신자, 변절자로 소문이 났을 겁니다."

강진수를 협박했던 동료들이 체포된 것이다.

정황상 의심을 받을 만하다.

"우리 사업이 중동과 중앙아시아의 우즈베키스탄까지 확장되고 있어. 너도 '함단 앤 리'의 일원으로 참여해야 될 거다."

이태진이 무스타파의 대리인 자격으로 카이로에 무스타파 사무실을 운영하고, 클레오파트라 호텔을 인수했으며 두바이의 부동산을 구입하고, 우즈벡에 지사를 설립했다는 이야기를 했다.

이태진이 말하는 동안 숨을 죽인 채 듣던 강진수가 참았던 숨을 뱉으면서 말했다.

"저도 참여시켜 주십시오. 제 꿈입니다."

"얼마든지."

이태진이 고개를 끄덕였다.

아직 우즈벡의 공장 관계는 말하지 않았다.

4장 인수합병

정진호가 찾아왔다.

오후 2시 반.

대영산업 수출2부장 정진호가 오늘은 이태진에게 인사차 '함단 앤 리'에 온 것이다.

자주 들렀기 때문에 담당인 고재규의 안내를 받은 정진호가 사장실로 들어와 인사를 했다.

"사장님, 정진호입니다."

허리를 꺾은 정진호가 인사를 했다.

"정 부장, 잘 왔어."

자리에서 일어선 이태진이 정진호의 손을 잡았다.

소파에 셋이 둘러앉았을 때 이태진이 웃음 띤 얼굴로 정진호를 보았다.

"어때? 이젠 좀 익숙해졌어?"

"아닙니다. 더 배워야 합니다."

정색한 정진호가 말을 이었다.

"고 과장님이 가르쳐주지 않는다면 저는 일 못 합니다."

"같은 회사라고 생각해도 돼."

"감사합니다."

"우리는 같은 배를 탄 입장이야. 같이 흘러가게 되어 있어."

"예, 사장님."

그때 소파에 등을 붙인 이태진이 정색하고 정진호를 보았다.

"어제 누나 전화 받았어. 그 이야기 들었나?"

"예?"

놀란 정진호가 고개를 들었다가 어깨를 늘어뜨렸다.

"예, 들었습니다."

"정 부장은 어떻게 생각하지?"

"저는 아버님 생각에 공감하고 있습니다. 그 방법밖에 없을 것 같아요."

그때 이태진이 고개를 돌려 고재규를 보았다.

"회장님께서 나한테 제의를 하셨어. 대영산업의 수출부를 떼어서 '함단 앤리'와 합병하자는 내용이야."

고재규가 몸을 굳혔고 이태진이 말을 이었다.

"난 일단 그 제의를 거부했다. 지금 그 이야기를 하는 것이니까 너는 알고 있도록."

"예, 사장님."

고재규가 대답했을 때 이태진이 정진호를 보았다.

"조만간 같이 술 한잔하지. 이렇게 우리 셋이서 말야."

"예, 사장님."

정진호의 얼굴이 다시 밝아졌다.

정진호가 돌아간 후에 이태진이 사장실로 다시 고재규를 불렀다.

고재규가 앞에 앉았을 때 이태진이 입을 열었다.

"너희들은 모르고 있었겠지만 내가 정진호의 누나하고 가까운 사이였어. 그것을 회장님도 알고 계셨는데….”

놀란 고재규가 숨을 죽였고 이태진이 말을 이었다.

“지금은 끝난 일인데, 그것을 최근에야 정진호도 알게 되었고. 나하고 회장님, 정진호 누나까지 셋만 아는 사이였거든.”

이태진의 얼굴에 쓴웃음이 번졌다.

“그런데 끝난 사이인데도 어젯밤에 정진호 누나가 전화를 했어. 합병 관계로 말야. 난 바로 거부했는데 세상일이 생각대로 되는 게 아닌 것 같다. 더구나 내가 중정과 추진하고 있는 일도 있어서 말야.”

이태진이 우즈베키스탄 사업을 간략하게 말해주고 나서 고재규를 보았다.

“네가 대영 담당이니까 숙고해봐라.”

“예, 사장님.”

정색한 고재규가 어깨를 부풀렸다가 내렸다.

“숙고해보겠습니다.”

고재규는 정예은과의 관계는 물론 합병 문제, 우즈벡 사업 문제까지 겹쳐 충격을 받은 것 같다.

사장실을 나가는 걸음걸이가 어색했다.

토요일 오후 4시.

대전 버스터미널 근처의 커피숍.

이태진이 들어서자 자리에 앉아있던 김명화가 일어섰다.

환하게 웃음을 띤 얼굴.

겨울이어서 흰 스웨터에 검은색 코트를 입었다.

다가선 이태진이 김명화를 보았다.

“잘 지냈어?”

"네, 오빠는요?"

"바빴어."

마주 보며 자리에 앉았을 때 김명화가 물었다.

"오빠, 오늘 영동에서 주무시고 가실 거죠?"

"응, 그래야지."

"그럼 저도 자고 올까요?"

"글쎄. 널 데려오라고 하셨지만 네가 돌아간다면 잡지는 않으시겠지."

서울에서 내려올 때 김명화에게 대전에서 만나 같이 가자고 연락은 했다.

이태진이 말을 이었다.

"내가 보내줄게. 영동의 어머니 집에라도 가서 자."

같은 영동에 사는 김명화의 어머니는 지금 여행 중이기 때문이다.

종업원에게 커피를 시킨 이태진이 김명화를 보았다.

"너, 나한테 할 이야기 있어?"

"무슨 말씀이죠?"

"나한테 바라는 것. 내가 어떻게 해주면 좋겠다고 생각한 것."

"내가?"

"응, 네가."

"오빠는 나한테 할 이야기 없어요?"

"이런."

어깨를 늘어뜨린 이태진이 김명화를 보았다.

"넌 내가 숨겨놓은 보석 같은 존재야."

김명화가 눈만 크게 떴고 이태진은 말을 이었다.

"가끔 생각나면 열어보고 만족하지. 안심을 하고."

"…."

"꺼내서 차고 다니고 싶은 충동을 느끼지만 아직 아끼는 중이야."

"난 싫어요."

불쑥 말한 김명화가 정색했다.

종업원이 찻잔을 놓고 소리 없이 물러갔다.

김명화가 말을 이었다.

"오빠가 주저하고 피하는 것 같아요."

김명화의 눈빛이 강해졌다.

"책임지지 않으려고."

"…."

"난 맨날 기다려요, 오빠."

이태진이 고개를 끄덕였다.

예상했던 문제가 터졌다.

오늘은 김명화의 내심을 끌어내 직접 듣고 싶었다.

자신의 변명은 현실성이 없다.

김명화의 귀에 들리지도 않았을 것이다.

꿈같은 소리지.

영동까지 택시를 탔다.

신이 난 택시 운전사가 속력을 내어 달려가는 동안 이태진은 입을 열지 않았다.

이태진의 분위기를 의식한 김명화가 이태진의 손을 잡았다.

부드럽고 따뜻한 손이다.

이태진이 제 손을 쥔 김명화의 손가락을 보았다.

섬세한 손가락이 꿈틀거리고 있다.

매니큐어를 칠하지 않았지만 갸름한 손톱은 붉은 기운이 돌았고 윤기가 났다.

이태진의 시선을 받자 김명화가 손가락에 힘을 주었다.

손을 고쳐 쥐려고 손가락이 펼쳐졌다가 다시 좁혀졌다.

그때 이태진이 소리죽여 숨을 뱉었다.

김명화의 손바닥에 땀이 배어 있다.

“어, 잘 왔다.”

“아이구, 너희들 왔구나.”

아버지, 어머니의 이 환영사가 모든 것을 함축하고 있다.

김명화는 생글생글 웃었고 택시를 타기 전에 가게에서 산 술과 과일을 들고 아버지, 어머니에게 둘러싸여 집으로 들어갔다.

이태진은 그 뒤를 따랐다.

문득 이태진에게 아버지, 어머니가 받아들고 있는 술과 과일 바구니가 손자와 손녀로 둔갑하는 착시현상이 일어났다.

넷이 둘러앉아 저녁을 먹는다.

물론 어머니가 다 준비했지만 김명화가 가끔 일어나 심부름을 했다.

화목한 분위기다.

아버지, 어머니는 만족해서 얼굴에 웃음이 떠나지 않는다.

이태진이 잠깐 그런 생각을 한다.

이것이 소소한 행복이라고.

수조 원을 가진 인간이나 내일 먹을 쌀이 없는 인간이나 목구멍으로 들어가는 것은 똑같다고.

그러니 욕심 부릴 것 없다고.

"어떠냐? 너희들, 약혼이라도 하는 것이?"

아버지가 불쑥 말했을 때는 이태진이 수저를 내려놓았을 때다.

그때를 기다리고 있었던 것 같다.

순간 김명화는 고개를 숙였고 주방에 있던 어머니가 거들었다.

둘이 짠 것 같다.

"그래. 결혼식은 좀 늦더라도 그렇게 하는 게 낫지."

아버지가 바로 잇는다.

"우리 집에서 친척들만 모아놓고 하자."

또 어머니.

"명화 엄마도 그러자고 하더라."

이젠 아버지.

"양쪽 친척 10명 안짝으로 해. 약혼반지나 교환하고 끝내는 거지."

김명화는 고개를 들지 않았기 때문에 이태진이 입을 열어야만 했다.

"그러지요, 뭐."

끝의 '뭐'가 김명화한테 거슬릴까 봐 이태진이 덧붙였다.

"명화가 반대하지 않는다면요."

"그럴 리가 있냐?"

아버지가 나섰을 때 마침내 김명화가 일어나 주방으로 갔다.

어머니가 웃음 띤 얼굴로 김명화의 어깨를 토닥였다.

이런 피날레가 없다.

밤.

응접실에서 이태진이 아버지와 둘이 술상을 가운데 두고 앉아있다.

어머니와 김명화는 건넌방에 들어가 도란도란 이야기 중이다.

어머니는 자잘한 일에 아기자기한 분위기를 연출하는 성품이 아니지만 부드럽고 감성이 풍부하다.

김명화는 어머니에게 자연스럽게 안기는 자세다.

밤 10시 반이 되어가고 있다.

이태진이 입을 열었다.

"아버지, 저 요즘 사업이 글로벌화 되어가고 있어요."

아버지의 시선을 받은 이태진이 말을 이었다.

"범위가 넓어지다 보니까 중정과 북한과도 연결이 되었네요."

이태진이 이집트에서 우즈베키스탄의 지사 설립, 중정의 프로젝트까지 이야기하는 동안 아버지는 정색하고 들었다.

이윽고 말이 끝났을 때 아버지가 말했다.

"바쁘구나."

"예, 아버지."

"한국에 있을 시간이 적겠다."

"반반이죠. 절반은 나가 있어야 될 것 같아요."

"그래서 결혼이 부담되는 거냐?"

"예, 아버지."

고개를 끄덕인 이태진이 아버지를 보았다.

"저는 그렇다고 쳐도 마누라는 맨날 기다리는 생활이 될 겁니다."

"그건 이유가 안 돼."

"하긴 그렇습니다."

술잔을 든 아버지가 지긋이 이태진을 보았다.

“중정부장이 네 이야기를 대통령한테도 보고했다고 그랬지?”

“예, 차장한테 들었어요.”

“박정희의 반응이 궁금하군.”

아버지가 혼잣소리로 말했지만 이태진은 건성으로 넘겼다.

“대통령이 그런 일에 신경 쓰겠어요? 중정이 저한테 립 서비스한 겁니다.”

“네 아버지가 누군지 안다면 놀라겠지.”

“무슨 말씀인데요?”

정색한 이태진이 아버지를 보았다.

“아버지가 대통령을 아세요?”

“다카기 마사오를 알지.”

“그게 누군데요?”

“박정희다.”

“다카기 마사오가 박정희란 말이에요?”

“그렇다. 다카기 마사오(高木正雄).”

아버지가 손가락으로 허공에다 한자를 써 보였다.

“나는 오야마(大山)였고.”

술기운이 번진 아버지의 두 눈이 번들거리고 있다.

“나는 스물여덟 살짜리 만척의 개발본부장 대리였고 다카기 마사오는 스물여섯 살짜리 관동군 중위였다.”

“….”

“그리고 지금은….”

숨을 고른 아버지가 입술 끝을 비틀고 웃었다.

“다카기는 한국의 대통령, 그리고 오야마는 국민학교 교장에서 퇴직하고 아들이 주는 용돈으로 살아가는 실업자다.”

"아버지, 대통령을 잘 아신단 말씀이에요? 두 분이 만주에서 친하셨어요?"

이태진이 정색하고 물었더니 아버지가 고개를 저었다.

"친하기는. 서로 이용하는 관계였지."

문득 이태진의 눈앞에 아버지가 만세를 부르던 장면이 떠오른다.

17년 전.

1960년 5월 16일 아침이다.

그러고 나서 두 번 다시 만세 부른 적이 없었는데.

다카기 마사오 이야기도 안 하고.

다음 날 아침.

이태진은 바깥 소음에 눈을 떴다.

어머니와 김명화의 목소리다.

밝은 목소리.

김명화의 낮고 맑은 웃음소리가 이어졌다.

그때 옆에 누워있던 아버지가 상반신을 일으키며 말했다.

"깼냐?"

"예."

따라 몸을 일으킨 이태진이 벽시계를 보았다.

오전 7시 반이다.

동쪽 창문은 환해졌지만, 오늘은 일요일이다.

아버지하고 술을 마시고 나서 12시가 넘어서 누운 것이다. 일찍 일어난 셈이다.

그때 아버지가 일어나 앉은 채 말했다.

"봐라. 네 덕분에 집 안에 웃음소리가 울리는구나."

"그런가요?"

자리에서 일어선 이태진이 쓴웃음을 지었다.

어머니는 김명화하고 같이 잤다.

"어머니도 좋으신 모양이죠?"

"명화 덕분이지."

이태진이 거실로 나왔더니 먼저 김명화가 환하게 웃었다.

"산책이나 하고 오세요. 아침 준비하려면 한 시간은 걸려요."

김명화의 목소리가 다시 울렸다.

"아버님, 일어나셨어요?"

방에서 나온 아버지에게 인사를 하는 소리다.

점심까지 차리게 하기는 싫었기 때문에 이태진은 김명화와 함께 11시에 집을 나왔다.

인사를 하고 나란히 길을 내려오면서 둘은 세 번이나 뒤를 돌아보며 인사를 했다.

아버지, 어머니가 둘을 바라보고 있었기 때문이다.

길모퉁이를 돌아 둘이 보이지 않았을 때 이태진이 김명화에게 말했다.

"고맙다. 네 덕분에 집 안이 웃음으로 덮였어."

"노력할게요."

바짝 붙어 선 김명화가 이태진의 팔짱을 끼었다.

"엄마한테서 아침에 전화 왔었어. 엄마하고 어머니하고 통화했어요."

여기서 엄마는 제 엄마 청주 아줌마고, 어머니는 이태진의 어머니다.

"엄마하고 어머니가 날 잡는다고 했어요."

"…."

"엄마가 얼마나 좋아하는지 몰라."

이태진이 슬그머니 심호흡을 했다.

가슴이 벅차올랐기 때문이다.

택시를 타고 대전역에서 내린 이태진이 김명화에게 말했다.

"나, 갈게."

"오빠, 바빠요?"

앞에 선 김명화가 빤히 이태진을 보았다.

역 대합실 안쪽의 기둥 옆.

오후 1시가 되어가고 있다.

대합실은 한산하다.

서너 명이 오갈 뿐이다.

이태진의 시선이 김명화의 눈에서 입술로 옮겨졌다.

립스틱은 바르지 않았는데도 붉은 입술은 윤기가 흘렀다. 조금 벌어진 입술 사이로 열기가 뿜어지는 것 같다.

바로 30센티쯤의 거리다.

이태진의 시선을 받은 김명화의 볼이 상기되었다.

그러나 시선을 떼지는 않는다.

그렇게 3초쯤 지났는데 이태진에게는 시간이 정지된 것처럼 느껴졌다.

그때 이태진이 말했다.

"나 외국 가기 전에 만나자."

"언제?"

김명화가 바로 묻는다.

"내가 서울로 갈까?"

그 순간 이태진의 눈앞에 오피스텔이 떠올랐다.

안 된다.

정예은의 체취가 배어있는 침대는 안 된다.

이태진의 머릿속에 떠오른 생각이다.

"내가 대전에 올게."

"언제?"

"아마 다음 주말쯤 될 거다."

"그렇게 빨리 외국 가세요?"

"내가 빨리 떠나는 게 싫어?"

"빨리 만나니까 좋은데."

그러더니 김명화의 얼굴이 빨개졌다.

그때 이태진이 손끝으로 김명화의 입술을 세로로 슬쩍 건드렸다.

"잘 지내."

"오빠도. 식사 거르지 말구요."

"너도 딴 남자한테 한눈팔지 말고."

"미쳤어요?"

긴장이 풀린 김명화가 눈을 흘겼다.

다시 이태진의 가슴이 먹먹해졌다.

일요일 저녁이지만 약속이 있다.

중정 중동부장 박영균하고다.

이태진이 만나자고 한 것이다.

장소는 박영균이 정했는데, 인사동의 요정 '국화'다.

오후까지 김명화를 만났기 때문에 꺼림칙했지만 어쩔 수 없다.

오후 7시.

한정식 상과 술까지 놓인 교자상 앞에 둘이 앉아있다.

이태진이 둘이 할 말이 있다고 해서다.

조금 긴장한 박영균에게 이태진이 물었다.

"우즈벡의 프로젝트에 진전이 있습니까?"

"서둘고 있습니다만."

박영균이 정색하고 이태진을 보았다.

"시간이 좀 걸릴 것 같습니다."

"그런데 마침 저한테 이런 제의가 들어와서요."

이태진이 운을 떼었더니 박영균이 몸을 굳혔다.

박영균이 이번 우즈벡 프로젝트의 총책임자다.

중정 부장은 물론 대통령까지 관심을 쏟고 있는 프로젝트인 것이다.

이태진이 말을 이었다.

"대영산업에서 이번에 저한테 제의를 해왔는데요, 수출부하고 생산 공장까지 끼어서 합병하자는 겁니다."

"…."

"그렇게 되면 대영 생산 공장의 고급 인력을 우즈벡에 응용할 수가 있을 것 같아서요. 우즈벡으로서는 설비투자에다 경제도 활성화될 것이고 북한은 더 말할 필요가 없겠지요."

박영균은 숨까지 죽였다.

"우즈벡에 섬유류 생산 공장을 세우는 것입니다. 남북합작으로 하되, 기계 시설, 기능공은 한국이, 생산직원은 북한과 우즈벡 고려인으로 채우고, 사장은 제가 맡는 것이지요. 오더는 내가 만들어낼 테니까 북한 측도 두말 못 할 겁니다."

"옳지."

참을 수가 없어진 박영균이 어깨를 부풀리면서 이태진을 보았다.

얼굴이 상기되었다.

"하십시다."

목소리까지 떨렸다.

다른 때 같았다면 최고급 요정 국화에서 2차까지 갔을 것이다.

그림 같은 미녀, 미켈란젤로의 조각상과 같은 몸매였던 민영주가 다시 술시중까지 들었기 때문이다.

그러나 이태진은 내일 회의가 있다는 핑계를 대고 일찍 국화를 나왔다.

물론 술값, 팁은 박영균이 냈다.

중정의 접대비를 쓴 것이다.

김명화의 향기가 아직 흩어지지도 않은 상태여서 가능했던 일이다.

다음 날 오전.

사무실에서 정진호가 이태진의 전화를 받았다.

놀란 정진호가 응답했을 때 이태진이 말했다.

"정 부장, 회장님께 말씀드려. 인수합병 문제를 받아들이겠다고 말씀드려."

"예, 사장님."

놀란 정진호가 대답부터 했을 때 이태진이 말을 이었다.

"난 인수합병 전문법인에 의뢰할 테니까, 대영에서도 전문변호사나 법인에 위임하는 것이 나을 거야."

"예, 알겠습니다."

"우리 회사는 정 전무에게 연락하면 되네. 법무법인은 동해야."

"예, 사장님."

"잘 되시기를 바라네."

통화가 끝나자 정진호가 벌떡 자리에서 일어섰다.

얼굴이 환해져 있다.

"어, 그래?"

정진호의 보고를 들은 정병현이 눈을 크게 뜨고 웃었다.

"그럼 우리도 법무법인 고담에 의뢰하기로 하지. 대표 변호사가 대법관 출신으로 내 선배다."

"그럼 '함단 앤 리'의 정 전무한테 연락하겠습니다."

"그래, 법무법인끼리 협상하는 거야."

정병현이 심호흡을 했다.

"이것이 전화위복의 계기가 될 거다."

오후 2시 반.

이태진이 전화기를 귀에 붙이고는 발신음 소리를 듣는다.

'함단 앤 리'의 사장실 안이다.

발신음이 4번 울렸을 때 곧 응답 소리가 들렸다.

"헬로우."

영어다.

소냐의 목소리다.

그때 이태진이 한국어로 말했다.

"소냐, 나야."

"아, 사장님."

깜짝 놀란 소냐의 목소리가 높아졌다.

"지금 어디세요?"

"한국이야. 서울."

"아."

"별일 없지?"

"네. 사무실 기반은 잡혔습니다. 북조선에서 철광석 다음 오더를 기다리고 있는데요."

철광석 오더는 지금 구속되어 있는 전(前) 티무르 통상의 대표 이바노프가 처리해야 된다.

그때 이태진이 말했다.

"알았어, 소냐. 그런데 거기 전태기 씨 있나?"

"네, 있습니다. 바꿔드릴까요?"

"그래."

그때 바로 전태기의 목소리가 울렸다.

"사장님, 저 전태기입니다. 그동안 안녕하셨습니까?"

이태진의 얼굴에 저절로 웃음이 떠올랐다.

전태기의 목소리에 충성심이 절절하게 배어있는 느낌이 든 것이다.

"아, 전태기 씨, 전할 말이 있어."

"예, 사장님."

"국장 동지한테 우즈벡에 수출할 품목을 준비해놓으시라고 전해."

"예, 사장님."

"그리고 내가 이 주일쯤 후에 우즈벡에 갈 테니까, 그때 앞으로의 계획을 이야기했으면 좋겠다고 전해."

"알겠습니다."

전태기의 목소리가 긴장으로 굳어졌다.

“오시기 전에 미리 일정을 알려주시지요.”

“그래. 다시 연락하지.”

통화를 끝낸 이태진이 길게 숨을 뱉었다.

문득 거대한 탱크의 캐터필러가 굴러가기 시작한 느낌이 든 것이다.

중앙정보부장 김대영은 예비역 육군 중장으로 대통령의 육사 후배다.

자세히 말하면 만주 육사의 후배이고 고향 후배이기도 하다.

고개를 든 김대영이 방으로 들어선 한인수를 보았다.

오후 3시.

“보고 드리겠습니다.”

한인수가 말하자 김대영이 눈으로 앞쪽 의자를 가리켰다.

자리에 앉은 한인수가 말을 이었다.

“이태진이 대영산업과 합병 작업을 시작했습니다. 인수 작업 대리인으로 법무법인 동해를 선정했습니다.”

김대영이 고개를 끄덕였다.

“성사시켜.”

“예, 대영 측에서도 적극적이라 성사가 될 것 같습니다.”

“이태진의 자금 능력은 있나?”

“예, 바이어들한테서 받은 수수료인 것 같습니다만 1,500만 불 넘게 보유하고 있습니다. 인수자금은 충분합니다.”

“그 나이에 그 정도 자금을 보유하고 있다니, 대단하군.”

“카이로에서 특급 호텔을 인수했는데, 그때도 무스타파가 맡긴 5천만 불을 직접 운용했습니다.”

"신임을 받은 모양이군."

고개를 끄덕인 김대영이 말을 이었다.

"가족관계도 자세히 조사해주게. 각하께 보고하려면 가족관계도 물어보실지 모르니까 말야."

합병 상담이 시작되면서 가장 들뜬 사람들이 한여옥 등 대영 중동과 출신들이다.

모두 '함단 앤 리'의 과장급 간부가 되어 있지만 모이기만 하면 합병 이야기다.

"수출담당 이사 최재일은 어떻게 되는 거야?"

김태식이 묻자 최상호가 코웃음을 쳤다.

"내가 데리고 있으면 돼."

"수출2부하고 디자인부, 그리고 제1공장, 제3공장이 합병될 거야."

한여옥이 말했고 고재규가 거들었다.

"수출1부는 대영산업에 남을 거야. 우리가 그 친구들까지 데려올 필요는 없으니까."

"디자인부까지 온다면 '함단 앤 리'도 완전한 생산 수출업체가 되는군."

김태식이 들뜬 표정으로 셋을 둘러보았다.

오후 5시 반.

퇴근 시간 전이어서 넷은 회의실에 둘러앉아 있다.

그때 한여옥이 말했다.

"우리가 중심을 잡아야 돼. 알아?"

모두 고개를 끄덕였고 고재규가 거들었다.

"다행이야. 대영맨들하고 합병해서. 대충 알 만한 놈들이 올 테니까 말야."

그리고 이쪽이 주도권을 쥐고 있는 상황인 것이다.

인수합병은 '함단 앤 리'가 한다.

"아버지, 식사 안 하세요?"

정예은이 묻자 정병현은 고개를 들었다.

오후 7시 반.

일찍 퇴근한 정병현이 식탁에 앉아있다.

"응, 배가 더부룩해서."

정예은이 다가가 앞쪽 의자에 앉았다.

"협상 때문에 속상하세요?"

"속이 상하다니, 내가 원한 건데."

물 잔을 든 정병현이 정예은을 보았다.

"협상은 이 속도라면 며칠 후면 끝날 것 같기는 한데…."

"합병 후의 회사 상호는 어떻게 되죠? '함단 앤 리 대영'인가요?"

그때 정병현이 쓴웃음을 지었다.

"'함단 앤 대영'이라고 하자는구나."

"누가요?"

"저쪽에서 그렇게 정했다."

"'리'는 빠져요?"

"이태진이가 그렇게 지시했단다."

외면한 정병현이 말을 이었다.

"이태진이 사주인데 이름이 무슨 소용이야?"

"…."

"그놈이 그런 배경이 있는지 몰랐다."

이제는 정예은이 눈만 크게 떴을 때 정병현이 말을 이었다.

"강 변호사가 그래. 법무부장관이 은근하게 압력을 넣는다더니 이번에는 중정 고위층에서도 연락이 왔다는 거야."

"…."

"이거, 내가 잘못한 것 같다. 나는 윈윈하자는 의도였는데 말이야."

"아버지."

"협상 이틀 만에 두 손을 들었어. 내 법무법인이 말이다."

정예은이 마침내 어깨를 늘어뜨렸다.

"아버지, 전화 받으세요."

다가온 정예은이 무선전화기를 내밀면서 말했다.

"박 변호사님이세요."

법무법인 고담의 대표 변호사다.

이번 인수합병 협상의 대영 측 대표인 것이다.

오전 11시.

오늘은 정병현이 회사에 출근하지 않았다.

응접실에 앉아 한가롭게 신문을 보거나 TV 채널을 돌렸는데, 집안 분위기는 무겁다.

모두 정병현의 분위기를 알기 때문이다.

전화기를 받은 정병현이 정예은한테서 몸을 돌렸다.

외면한 것이다.

"예, 박 선배님."

"속상해서 집에 계신 모양이군."

"아, 몸이 좀 안 좋아서요."

"그런데, 정 회장, 상황이 변했소."

박준호가 말을 이었다.

"오늘 갑자기 '함단' 쪽에서 우리 조건을 다 수용하겠다는 연락이 왔어. 나도 깜짝 놀랐는데…."

"…."

"저쪽 오너인 이태진이 지시했다는 거야. 그래서 오늘 우리 조건대로 합병되겠어."

"…."

"공장 지분으로 요구한 1백억을 한 푼도 깎지 않고 받을 수 있게 되었어. 나도 이런 협상은 처음이야."

박준호의 목소리에 열기가 띠어졌다.

"우리가 하나도 양보한 게 없다니까."

"수고했습니다."

마침내 정병현이 치하하고는 혀로 마른 입술을 축였다.

통화를 끝낸 정병현 앞으로 정예은이 다가가 섰다.

"아버지, 어떻게 된 거죠?"

"이태진이 다 받아들였다는구나."

정병현이 초점 없는 눈으로 정예은을 보았다.

"공장 비용도 다 낸다고 했다는 거야."

"…."

"압력 넣은 것이 아닌 모양이구만. 도대체 영문을 모르겠네."

그러더니 정병현이 몸을 일으켰다.

"회사에 가봐야겠다."

그 시간에 이태진은 사장실에서 박영균과 마주 앉아 있다.

박영균이 쓴웃음을 짓고 이태진을 보았다.

“50억 정도로 끝낼 수 있었는데, 왜 그러신 거요?”

그러더니 방을 둘러보는 시늉을 했다.

“깎은 50억이면 이런 건물을 두 채쯤 살 수 있을 겁니다.”

“대영에 대한 제 개인적인 보상입니다.”

고개를 든 이태진이 쓴웃음을 지었다.

“이것으로 대영 정 회장님에 대한 은혜는 일부분 갚은 것으로 자위할 겁니다.”

“은혜는 무슨, 대영이 이 사장님 덕분에 폭풍 성장을 한 건데.”

박영균이 투덜거렸다.

“합병한답시고 공장 비용을 청구하다니. 그건 오더를 주는 입장인데 당연히 따라오는 것 아닌가요? 정병현은 돈만 밝히는 놈이야. 그래서 합병을 제의한 거야.”

그것도 맞는 말이다.

그래서 중정이 나서서 공장 비용을 없애든지 최대한 양보해서 50억 정도로 깎으려고 했던 것이다.

우즈벡 프로젝트에 공장이 절대적으로 필요했기 때문이다.

그때 박영균이 자리에서 일어섰다.

“어쨌든 오늘 협상은 마무리 짓겠습니다.”

박영균의 중정 팀이 배후에서 관리하고 있는 것이다.

“잘했어.”

함단이 소리치듯 말했다.

"내 이름이 한국에 크게 알려졌군, 리."

"회사 이름은 '함단 앤 대영'으로 정했습니다, 함단."

"네 이름이 빠졌는데, 사주 이름이 빠지면 되나?"

"괜찮습니다. 당신 이름 뒤에 숨어있으면 되니까."

이번 대영과의 인수합병을 함단은 적극 환영했다.

대영의 생산업체까지 보유하면 함단은 명실상부한 생산, 수출, 판매자로 부상하기 때문이다.

그래서 인수합병 비용의 절반은 함단이 부담했다.

함단 이름의 공장이 만들어졌기 때문이다.

그때 함단이 물었다.

"리, 언제 리야드에 올 거야?"

"무슨 일 있습니까?"

"다음 달 5일에 내 결혼식이 있어."

숨만 들이켠 이태진의 귀에 함단의 목소리가 울렸다.

"리, 자네 지금 웃고 있지?"

"아니, 천만에요."

그러나 이태진은 이를 드러내고 소리 없이 웃었다.

그때 함단이 말을 이었다.

"웃어도 돼, 리. 좋은 일에는 웃는 거야."

"축하합니다, 함단."

"내 사촌들과 친지만 불러서 하는 결혼식이야. 꼭 와야 돼."

"당연하지요, 함단."

"인생은 짧다네, 리. 하고 싶은 일은 다 해야 돼. 도둑질과 살인은 빼고."

"난 당신을 좋아해요, 함단."

"알고 있어."

함단의 목소리에 웃음기가 띠어졌다.

"기다리겠네."

함단은 지금 네 번째 부인을 맞는 것이다.

인수합병된 대영산업의 중동부와 디자인부는 서울 대림동 건물에 그대로 남았다.

대림동 건물까지 인수했기 때문이다.

대신 대영의 다른 부서는 이전했다.

인수합병이 나흘 만에 끝나고 나서 이태진은 인수한 대영의 인력에 대한 인사 조치를 했다.

정진호를 대영 측의 대표 겸 상무이사로 임명했으며 나머지 사원들은 현직을 유지시켰다.

인수합병 절차가 끝나고 인사 조치까지 마친 다음 날 오전.

이태진이 대영산업으로 들어섰다.

건물 현관 앞에서 기다리던 정진호가 차에서 내리는 이태진을 향해 고개를 숙여 인사를 했다.

"이런. 기다리고 있었어?"

쓴웃음을 지은 이태진이 정진호의 손을 쥐었다.

정진호 뒤에는 낯익은 직원 서너 명이 서 있다.

"앞으로는 그러지 마."

"예, 사장님."

고분고분 대답한 정진호가 앞장서며 안내했다.

"모두 기다리고 있습니다."

오늘은 이른바 상견례다.

'함단 앤 리'에 인수합병된 대영산업 수출2부와 부속조직, 그리고 제1, 제3공장에 대한 순시의 목적도 있다.

회의실에는 10여 명의 대영 간부가 둘러앉아 있었는데, 이태진은 고재규만 동행했다.

고개만 끄덕여 인사를 마친 이태진과 간부들은 원탁에 다시 앉았다.

이태진이 정색한 얼굴로 원탁을 둘러보았다.

정진호와 수출부 과장급 셋, 그리고 디자인부는 모두 여자로 넷이다.

수출부는 모두 굳은 표정인 반면에 디자인부 쪽은 약간 다르다.

호기심이 절반쯤 섞여 있다.

이태진이 입을 열었다.

"대영 수출2부는 지금부터 '함단 앤 대영'의 수출부가 됩니다. 따라서 지금까지 대영이 해온 오마르 오더뿐만 아니라 다른 오더도 수출하게 될 겁니다."

그것이 대영 사주 정병현이 합병에 찬성한 이유다.

대영은 '함단 앤 대영'의 지분 22퍼센트를 보유하고 있는 것이다.

이태진은 40퍼센트, 함단이 38퍼센트다.

이태진이 말을 이었다.

"앞으로 '함단 앤 대영'의 생산 공장은 해외로도 뻗어나가게 될 겁니다."

모두 눈만 껌벅이고 있었지만 한 달도 안 되어서 그것이 현실로 된다는 것을 알게 될 것이다.

그것을 알고 있는 사람은 옆에 앉은 고재규뿐이다.

점심 식사를 회사 식당에서 했다.

1년 전에 이태진이 점심을 먹었던 식당이다.

그때는 과장이었지만 지금은 대영을 인수한 회사의 대주주가 되어 있다.

뷔페식이어서 식판에다 음식을 담는데 옆에 선 누가 말했다.

"축하드려요."

고개를 든 이태진이 옆에 선 여자를 보았다.

웃음 띤 얼굴, 디자인부 부장 송인경이다.

"고맙습니다."

이태진도 따라 웃었다.

송인경은 이태진이 대리였을 때부터 부장이었던 존재다.

디자인부는 생산부에 필수적인 부서다. 디자인 컨펌을 받아야만 생산이 시작되는 것이다.

식판을 든 이태진이 송인경에게 물었다.

"오늘 저녁에 같이 식사나 하실까요?"

이태진의 시선을 받은 송인경이 고개를 끄덕였다.

"오후에 제가 전화드릴게요."

송인경은 33세.

날씬한 몸매에 빼어난 용모여서 수출부 사원들에게 항상 화제의 대상이 되었고 소문을 몰고 다녔다.

그만큼 인기가 있다는 증거다.

이태진과는 한 번도 말을 섞어본 적도 없는 관계다.

명문대 의상학과를 졸업했고 대기업인 일성상사 디자인실에서 차장으로 근무하다가 대영산업에 부장으로 특채되었다.

그날 저녁.

이태진이 송인경과 소공동의 조선호텔 일식당의 방 안에서 식사 중이다.

생선회에 소주까지 시켰기 때문에 이태진이 술잔을 들고 말했다.

"송 부장, 이번 합병을 어떻게 생각해요?"

"당연한 일이죠."

바로 대답한 송인경이 웃음 띤 얼굴로 이태진을 보았다.

"합병 조건을 들었는데, 이 사장님이 너무 양보를 하셨더군요."

"그런가요?"

"공장을 덤으로 끼워주면서 1백억을 받다니요? 오더 없으면 노는 공장인데 이번 인수합병으로 정 회장님이 돈 벌었다는 소문이 났어요."

이태진이 고개를 끄덕였다.

"내가 곧 외국에 나갑니다. 거기서 송 부장한테 연락드리지요."

"저한테요?"

"송 부장이 외국에서 할 일이 있을 겁니다."

"어딘데요?"

"우즈베키스탄."

숨을 들이켠 송인경이 정색했다.

눈이 반짝이고 있다.

"거기서 뭘 하는데요?"

"공장을 세우려는데 송 부장이 한번 봐주세요."

"저는 얼마든지."

송인경이 말을 이었다.

"불러만 주세요. 갈게요."

송인경이 흐려진 눈으로 이태진을 보았다.

이태진은 숨을 들이켰다.

이런 눈은 익숙하다.

정예은도, 서재경도, 그리고 오세영까지.

그 순간들.

그 시간에 중앙정보부장 김대영이 대통령과 마주 앉아 있다.

청와대 본관 식당 안.

동석자는 비서실장 김석원이다.

식당 안은 그들 셋뿐이다.

본관 2층 식당은 대통령과 가족, 본관 직원들이 사용한다.

방금 식사를 마친 셋은 그 자리에서 밥그릇만 치우고, 막걸리와 잔만 갖다 놓아 술상이 차려졌다.

대통령 지시다.

오늘은 중정부장 김대영이 정국을 보고하는 날이다.

저녁을 먹으면서 보고는 대충 끝났기 때문에 부드러운 분위기다.

그때 대통령이 고개를 들고 김대영을 보았다.

"그 우즈벡에서 북한 대외사업부를 포섭했다는 일, 어떻게 되었나?"

"이태진이란 사업가를 내세워서 추진 중입니다. 곧 북한의 수출품을 우즈벡으로 수입할 예정입니다."

"그 친구가 젊다고 했지?"

"예, 각하. 서른 살입니다."

"그것 참."

막걸리 잔을 든 대통령이 웃음 띤 얼굴로 김대영을 보았다.

"중정이 우즈벡까지 파고 들어가서 실적을 올리는군."

김대영은 우즈벡 작전을 중정이 주도한 것으로 보고한 것이다.

이태진이 만들어놓고 중정에 연락했다고 말할 바에는 작전을 안 하는 것이 낫다.

그때 대통령이 고개를 끄덕였다.

"그렇게 해서 북한과 연결되는 거야. 경제 부분부터 연결되는 것이 자연스럽고 부담이 적어. 잘하고 있어."

이런 칭찬을 받은 것은 김대영이 중정부장으로 임명된 후 처음이다.

"예, 각하. 적극 추진하겠습니다."

상기된 김대영이 대답했을 때 대통령이 물었다.

"그 친구 어디 출신인가?"

"충청도가 고향이고 충청대를 나왔습니다. 대영산업에서 근무하다가 사우디 바이어의 신임을 받아서 '함단 앤 리'라는 대형 무역회사를 설립했지요."

"음, 자수성가한 친구군. 장해."

"예, 사우디 실력자들의 신임을 받아서 대리인 역할을 하고 있습니다."

"부모는?"

"부친은 국민학교 교장으로 있다가 퇴직했고 충청북도 영동에서 살고 있습니다."

"교육자 집안이군."

"예, 각하."

고개를 끄덕인 대통령이 벽시계를 보았을 때 김석원이 조심스럽게 말했다.

"각하, 시간이 좀 늦었습니다."

응접실의 소파에 앉은 정병현이 정진호에게 말했다.

"너는 이제 이태진 사람이야. 이태진의 수족이 되도록 해."

정진호가 눈만 껌벅였고 정병현이 말을 이었다.

"그렇다고 기죽을 것 없다. 넌 22퍼센트의 지분을 가진 주주니까 널 제거할 수는 없어."

"기죽지 않았어요, 아버지."

쓴웃음을 지은 정진호가 말을 이었다.

"내일 이 사장이 아버지한테 인사하러 온다고 했어요."

"연락받았다."

그때 옆쪽에 앉아있던 정예은이 정병현에게 물었다.

"아버지, 술상 차려올까요?"

"술?"

고개를 든 정병현이 벽시계를 보았다.

오후 10시가 되어가고 있다.

"그래, 한잔하자."

정병현이 웃음 띤 얼굴로 정예은을 보았다.

"진호의 새 앞날을 위해서."

몸을 돌린 정예은이 말을 받는다.

"이제 인수합병은 우리 뜻대로 되었어요. 우리는 손해 본 것 없어요."

그러나 어머니는 안방에서 나오지 않았다.

속이 상했기 때문이다.

연락이 왔다.

오전 10시.

이태진이 사장실에 앉아있을 때다.

비서 홍지연이 방으로 들어왔을 때 이태진은 커피포트에서 끓인 커피를 잔에 따르는 중이었다.

"사장님, 우즈벡의 전태기 씨라는데요."

고개를 끄덕인 이태진이 홍지연에게 말했다.

"전화 바꿔주고 홍지연 씨도 들어와."

"네, 사장님."

곧 벨이 울리면서 홍지연이 방으로 들어섰다.

전화기를 든 이태진이 응답했다.

"여보세요."

"사장님, 전태기입니다."

"응, 전태기 씨. 무슨 일이야?"

"수출품 목록 준비를 했습니다."

"아, 그래?"

"그리고 국장님께서 사장님 오시는 일정을 알고 싶어 하십니다."

"국장님이?"

"예, 사장님. 만나고 싶다고 하셨습니다."

"내가 요즘 큰일이 있어서 수습하고 바로 일정을 알려주겠네."

"예, 사장님."

전태기의 목소리가 밝아졌다.

"기다리겠습니다."

통화를 끝낸 이태진이 옆에 선 홍지연을 보았다.

홍지연은 굳은 얼굴이다.

"지금 전화한 전태기는 우즈베키스탄의 내 사무실에 있는 북한 대외사업부 요원이야. 기억해둬."

"네, 사장님."

"내가 우즈베키스탄 사무실 전화번호를 알려주지. 그곳 지사장은 소냐라는 고려인이야."

"네, 사장님."

"함단 앤 리 소속 사마르칸트 지사지. 그 지사는 내가 설립했어."

이태진이 소냐의 명함을 찾아 홍지연에게 건네주었다.

"그리고 내가 설립한 카이로의 '무스타파 연락사무소'가 있어."

다시 무스타파 연락사무소 명함을 꺼낸 이태진이 홍지연에게 건네주었다.

그때 홍지연이 서둘러 메모지를 집더니 메모하기 시작했다.

이태진이 말을 이었다.

"홍지연 씨는 알고 있어야 할 것 같아서 말해주는 거야. '무스타파 연락사무소'는 카이로의 클레오파트라 호텔을 인수했고 지금 관리체제 정비 중이야. 영업하면서 내부 정리를 하는 중이지. 그 관리를 유성희라는 알 아즈하르 대학 교수에게 맡겼어."

"…."

"그리고 카이로에 백화점을 건설할 계획을 세우고 있어."

"…."

"또 있군. 내가 두바이에 부동산을 매입해놓았는데 그곳에 사무실을 오픈할 예정이야."

"…."

"이것, 리야드의 함단 오피스 전화번호하고 함단의 개인 전화번호야."

이태진이 명함을 내밀었다.

"곧 리야드로 가야 돼. 함단이 네 번째 부인과의 결혼식이 있어서."

다시 이태진이 책상 서랍에서 명함들을 꺼내 건네주었다.

"이건 내 형제 오마르 아무디 사무실 전화번호와 개인 전화번호야. 카림이라는 자는 오마르의 매니저고. 잘 정리해놔."

홍지연의 얼굴은 상기되어 있다.

"그렇다면 빨리 가보셔야겠는데."

이태진의 말을 들은 박영균이 상반신을 흔들면서 말했다.

사장실 안.

오전 11시 15분.

연락을 받은 박영균이 1시간도 안 되어서 달려온 것이다.

"먼저 내가 보고를 하고 준비를 해서 가야겠지요."

"그럼 준비해오세요. 난 먼저 카이로에 들렀다가 리야드에 가서 결혼식에 참석해야 되니까."

이태진이 말을 이었다.

"그러고 나서 사마르칸트에 갈 겁니다."

"알겠습니다."

커다랗게 고개를 끄덕인 박영균이 자리에서 일어섰다.

온몸에 활기가 떠올라 있다.

사마르칸트에서 북한 대외사업부 국장 한철과 이태진이 만나는 것이다.

지금까지 한국인 중 한철과 접촉한 인사가 없다.

오후에 '함단 앤 대영' 본사에서 인사 발표가 났다.

대영을 인수하면서 균형을 맞추기 위해서다.

한여옥, 고재규, 김태식, 최상호, 그리고 강진수까지 부장으로 진급했다.

강진수는 총무부장으로 검사, 관리 업무를 총괄하게 되었다.

한여옥과 최상호까지는 각각 수출부장이다.

사장 비서 홍지연도 대리로 진급했다.

오후 3시 반.

회의실에 진급자 10여 명을 모은 이태진이 둘러보며 말했다.

"진급을 축하한다."

정색한 이태진이 말을 이었다.

"나부터 젊은 나이에 사장이 되었지만 당신들한테 조언을 하겠어."

이태진이 둘러앉은 진급자들을 훑어보았다.

"나도 그렇게 노력하고 있으니까 당신들도 명심하는 게 좋을 거야."

이태진이 말을 이었다.

"직급에 맞는 처신을 해야 돼. 직급 이상도 이하도 아닌 처신을 하도록. 그러나 생각은 더 위로."

이태진의 얼굴에 쓴웃음이 떠올랐다.

"그렇게 행동하다 보면 그 위치가 익숙해질 거야."

회의실에서 나왔을 때 뒤를 따라 나온 정경호가 웃음 띤 얼굴로 이태진에게 물었다.

"그 처신법은 어느 책에서 읽은 거야?"

멈춰 선 이태진이 고개를 저었다.

"내 경험이야."

"겪어서 터득한 건가?"

"그래. 항상 생각했지."

정경호가 정색하고 이태진을 보았다.

"나도 전적으로 동감이야."

"내가 곧 다시 나가게 돼. 그동안 잘 부탁한다."

"걱정 마."

어깨를 부풀렸다가 내린 정경호가 말을 이었다.

"우리 회사는 단단해. 모두 너를 중심으로 똘똘 뭉쳐있어."

오늘 회의는 떠나기 전에 단합대회를 한 셈이다.

"이번 합병은 성공적이라는 평이더군."

안석호의 말에 최재일이 고개를 기울였다.

대영산업의 사장실 안.

이곳은 구로동의 제2공장이다.

대영산업 본사였던 제1공장을 이번에 '함단 앤 리'와의 합병 때 매각했기 때문에 이쪽으로 옮긴 것이다.

그래서 대영산업은 두 개로 분리된 형국이 되었는데, 업계에서는 대영이 성공적인 분리를 했다는 소문이 났다.

'함단 앤 리'와의 인수합병 협상에서 1백억의 대금까지 받은 데다 대영 수출부의 성장 가능성이 높게 평가된 것이다.

그래서 대영산업 주가가 15퍼센트가 상승했기 때문에 정병현은 2백억이 넘는 자산이 늘어났다.

그때 최재일이 말했다.

"이번 합병에서 함단과 이태진도 수백억을 벌었지 않습니까? 대영 주가가 상승했기 때문에 말입니다."

"그렇겠지. '함단 앤 대영'이 곧 상장될 테니까 말야."

혼잣소리처럼 말한 안석호가 최재일을 보았다.

대영산업은 1년 전으로 되돌아온 셈이다.

수출1부가 그대로 옮겨왔는데 실적이 바로 1년 전 그대로다.

안석호가 말을 이었다.

"역시 회장님이셔. 정진호를 떼어서 함단과 합병 시키면서 '함단 앤 대영'과 대영이 동시에 폭발 성장했어."

맞는 말이다.

대영산업은 이번 인수합병으로 주가도 폭등했다.

다만 본사의 수출 부분만 답보상태일 뿐이다.

"다 끝났어?"

오마르가 물었다.

오후 4시 반.

제다는 오전 10시 반이다.

"응, 우리가 대영의 당신 생산라인까지 다 끌어온 것으로 끝났어."

이태진이 말을 이었다.

"예전으로 돌아온 것으로 생각하면 돼, 오마르."

"알 함두릴라."

오마르가 탄성처럼 말했다.

"이젠 편하게 잘 수 있겠구만."

"과장하지 마, 오마르."

"그렇다면 정진호한테 사우디 시장 구경을 시켜줘도 되겠는데, 그렇지?"

"과연. 내가 그 생각을 못 했는데."

전화기를 고쳐 쥔 이태진이 고개를 끄덕였다.

이제 대영은 '함단 앤 대영'이 되었다.

"나는 지금까지 정진호하고 직접 통화한 적도 없어. 자네가 알아서 해."

오마르의 목소리에 웃음기가 떠올랐다.

"축하하네, 브라더."

"인슈알라."

이태진이 아랍 식으로 대답했다.

"부르셨습니까?"

사장실로 들어선 고재규가 물었다.

고개를 끄덕인 이태진이 눈으로 앞쪽 자리를 가리켰다.

고재규가 자리에 앉자 이태진이 물었다.

"일주일쯤 출장 갈 수 있겠지?"

"예, 어디 말입니까?"

"사우디 오마르한테 가서 오더 체크도 하고 시장조사도 하고 와."

"예, 그러지요."

고재규의 얼굴이 밝아졌다.

"다녀오겠습니다."

"네가 가서 정진호를 부르도록 해."

"정진호를 말입니까?"

"그래. 정진호도 같은 회사 소속이 되었으니까 그게 자연스럽지."

"알겠습니다."

고재규가 커다랗게 고개를 끄덕였다.

본사 부장과 합병한 계열사 상무가 사우디에서 회동하는 것이다.

5층 한쪽을 빌려서 사무실을 차린 동양기획은 '함단 앤 리'의 조사실 역할이었다.

하지만 '동양기획'이라는 간판을 붙이고 있었기 때문에 내막은 이태진만 안다.

오후 5시.

이태진이 동양기획의 사장실에서 김봉철과 만나고 있다.

김봉철이 탁자 위에 녹음기를 내려놓으면서 말했다.

"정병현과 주식 브로커인 사촌 동생 정윤기하고 대화 내용을 녹음했습니다."

이태진이 고개만 끄덕였고 김봉철은 녹음기의 버튼을 눌렀다.

그때 정병현의 목소리가 울렸다.

"주가가 이대로 갈 것 같으냐?"

"예, 형님. '함단 앤 대영'의 주식이 상장되면 더 뛸 겁니다."

"그럼 이태진도 떼돈을 벌겠구만."

"'함단 앤 대영' 주식의 78퍼센트가 이태진의 몫이니까요."

"그놈이 이런 상황을 예상했을까?"

"글쎄요. 대영 지분을 22퍼센트에서 올려주지 않은 걸 보면 눈치챈 것 같기도 하고…."

"내가 이걸 노리고 합병을 추진한 건 모르겠지?"

"글쎄요."

"네가 증권가에 소문을 좀 내야겠다."

"무슨 소문입니까?"

"이태진이 사기와 공금 횡령으로 대영산업에서 고발당했었다는 소문 말이야."

"…."

"그것이 유야무야 끝났지만 고발당한 것은 사실이야."

"그것으로 주가는 별 이상이 없겠지만, 왜 그러시는데요?"

"이태진이 대영에 들어와 기생충처럼 파먹다가 독사가 되어서 나갔지 않느냐?"

"그렇지요. 그래서 살모사처럼 제 어미의 몸 한쪽을 떼어 먹었구요."

"그래서 그런다. 이제는 진호가 살모사 새끼 노릇을 해야지."

정병현의 목소리에 열기가 띠어졌다.

"그래서 내가 이태진한테 인수합병을 제의한 거다. 진호를 집어넣는 조건으로 말이다."

"…."

"그놈을 지금부터 안팎으로 쉴 새 없이 흔들어야 돼."

"알겠습니다."

"언론 작업도 해. 여기 로비자금 있다."

"감사합니다."

그때 녹음기의 버튼을 눌러 끈 김봉철이 눈썹을 모으고 이태진을 보았다.

묻는 것 같은 표정이다.

그때 이태진이 김봉철을 보았다.

"감시자를 하나 더 추가하지. 정예은도 다시 포함시켜."

정예은은 한동안 대상에서 제외되어 있었다.

그때 김봉철이 탁자 위의 서류철에서 서류를 꺼내 내밀었다.

"여기 일단은 간략하게 조사했습니다."

서류 왼쪽에 디자인부장 송인경의 사진이 붙어 있다.

"제가 먼저 카이로에 가서 기다리고 있겠습니다."

수화기에 대고 박영균이 말했다.

"저희들 준비는 다 끝냈습니다."

"알겠습니다."

전화기를 내려놓은 이태진이 심호흡을 했다.

중정 중동부장 박영균은 사마르칸트 프로젝트에 올인하고 있다.

카이로 중정지부가 설립된 것에 이어서 이제는 북한 대외사업부와의 프로젝트다.

그것이 모두 이태진이 연결해 준 것이다.

오후 7시가 되었을 때 이태진이 조선호텔 라운지로 들어섰다.

그때 창가의 좌석에 앉아있던 송인경이 웃음 띤 얼굴로 눈인사를 했다.

진홍색 투피스 차림에 짧게 웨이브 한 머리.

멀리서도 눈에 띄는 미모다.

라운지는 약간 어둑했고 낮게 재즈 음악이 울리고 있다.

조용한 분위기.

앞쪽에 앉은 이태진이 종업원이 다가오자 송인경 앞에 놓인 잔을 눈으로 가리키며 말했다.

"같은 걸로."

마티니 같다.

그때 송인경이 눈을 가늘게 뜨고 웃었다.

"사장님은 대영에 계실 때 디자인부에 한 번도 들르지 않으셨죠?"

"그런가요?"

따라 웃은 이태진이 송인경을 보았다.

아름답다.

대영에서는 가장 섹시한 여자라고 소문이 났었다.

종업원이 마티니를 내려놓고 돌아갔다.

거기에다 김봉철이 조사한 내역이 추가되었다.

요즘은 사람을 만나기 전에 미리 알아보는 이태진이다.

눈앞에 웃음 띤 얼굴로 앉아있는 송인경은 일성상사 디자인부에서 근무할 때 사장 윤인식의 애인이었다.

윤인식이 사장에서 물러나자 대영으로 옮겨온 것이다.

그리고 애인이 또 있다.

국제여행사 전무 강동길이다.

강동길한테서 매달 용돈을 받는다.

이태진이 마티니 잔을 들었다.

나도 송인경을 만날 이유가 있다.

술을 두 잔 마시는 동안 분위기가 부드러워졌다.

이태진이 석 잔째는 보드카를 시켰고 송인경은 마티니를 계속 마셨다.

"결혼은 언제 하세요?"

불쑥 송인경이 물었을 때 이태진이 고개를 들었다.

"때가 되면. 송 부장은 남자친구 있어요?"

"있어요."

술잔을 든 송인경이 눈웃음을 쳤다.

"부담 없이 만나는 친구."

"없는 것이 이상하지."

한 모금 술을 삼킨 이태진이 말을 이었다.

"송 부장 같은 미인이 말요."

"지난 1년 동안 사장님에 대해서 관심이 많았어요."

"허, 이런. 영광인데."

"과장대리에서 과장, 그리고 차장까지 솟아오르는 데 1년도 걸리지 않았죠? 마치 드라마를 보는 것 같았죠."

"난 대영에 있을 때는 전혀 몰랐는데."

술잔을 비운 이태진이 송인경을 보았다.

"우리 장소를 옮길까요?"

"좋아요. 더 아늑한 곳이 있어요."

송인경의 눈이 반짝였다.

더 아늑한 곳은 바로 같은 층의 카페였다.

더 어둡고 더 조용하고 은밀한 곳이었다.

카펫이 깔린 바닥에서는 발소리도 들리지 않았고 칸막이가 된 좌석은 밀실 같았다.

손님은 모두 외국인이다.

밀실로 들어선 둘은 발렌타인 17년과 안주를 시켰다.

이태진이 더 푹신한 의자에 등까지 붙이고 앉았다.

"디자인부 부장이 공주 같은 존재라고만 알았지, 멀리서 몇 번 본 적밖에 없거든요."

"전 사장님을 여러 번 보았어요, 가까운 곳에서."

"저런."

"그런데 이런 기회가 온 것이죠. 합병된 것이 내가 안기는 기분이 들었어요."

"그 표현이 마음에 드네."

"전 그런 성격이거든요."

송인경이 웃음 띤 얼굴로 이태진을 보았다.

"전 권력자를 좋아해요. 그래서 먼저 접근한 것이죠."

"자신만만하시군."

"오히려 상대에게 부담을 덜어드리려는 의도였는데."

이태진이 고개를 끄덕였다.

일성상사 사장이나 국제여행사 전무에게 이런 식으로 접근한 것 같다.

“송 부장은 이번 합병을 어떻게 생각해요?”

“대영 측에서 먼저 제의했다고 들었어요. 수출부를 성장시키기 위해서.”

한 모금 위스키를 삼킨 송인경이 이태진을 보았다.

“업계에서는 어떤 소문이 났는지 아세요?”

“어떤 소문?”

“이제 대영도 ‘함단 앤 리’의 지분을 갖게 되었으니 안팎에서 마구 흔들 것이라는 소문이 났어요.”

“….”

“정병현 회장의 별명이 뭔지 아세요?”

“별명이 있어요?”

“경영자들 사이에 떠도는 소문이라 일반 사람들은 모르죠.”

“뭔데요?”

“뒤통수.”

이태진의 시선을 받은 송인경이 눈웃음을 쳤다.

“뒤통수치는 것의 선수라는 거죠.”

“아하.”

“정 회장님을 잘 아는 몇 사람이 그렇게 부르는 별명이에요.”

“그것이 누군데?”

“일성상사 사장하고 정 회장님은 30년지기라고 하더군요.”

다시 한 모금 위스키를 삼킨 송인경이 말을 이었다.

“일성상사 사장한테서 직접 들었어요, 뒤끝이 좋지 않다고.”

“그렇군.”

"그러니까 사장님도 조심하셔야 돼요."

"나한테 이렇게 호의적인 이유는?"

"다 아시면서."

바로 대답한 송인경이 이제는 정색하고 이태진을 보았다.

"제가 좋아한다고 말씀드렸지요?"

"권력을?"

"그리고 젊고."

송인경이 시선을 준 채 물었다.

"싫으세요?"

카페에서 나왔을 때는 오후 10시 반이다.

그때는 술 한 병을 둘이 나눠 마신 후여서 송인경은 취기가 오른 상태다.

호텔 복도로 나왔을 때 송인경이 흐려진 눈으로 이태진을 보았다.

"저, 열려있어요."

"뭘?"

모른 척 물었더니 송인경이 바짝 붙어서 팔짱을 끼었다. 짙은 향내가 맡아졌고 부딪친 어깨의 촉감이 전해졌다.

대답 대신이다.

그때 고개를 끄덕인 이태진이 엘리베이터로 송인경을 끌었다.

"대영의 내 창구가 돼 줘요."

"언제든지 연락만 하세요."

송인경의 두 눈이 번들거렸다.

엘리베이터 앞에서 송인경이 명함을 꺼내 이태진의 주머니에 넣었다.

"제 집 전화예요."

이태진이 고개를 끄덕였다.

엘리베이터 문이 열렸을 때 송인경이 몸을 떼었다.

오피스텔에 들어섰을 때는 오후 11시 반이다.

욕실에서 씻고 나온 이태진이 전화기를 들었다.

술기운이 번져 있지만 정신은 맑다.

전화기를 귀에 붙인 이태진이 발신음을 듣는다.

그때 수화기에서 아버지의 목소리가 울렸다.

"여보세요."

"아버지, 저요."

"응, 너구나."

아버지의 목소리는 맑다. 술기운이 섞이지 않았다.

"어머니는 주무세요?"

"응, 그래. 잔다."

"아버지, 저 다음 월요일에 출장 갑니다."

"어. 그럼 오늘이 목요일이니까 나흘 후가 아니냐?"

"예, 요즘은 외국 일이 더 많아서요."

"네 나이가 서른이지?"

"예, 아버지."

문득 이태진은 아버지가 서른이었을 때를 떠올렸다.

아버지는 1915년생이니 서른이었을 때는 1945년, 해방이 되었을 때다.

일본이 패망한 해다.

그리고 조선이 일제 강점기에서 해방이 된 해인 것이다.

이태진이 숨을 들이켰다.

아버지의 30세는 만주에 사놓은 광대한 영지, 그리고 만철 개발본부장이었던 화려한 명성과 직위가 물거품처럼 꺼진 때가 아닌가?

이게 무슨 운명의 장난이냐?

아버지의 서른 살과 자식의 서른 살이 이렇게 극과 극이 되다니.

그때 아버지가 말했다.

"화무십일홍이야."

"왜 갑자기 그런 말씀을 하세요?"

그렇게 물었지만 이태진의 가슴이 서늘해졌다.

아버지도 같은 생각을 하고 있었던 것이다.

"뭐, 인생이 유한하다는 말이다."

아버지가 그렇게 덮더니 덧붙였다.

"떠나기 전에 다시 연락이나 하거라."

전화기를 내려놓은 이태진이 벽시계를 보았다.

11시 45분이다.

김명화를 떠올렸기 때문에 시간을 본 것이다.

그러나 이태진은 소파에서 몸을 일으켰다.

절제한 것이다.

김명화한테는 참고 아끼고 싶은 충동이 자꾸 일어난다.

지금까지 충동적으로 쏟았던 감정에 대한 반작용 같다.

그리고 그것이 어떤 결과가 될지는 생각해보지 않았다.

그것도 위선적으로 느껴졌기 때문이다.

다음 날 오전, 고재규와 장기환 대리가 사우디로 출발했다.

이태진의 지시를 받은 즉시 출장 준비를 하고 떠난 것이다.

연락을 받은 함단이 바로 한국 주재 사우디 대사관에 연락을 해주었기 때문에 하루 만에 비자가 나왔다.

이태진은 무스타파가 특별 비자를 만들어주었기 때문에 갈 때마다 비자를 받지 않아도 된다.

오후에 이태진은 대영산업을 방문했다.

제2공장으로 이전한 대영산업 본사를 찾아간 것이다.

방문 약속을 했기 때문에 정병현은 회장실에 있는 것 같았지만 이태진은 대기실에 앉아 15분쯤 기다려야 했다.

이태진을 수행한 강진수가 화가 나서 몇 번을 들락거리다가 마침내 투덜거렸다.

마실 것을 가져온 비서실 직원에게 들으라고 한 것 같다.

"참, 속 좁은 본색이 드러나는군요. 이러면 정진호 씨한테 몇 배로 돌아갈 줄 모르는 모양이죠?"

"조용히 해."

이태진이 낮게 꾸짖었다.

"급한 일이 있으신 거다. 가만있어."

비서의 얼굴이 빨개졌다.

이 대화는 곧 회사에 소문으로 퍼질 것이었다.

회장실로 들어선 이태진이 소파에 앉아있는 정병현을 보았다.

예상했던 대로 정병현은 안석호와 최재일까지 동석시켰는데, 이태진의 인사를 받더니 얼굴을 펴고 웃었다.

"어, 잘 왔어요, 이 사장. 오랜만에 보네요."

손을 내밀면서 정병현이 말을 이었다.

"다시 같은 식구가 되었으니까 앞으로 잘해보십시다."

"잘 부탁드립니다."

정병현의 손을 쥔 이태진이 허리를 깊게 숙였다.

이어서 안석호에게도 인사를 했는데 안석호는 웃음 띤 얼굴로 손만 내밀었다

최재일도 마찬가지다.

그들은 이태진의 뒤에 선 강진수하고는 악수만 나누었다.

다섯이 소파에 둘러앉았을 때 정병현이 먼저 입을 열었다.

"이 사장, 정 상무를 잘 부탁해요. 여러 가지로 부족한 점이 많은 아이니까 잘 가르쳐주기 바랍니다."

"예, 회장님."

고개를 든 이태진이 정병현을 보았다.

"합병은 제가 원했던 것이 아니었습니다. 회장님이 제의하신 일이었지만 은혜를 갚는다는 생각으로 회장님의 요구조건을 다 받아들인 것입니다."

순간 정병현의 표정이 굳어졌다.

안석호와 최재일은 숨까지 죽였다.

그들에게는 금시초문이었기 때문이다.

정반대다.

정병현이 둘을 불러서 '이태진이가 이런 제의를 해왔는데' 하면서 합병 제의를 한 것처럼 말해주었기 때문이다.

그때 이태진이 말을 이었다.

"하지만 합병이 된 이상 최선을 다해서 대영의 능력을 극대화시키겠습니다. 그 말씀을 드리려고 온 것입니다."

이태진의 목소리에 열기가 띠어졌고 정병현은 시선만 주었다.

"내년에는 지금보다 몇 배 더 성장할 것이고 변화가 있겠지요. 그 변화를 감당하려는 자세가 필요할 것입니다."

"어떤 자세가 필요하다고 보시오?"

마침내 정병현이 물었는데 목소리가 갈라져 있다.

눈이 번들거리고 있는 것이 필사적인 것처럼 강진수에게 느껴졌다.

그때 이태진이 대답했다.

"합심(合心)하는 것입니다. 만일 그렇지 않으면 산산조각이 납니다."

이태진이 똑바로 정병현을 보았다.

"저는 내일 '함단 앤 대영'의 주식을 상장할 계획이 없다는 발표를 할 겁니다. 상장회사가 될 필요가 없으니까요. 주가를 올려 돈 벌 생각은 없습니다."

"아니."

놀란 정병현이 참지 못하고 소리쳤다.

"아니, 그게 무슨 소리야! 합병할 때…."

"합병서류에 그런 내용은 없었지요."

"그거야, 당연히…."

"저는 그런 거 꿈에도 생각 안 했습니다."

"이것 봐, 이 사장!"

"언론들이 내가 공금횡령, 사기 등으로 고발당한 전력이 있다는 자료를 확보하고 보도할 계획이더군요. 마침 타이밍이 맞았습니다."

몸을 일으킨 이태진이 말을 이었다.

"언론보도에 맞춰서 발표를 하지요. 자숙하고 열심히 일만 하겠다는 뜻으로 국민들이 받아들일 것입니다."

이태진이 몸을 돌리자 정병현이 소리쳤다.

"잠깐! 거기 서!"

그러나 강진수가 이태진의 뒤를 가로막고 나가는 바람에 몸이 보이지 않았다.

"야! 이태진!"

문이 닫히기 전에 정병현이 지른 외침이다.

현관 앞에 주차된 차를 타고 공장을 나왔을 때 강진수가 물었다.

"사장님, 주식 상장 안 하십니까?"

"안 한다."

고개를 든 이태진이 쓴웃음을 지었다.

"주식으로 돈 벌 생각 없다."

"정 회장이 난리를 치는 건 그것을 기대하고 있었던 모양이지요?"

"그것을 전제로 협상을 했던 것이지. '함단 앤 리'도 그럴 자격을 충분히 갖추고 있었으니까."

창밖에 시선을 준 채 이태진이 말을 이었다.

"아마 이번 발표로 대영의 주식은 반 토막이 날 거다. 알짜 생산 공장까지 '함단 앤 리'의 소유가 되었으니까."

"'함단 앤 대영'으로 상호를 바꾼 건 미끼였습니까?"

강진수가 묻자 이태진이 정색했다.

"난 그런 얄팍한 재주는 안 부린다."

"죄송합니다."

"널 데리고 간 것은 네가 앞으로 회사 내부 관리를 맡으라는 의미야. 알겠어?"

"예, 사장님."

"네가 다 알고 있어야 돼."

"알겠습니다."

"정병현 씨는 안석호를 시켜 나를 사기, 업무상 횡령 혐의로 고발했다가 무산되었는데, 그때 나는 중정의 도움을 받았다."

"…."

"이번에도 언론에다 내 고발자료를 넘겼고, 그 정보도 중정에서 들었다. 정병현 씨 사촌 정윤기가 자료를 갖고 로비를 한 것이지."

"…."

"이번 작전도 중정의 도움을 받은 거야."

그때 강진수가 심호흡을 했다.

"치사한 사람이군요. 정병현 씨 말씀입니다."

"당연한 일이야. 네가 그 입장이 돼 봐."

쓴웃음을 지은 이태진이 외면한 채 말했다.

"눈에는 눈이고 피에는 피야. 어쩔 수 없어."

차 안에 정적이 덮였다.

이태진 혼자 뛰었다면 이렇게 적절하게 대응하지 못했다.

과연 권력의 배경이 있어야 금력이 모인다.

아니, 살아난다.

다음 날 오전 10시.

'함단 앤 대영'의 본사 회의실 안.

'함단 앤 대영'의 전무이사 정경호가 긴장한 표정으로 연단 앞에 섰다.

앞에는 수십 명의 기자가 모여 앉았고 벌써 카메라 플래시가 번쩍였다.

그때 정경호가 마이크에 대고 말했다.

"'함단 앤 대영'은 주식 상장을 안 합니다. 내부 관리를 더욱 충실히 하고 직원 복지에 최선을 다할 예정입니다만 주식 상장은 하지 않습니다."

고개를 든 정경호가 이제는 긴장이 풀린 표정으로 기자들을 보았다.

"그러나 '함단 앤 대영'은 한국 제1의 무역회사가 되기 위하여 노력할 것입니다."

그러고는 옆으로 비켜서더니 손을 저었다.

"기자회견은 안 합니다."

"그 이유는 뭡니까? 조건을 다 갖췄는데도 안 하는 이유는 뭐죠?"

기자 하나가 소리쳐 물었을 때 정경호가 발을 떼면서 말했다.

"꼭 해야 하는 이유도 없지 않습니까?"

정경호답지 않은 대답이어서 둘러서 있던 회사 직원 서너 명이 웃어버렸다.

기자들은 더 이상 묻지 않았다.

그 이유를 따지고 들을 필요가 없었기 때문이다.

"대영이 망했군."

노련한 경제 기자 한 명이 혼잣소리를 했을 뿐이다.

"주가가 대폭락하고 있습니다."

박영균이 말하자 한인수가 쓴웃음을 지었다.

이곳은 중정 제1차장실 안.

오후 2시 반이다.

박영균이 말을 이었다.

"대영산업 정병현 회장이 이태진을 죽이려고 여러 번 술수를 썼습니다. 이번에도 대영산업 수출부 일부와 공장을 합병시키면서 주가 폭등을 기대했는데 이것으로 뒤통수를 맞았지요."

"이봐, 정 회장 별명이 뭔지 아나?"

한인수가 묻자 박영균이 되물었다.

"차장님도 알고 계셨습니까?"

"그래. 뒤통수야."

"뒤통수가 이번에 제대로 뒤통수를 맞았습니다."

"이러다가 망하는데, 큰 채무는 없으니까 겨우 버티겠군."

"이태진이 한 방 더 치면 망합니다."

"그럴 놈은 아냐, 이태진은."

"아직 때가 덜 묻었지요."

"그런데 이태진이 언제 출발인가?"

"예정은 사흘 후입니다."

정색한 박영균이 한인수를 보았다.

이번에 우즈베키스탄 프로젝트가 시작되는 것이다.

"부르셨습니까?"

사장실로 들어선 정진호가 물었지만 시선은 내린 채다.

오후 3시 반.

정진호는 마포의 '함단 앤 대영' 본사 건물로 불려왔다.

정진호는 이번에 합병되어서 '함단 앤 대영' 소유가 된 옛날 대영 본사 건물에서 근무하기 때문이다.

"거기 앉아."

앞쪽 자리를 눈으로 가리킨 이태진이 정진호에게 물었다.

"정 전무의 기자회견 들었지?"

"예, 들었습니다."

고개를 든 정진호가 이태진을 보았다.

"저는 그런 거 상관 안 합니다."

"그래, 상관할 것 없어."

이태진이 정색하고 정진호를 보았다.

"나하고 같이 사우디에 가자."

정진호가 숨을 들이켰다.

"사장님하고 같이 말씀입니까?"

"그래. 오마르도 만나고 시장도 봐야지."

"예, 가지요."

고개를 끄덕인 정진호가 말을 이었다.

"모시고 가겠습니다."

지금 사우디에는 고재규가 먼저 가 있다.

5장 사마르칸트 합작

"출장을 간다구?"

정예은이 정진호에게 물었다.

오후 8시 반.

저택의 응접실 안에는 둘뿐이다.

정병현은 아직 귀가하지 않았고 어머니는 속상해서 방배동 언니 집에 갔다.

정진호가 고개를 끄덕였다.

"사장하고 같이."

"누구?"

"이태진 씨."

"이태진하고 같이 간단 말야?"

"그래. 나하고 같이 가자고 했어. 시장을 봐야 한다면서."

정예은이 잠자코 시선만 주었고 정진호가 말을 이었다.

"당연한 일이지만 심란하구만."

"…."

"대영산업은 주가가 반 토막이 나서 부도가 나느니 어쩌느니 하는 상황에 말야."

고개를 든 정진호가 정예은을 보았다.

"누나, 어쩌다 그렇게 되었어?"

"뭘?"

"왜 좋다가 깨진 거야?"

"이태진하고 말이냐?"

"그럼 다른 게 있나?"

"내가 깬 거지, 뭐. 다른 남자 만났으니까."

"그 보복을 하는 건가?"

"그럴 사람은 아냐."

그때 정진호가 눈을 가늘게 떴다.

"그걸 믿어?"

"나 때문은 아닌 것 같다. 우린 쿨하게 헤어졌으니까."

"쿨은 무슨."

"같이 출장 가자고 한 걸 보면 호의적인 거 아니냐? 너한테 말이야."

정예은이 정색하고 말을 이었다.

"난 주식 문제가 이렇게 큰 문제가 된다는 거 오늘 처음 알았어."

그러고는 정예은이 자리에서 일어섰다.

"넌 그냥 그 사람이 하자는 대로 해."

9시 반이 되었을 때 이태진이 전화기를 들었다.

다이얼을 누르고 나서 발신음이 세 번 울렸을 때 응답 소리가 들렸다.

"여보세요."

카이로의 무스타파 사무실에서 사로나가 전화를 받았다.

"사로나, 나야, 미스터 리."

이태진이 응답하자 사로나가 깜짝 놀라면서 반겼다.

"사장님, 그동안 안녕하셨어요?"

"그래, 사로나. 잘 지냈지?"

"네, 사장님. 그런데 언제 오세요?"

"며칠 후에."

"지금 유 박사님 와 계세요."

"바꿔줘, 사로나."

유성희는 고문 직함이지만 사무실에서는 유 박사로 불린다.

곧 유성희가 전화를 받았다.

"저예요, 사장님."

"유 박사, 클레오파트라 호텔 실사는 다 끝났지요?"

"네, 보고서를 작성해서 어제 무스타파 님께 보냈습니다."

실사 책임자는 유성희다.

무스타파가 실사요원을 보냈지만 '카이로 사무실'이 주도한 것이다.

유성희가 조직한 실사단이 클레오파트라 호텔의 인수를 끝냈다.

"초기 투자 자금이 3백만 불쯤 들겠지만 6개월 후에는 월 150만 불 정도의 순익이 산출될 예정입니다."

유성희가 말을 이었다.

"호텔 인수는 성공적입니다. 언제 카이로에 오세요?"

"곧 갑니다."

"백화점 부지 건에 대해서도 상의를 해야 될 것 같아요."

유성희의 목소리는 밝다.

"주민들의 민원 때문에 시에서 빨리 처분하려는 것 같습니다."

"알았어요, 유 박사."

이태진이 말을 이었다.

"무스타파 씨하고 같이 갈 겁니다. 리야드에서 연락하지요."

토요일에 내려가겠다고 했지만 그럴 시간이 없었기 때문에 이태진은 일요일 오전에 대전으로 출발했다.

대전에 도착했을 때는 오전 11시 반.

고속버스 터미널에는 김명화가 기다리고 있었다.

고속도로가 1970년 7월 7일 완공된 후로 고속버스에 대한 인식이 높아졌다.

제복 차림의 고속버스 안내양은 비행기 스튜어디스 취급을 받았다.

실제로 경쟁률도 치열했고 쭉 빠진 몸매의 미인들이었다.

고속버스 대합실은 공항 입국장 분위기가 되어있다.

"오빠."

다가온 김명화가 바짝 붙어 서서 이태진을 보았다.

이태진도 김명화의 눈동자에 박힌 제 얼굴을 보았다.

"그렇게 바빠요?"

"응, 미안해."

발을 뗀 이태진의 옆에 붙은 김명화가 팔짱을 끼었다.

"점심 먹으러 가자."

대합실 밖으로 나왔을 때 눈이 내리고 있었다.

함박눈이다.

유성의 한식당에서 갈비정식을 먹었다.

소문난 식당이었는데 양념에 잰 고기가 연하고 맛이 있었다.

식사가 끝날 무렵에 김명화가 고개를 들고 이태진을 보았다.

"이번에는 얼마나 걸려요?"

"아마 한 달쯤. 요즘은 밖의 일이 많은 편이야."

"1백억 불을 달성한다고 떠들썩해요. 엄청나죠?"

김명화가 맑은 눈으로 이태진을 보았다.

"엄청나지. 1971년에 10억 불을 수출했으니까."

"6년 만에 10배가 되었네."

"그런 셈이지."

"오빠가 그중 얼마나 공헌했는데?"

"공헌이라고 하는 건 좀 그렇고."

이태진이 말을 이었다.

"올해 수출액으로는 1억 불쯤 될까?"

"와, 한국 수출액의 1백분의 일이네."

김명화의 놀란 표정을 본 순간이다.

이태진의 가슴이 서늘해졌다.

그 이유는 집어서 말할 수는 없다.

다만 김명화에 대해서 미안한 감정이 드는 것은 알겠다.

안타까운 느낌이다.

그때 이태진이 김명화를 보았다.

"미안해, 명화야."

"뭐가?"

눈을 크게 뜬 김명화가 똑바로 이태진을 보았다.

이태진이 말을 이었다.

"내가 바빠서."

"괜찮아요, 오빠."

김명화가 부드러운 표정으로 한마디씩 차분하게 말했다.

"난 이대로도 좋아. 욕심 부리지 않을게."

"…."

"그냥 오빠 기다릴게."

"…."

"오빠가 돌아오기만 하면 돼."

"…."

"다 받아들일게."

그때 이태진이 심호흡을 했다.

"고맙다."

더 길게 말하고 싶었지만 거짓말이 늘어날 것이다.

말은 길수록 거짓말이 붙는다.

유성호텔의 라운지에서 이태진이 창밖을 내다보고 있다.

함박눈이 내리고 있다.

오후 2시 40분.

둘은 창가에 나란히 앉아있었는데 라운지에는 손님이 서너 명뿐이다.

눈이 내리는 바람에 손님이 끊긴 것이다.

"오빠, 기차 타고 가야겠네."

창밖을 내다보면서 김명화가 말했다.

"버스는 못 가겠어."

"나 돌아오고 나서 약혼식 하자."

이태진이 김명화의 손을 쥐었다.

김명화의 손이 꼬물거리고 있다.

"내가 집에 연락할게."

"오빠, 서둘지 않아도 돼요."

"아니. 날짜는 정해야 돼."

이태진이 김명화를 보았다.

"너한테 성실하도록 노력할게."

그때 김명화가 풀썩 웃었다.

"오빠, 그만."

"왜?"

"죄지은 사람의 고백 같아서."

"진심이야."

"글쎄, 다 받아들인다니까."

아직도 손을 쥔 상태여서 김명화가 이태진의 손을 힘주어 쥐었다.

"사랑해, 오빠."

이태진은 숨을 들이켰지만 대답하지는 않았다.

대신 김명화의 손을 마주 쥐었다.

오후 5시 열차로 이태진이 서울로 돌아왔다.

서울에 도착했을 때는 오후 8시가 되어갈 무렵이다.

대전에서 집에 연락을 안 했기 때문에 이태진이 오피스텔에서 전화를 했다.

"거기도 눈이 오냐?"

이태진의 목소리를 들은 아버지가 바로 물었다.

남쪽은 지금도 눈이 오는 모양이다.

"여긴 그냥 날씨만 흐려요."

"응, 그래. 너 언제 출발이냐?"

"내일 갑니다."

"음, 그렇구나. 그런데…."

아버지가 말을 이었다.

"명화한테는 연락했지?"

"예, 아버지. 연락했습니다."

"그런데 어떻게 할 거냐?"

"그것 때문에 전화드렸는데요."

이태진이 말을 이었다.

"이번에 출장 다녀와서 약혼하려는데요, 아버지."

"아, 그래. 명화한테도 말했어?"

"예, 아버지."

"잘했다. 네 어머니도 좋아할 거다."

"한 달쯤 후에 돌아올 것 같아요. 돌아오고 나서 바로 약혼하죠."

"알았다."

아버지의 목소리가 밝아졌다.

"잘 생각했다. 우리가 준비해놓지."

다음 날 오전 10시에 이태진과 정진호가 사우디로 출발했다.

비행기가 활주로를 박차고 올라 순항고도에 떴을 때 이태진이 옆자리에 앉은 정진호에게 물었다.

"너 일본은 자주 갔다면서?"

이태진이 자연스럽게 반말을 하고 있다.

"예, 사장님."

정진호는 반말에 오히려 긴장이 풀린 것 같다.

"관광여행이었습니다."

부잣집 아들이나 가능한 시기다.

지금도 중소기업에서는 해외 출장을 가는 직원들에게 복도 양쪽에 서서 박수를 친다.

그리고 김포공항에는 배웅 나온 가족들이 더 많다.

이쪽저쪽에서 가족들이 모여서 기념사진을 찍는다.

이태진이 웃음 띤 얼굴로 정진호를 보았다.

"사우디에 들렀다가 카이로에 가자."

"카이로 말입니까?"

"거기가 진짜 관광하기 좋아."

이태진이 말을 이었다.

"여자도 많고."

제다 공항에는 오마르 상사의 지배인 카림과 먼저 출장 나온 고재규도 기다리고 있었다.

오후 5시 반이다.

"오마르 사장은 지금 쿠웨이트에 가 있습니다. 이틀 후에 돌아오실 겁니다."

카림이 이태진을 맞으면서 말했다.

이태진이 정진호를 소개하자 악수를 청하면서 웃었다.

"잘 오셨습니다, 미스터 정."

정진호는 굳어진 분위기다.

카림도 처음 만난다.

"정 상무님, 이쪽으로."

고재규가 정진호의 팔을 끌었다.

반갑다는 표정이 역력했다.

호텔 체크인을 한 이태진이 오마르 사무실로 찾아가 카림한테서 1978년도 수입 계획을 듣는다.

물론 고재규, 정진호도 동석하고 있다.

오후 7시다.

"1978년은 쿠웨이트, 두바이, 바레인 시장까지 포함해서 1천만 불이 될 겁니다."

카림이 말했다.

12월 하순인 지금, 1977년은 오마르가 625만 불을 수입했다.

1975년도인 재작년에 중동지역 수출액이 6만 5천 불이었던 대영산업이다.

1백 배 성장한 것이다.

고개를 끄덕인 이태진이 말했다.

"카림, 우리가 전력투구할 테니까, 내년에는 두 배를 달성합시다."

"노력하지요."

카림이 웃음 띤 얼굴로 이태진을 보았다.

"대영산업을 합병한 것에 대해서 축하드립니다."

정진호가 있는데도 카림이 거침없이 말했다.

그날 오후 10시에 이태진은 제다 공항에서 리야드로 출발했다.

공항으로 배웅 나온 고재규에게 이태진이 말했다.

"정진호에게 시장 상황을 잘 설명해줘."

"예, 사장님."

고재규가 말을 이었다.

"옆에 딱 붙어 다니겠습니다."

"친하게 지내라."

"무슨 말씀인지 잘 압니다."

고재규가 웃음 띤 얼굴로 이태진을 보았다.

"맡겨주십시오."

고재규는 사기가 오른 상태다.

회사원이 사주(社主)의 신임을 받는다고 느껴지면 불 속에라도 뛰어든다.

사주를 존경한다면 더욱 그렇다.

밤 11시 반에 리야드에 도착한 이태진이 다음 날 오전, 함단 사무실부터 들렀다.

기다리고 있던 함단이 이태진을 껴안고 나서 말했다.

"수고했어, 형제. 이제 나도 생산업체를 소유하게 되었군."

"대영의 생산라인을 응용할 수 있습니다."

자리에 앉은 이태진이 말을 이었다.

"우리한테는 여러 가지 면에서 이롭습니다."

"당연하지."

함단이 커다랗게 고개를 끄덕였다.

"우리 오더도 서울의 '함단 앤 대영'에서 생산할 수 있나?"

"준비 중입니다."

"그런데, 형제."

함단이 검은 눈동자로 이태진을 보았다.

"다음 달에 리비아에서 대규모 입찰이 있어. 입찰 금액이 무려 17억 불이야."

탁자 위에 자료를 꺼내놓은 함단이 말을 이었다.

"우리가 응찰 가능한 품목은 52개, 금액은 5억 5천만 불. 이번에도 형제가 나서줘야 할 것 같은데."

"그러지요."

선선히 고개를 끄덕인 이태진이 자료를 집었다.

서류를 보았더니 정부의 공개 입찰이다.

1년에 2번 실시하는 정부 입찰이었다.

그때 함단이 웃음 띤 얼굴로 이태진을 보았다.

"무스타파가 기다리고 있어, 형제."

"압니다."

"지금 무스타파는 신바람이 났어. 카이로의 클레오파트라 호텔이라고 했나?"

"맞습니다."

"무스타파는 내 덕분에 형제를 만나게 된 거야. 그러니까 내 덕분에 호텔을 먹게 된 것이지."

"그런가요?"

"형제, 이번 리비아 입찰 끝나고 재투자 문제를 상의해보자구."

함단이 정색하고 말했다.

무스타파의 호텔 인수에 자극을 받은 것이다.

고개를 든 함단이 이태진을 보았다.

"형제, 나는 결혼식 끝나고 그리스로 신혼여행을 가네."

함단이 말을 이었다.

"아테네 근처에 내 별장이 있어. 그곳에서 열흘쯤 쉬고 돌아올 거야."

함단의 결혼식은 모레 저녁이다.

저택에서 친척만 모여서 결혼식을 하는 것이다.

이태진은 친지로 초청을 받았다.

문득 이태진의 눈앞에 김명화의 얼굴이 떠올랐다.

무스타파의 사무실 안.

이곳은 사우디 국영석유 건물의 이사실이어서 으리으리하다.

무스타파는 공주의 남편이니 왕족이다. 함단의 사촌이지만 격이 다른 인물이다.

무스타파는 거구다.

소파에 앉았는데 두 사람의 몫을 차지했다.

"리, 내 형제."

무스타파가 웃음 띤 얼굴로 이태진을 보았다.

"함단이 무슨 말 안 하던가?"

"무슨 말 말입니까?"

"저도 나처럼 호텔이나 건물을 사겠다는 이야기 말이야."

무스타파의 시선을 받은 이태진이 쓴웃음을 지었다.

"운이 좋았기 때문이죠. 다 그렇게 되지는 않습니다."

"말도 안 돼."

정색한 무스타파가 고개까지 저었다.

"리, 자네는 특별해. 함단의 입찰 오더를 딴 것부터 내가 호텔을 인수한 것까지 자네의 임기응변, 그리고 과감한 방법이 적절하게 사용되었다는 것을 우리는 다 알아."

"그것이 운이 맞았다는 겁니다, 형제. 다 성공할 수는 없어요."

"난 지금까지 증권사에다 거금을 맡겼는데, 이젠 자네한테 맡기겠네."

"그러지 마십시오."

이태진이 고개를 저었다.

"현재로서는 주식이 가장 안전합니다. 현재 카이로의 체육관을 급매로 내놓는다고 하지만 신중하게 체크해야 되겠습니다. 덥석 덤벼들지 않을 겁니다."

"형제에게 맡기겠네."

무스타파가 탁자 위에 놓인 서류를 손가락으로 두드렸다.

"클레오파트라 호텔 실사 보고서를 읽었어. 자네가 고용한 실사 팀은 훌륭해."

"계속 감사를 맡길 겁니다."

"함단 결혼식 끝나고 같이 카이로에 가지."

"그러지요."

그럴 예정이었고 카이로에서도 준비를 하고 있다.

함단의 결혼식은 예상과는 다르게 조촐했다.

결혼식은 오후 8시에 저택 마당에서 열렸는데 무스타파, 아즈란 등 친척 30여 명이 참석했다.

여자는 한 명도 없다.

신부 한 명뿐이다.

외부 인사는 7, 8명뿐이고 이태진이 그중 하나다.

차도르를 뒤집어써서 신부 눈만 본 상태에서 결혼식은 금세 끝났다.

신부가 바로 안으로 들어갔고 신랑 함단이 친척, 친지들의 축하를 받았다.

이태진 차례가 되어서 서로 뺨을 부딪쳤을 때 함단이 말했다.

"형제, 네 결혼식에는 내가 한국에 가지."

함단은 네 번째 결혼인데도 들뜬 표정이다.

다음 날 오전.

무스타파의 전용기를 타고 이태진이 카이로에 도착했다.

공항에는 클레오파트라 호텔 사장 나시르 등 간부들이 영접을 나왔기 때문에 무스타파와 이태진은 곧장 호텔로 향했다.

나시르는 이번에 무스타파가 채용한 전문경영인이다.

"18층 펜트하우스 개조 공사가 두 달 후면 끝납니다."

나시르가 열심히 무스타파에게 말했다.

"그 공사가 끝나면 사주께서는 펜트하우스에 투숙하시게 되겠습니다. 오늘은 17층 디럭스 룸을 준비했습니다."

"상관없어."

무스타파가 웃음 띤 얼굴로 말했다.

"난 사막에서 텐트를 치고 자는 게 편한 사람이야."

무스타파는 기분이 좋은 상태다.

호텔 현관 앞에서 무스타파의 분위기는 더 좋아졌다.

종업원들이 도열해서 맞았는데 여종업원 하나가 꽃다발을 무스타파에게 안겼다.

눈부신 미모의 여종업원이다.

참지 못한 무스타파가 옆에 선 이태진에게 말했다.

"나폴레옹이 개선문을 통과할 때 이런 기분이었을까?"

"히틀러가 파리에 입성할 때도 이런 기분이었을 겁니다."

이태진이 바로 말을 받았더니 무스타파가 소리 내어 웃었다.

호텔을 순시한 무스타파와 이태진이 방에서 쉬고 나서 저녁에는 호텔 식당에서 호텔 간부들과 무스타파 사무실의 유성희까지 포함한 만찬이 열렸다.

사주와의 상견례를 겸한 축하연이다.

무스타파가 인사말을 하고 나서 간부들을 둘러보았다.

"앞으로 클레오파트라 호텔은 '무스타파 사무실'의 통제를 받도록 했습니다. 내가 직접 관리할 수 없기 때문에 지사장에게 일체를 일임한 것이오."

무스타파가 옆에 앉은 이태진을 눈으로 가리켰다.

"이 지사장이 내 대리인이오."

이태진은 고개만 숙였다.

오늘은 이것을 분명하게 하려는 모임인 것이다.

앞으로 클레오파트라 호텔은 이태진이 자리를 비울 때 유성희가 사무실 감사 자격으로 호텔을 통제하게 된다.

오후 10시.

간부들과 회식을 마친 후에 라운지의 방에서 무스타파, 이태진, 유성희 셋이 둘러앉았다.

유성희가 입을 열었다.

"체육관 입찰에 응하지 않는 것이 낫겠습니다. 가격은 비공식적으로 1,400만 불대까지 떨어졌지만 정권이 바뀌면 재건축 허가를 받을 수 있을지도 의문입니다."

유성희가 말을 이었다.

"따라서 정권이 안정될 때까지 보류하는 것이 안전합니다."

사우디 국영회사 중역인 무스타파가 이집트 정세를 모를 리가 없다.

무스타파가 고개를 끄덕였다.

"그건 클레오파트라 호텔과는 다른 경우가 되겠군."

"그렇습니다."

유성희가 말을 이었다.

"클레오파트라 호텔 가치는 인수한 지 한 달도 안 되었는데, 9천만 불 정도로 평가되고 있습니다."

두 배 가깝게 튄 것이다.

무스타파의 얼굴에 저절로 웃음이 떠올랐다.

다음 날 오후.

리야드를 떠나는 무스타파를 배웅하고 돌아오는 차 안이다.

유성희가 고개를 돌려 이태진을 보았다.

"저 대학 그만두겠어요."

놀란 이태진이 물었다.

"무슨 일 있어요?"

"회사 일에 집중하려구요."

"지금까지 잘하고 있었는데…."

"아뇨. 일주일에 세 번, 두 시간씩 강의했지만 이젠 의욕이 떨어졌어요. 대학 교수라는 명예에 집착했던 자신이 부끄러워지기도 하고."

이태진의 시선을 받은 유성희가 쓴웃음을 지었다.

"호텔 감사역으로 일하려면 바빠요. 건성으로 감투만 쓰고 있을 수는 없어요."

이태진이 숨을 골랐다.

이태진이 자리를 비웠을 때는 유성희가 지사장 대리 역까지 맡고 있는 상황이다.

이태진이 유성희를 보았다.

"후회 안 할 겁니까?"

"전혀."

유성희가 고개까지 저었다.

"박사 학위는 어디로 도망 안 가거든요."

"하긴 그렇지만."

"오히려 개운해요. 매일 지사에 출근해서 할 일이 많아요."

"그럼 조건을 바꿔야지."

고개를 끄덕인 이태진이 말을 이었다.

"월급 1천 불에 승용차 제공하는 것으로 합시다."

"너무 많아요."

숨을 들이켠 유성희가 이태진을 보았다.

눈이 흐려져 있다.

유성희는 대학에서 월급 350불을 받았다. 그러다 무스타파 사무실 감사역으로 월 500불을 받았던 것이다.

그것이 이제 1천 불이 되었다. 당시의 이집트 중간직 공무원 월급이 1백 불 정도인 것이다.

마침내 이태진이 말했다.

"솔직히 유 박사가 그렇게 해준다면 내가 안심하고 맡길 수 있겠지요."

"고맙습니다."

유성희가 길게 숨을 뱉었다.

"열심히 할게요."

호텔로 돌아온 이태진이 저녁 식사를 마치고 방으로 돌아왔을 때 방의 전화가 울렸다.

응답했더니 유성희다.

유성희가 말했다.

"타슈켄트 티켓 가져왔어요."

"아니, 유 박사가 왜."

내일 아침에 출발하는 타슈켄트행 티켓을 사로나가 가져오기로 한 것이다.

이번에는 경호원을 데려가지 않아서 이태진 혼자 떠난다.

타슈켄트에서 박영균을 만나기로 했기 때문이다.

잠시 후에 문에서 노크 소리가 들렸다.

유성희다.

티켓을 건네준 유성희가 방 안을 둘러보는 시늉을 하더니 소파에 앉았다.

유성희의 눈동자가 흔들렸다.

오후 7시 반.

카이로의 일은 다 끝났다.

그때 이태진이 물었다.

"술 한잔 드릴까요?"

"주세요."

바로 대답한 유성희가 눈을 굽히며 웃었다. 유성희는 웃으면 눈이 초승달처럼 굽는다.

이태진이 선반에 놓인 위스키 병과 잔을 집어 왔을 때 유성희가 일어나 냉장고에서 얼음과 생수병, 그리고 안주용 건포도 봉지와 땅콩을 가져왔다.

유성희가 다시 물 잔을 가져오면서 웃었다.

"사장님하고 한잔 마시고 싶었어요."

"그래요? 진즉 말하시지."

"기회를 기다린 거죠."

시선이 부딪치자 유성희가 다시 웃는다.

이태진이 숨을 들이켰다.

유혹적이다.

이 유혹에 견딜 수 있을 것인가?
문득 그런 생각까지 일어났다.

술잔을 든 이태진이 유성희를 보았다.
위스키를 둘이 반병쯤 나눠 마신 후다.
에어컨이 작동된 방은 서늘하지만, 몸은 열기로 덮여 있다.
유성희의 얼굴은 상기되었고 눈은 번들거리고 있다.
"유 박사, 남자친구 없어요?"
"영국에서 같이 공부하던 유학생이 있었죠."
유성희가 눈을 가늘게 떴다.
"1년쯤 동거했었는데 박사 학위 따고 귀국했어요."
"귀국하고 헤어졌군."
"소식 들으니까 한국에서 결혼했다고 하던데요."
"이젠 유 박사도 한국으로 돌아갈 수 있을 텐데."
"싫어요."
고개를 저은 유성희가 이태진을 보았다.
"저, 여기서 자고 가도 되죠?"
시선을 준 채로 유성희가 몸을 일으켰다.
"당신을 좋아해요."
이태진은 입을 열지 않았다.
함께 일어나 벗고 같이 욕실에 들어가 샤워를 했다.
유성희는 이태진의 몸에 비누칠을 해주었고 타월로 꼼꼼하게 닦아주었다.
침대로 들어갈 때 이태진은 유성희를 안아 들고 갔다.
유성희는 익숙하게 이태진을 받아들였다.

뜨거운 뱀처럼 엉키면서 고양이처럼 울어대었다.

아침에 이태진은 유성희가 흔드는 바람에 눈을 떴다.

"7시예요. 준비하셔야죠."

유성희가 눈웃음을 쳤다.

이태진이 서둘러 일어났다.

9시 반 비행기인 것이다.

욕실에서 씻고 나왔을 때 유성희가 옷을 꺼내 건네주면서 말했다.

"매일 아침 10시에 업무보고 준비를 하고 기다리고 있을게요."

정색한 유성희가 이태진을 보았다.

"어디에 계시든지 사무실로 연락만 해주세요."

유성희가 손을 뻗어 이태진의 셔츠 깃을 펴주면서 말을 이었다.

"공사(公私)는 분명하게 구분할게요."

이태진이 마침내 쓴웃음을 지었다.

분명한 여자인 것이다.

부담을 주지 않으려고 노력하고 있다.

이태진이 유성희의 허리를 감아 안고 입을 맞췄다.

잠시 후에 입을 뗀 유성희가 말했다.

"가요. 늦었어요."

타슈켄트 공항에는 박영균과 수행원 하나가 기다리고 있었다.

카이로 중정 사무실에서 연락한 것이다.

만나기로 했기 때문에 이태진은 박영균과 함께 입국장의 커피숍으로 들어가 앉았다.

한 시간 반 후에 내국선인 사마르칸트행이 출발하기 때문이다.

"연락을 했으니까 기다리고 있겠지요."

이태진이 말했다.

대외사업부 요원 전태기를 말하는 것이다.

"그래서 말인데요."

박영균이 굳은 얼굴로 이태진을 보았다.

"우리는 '함단 앤 대영'의 상무이사하고 부장 역할을 하지요. 그렇게 명함도 만들어 왔습니다."

주머니에서 명함을 꺼낸 박영균이 이태진에게 내밀었다. 옆에 앉은 사내도 명함을 내밀었다.

'함단 앤 대영'의 명함이다.

이태진이 가지고 있는 명함과 똑같다.

사내 이름은 김수영.

기획실 부장이 되어 있다.

"김수영 씨를 사마르칸트 담당으로 임명했습니다. 그러니까 김수영 씨한테 일을 시켜 주시지요."

30대 중반쯤의 김수영이 다시 고개를 숙여 인사를 했다.

"내가 월급 안 줘도 됩니까?"

이태진이 묻자 박영균이 쓴웃음을 지었다.

"마음에 드실 겁니다. 김수영 씨는 무역 업무도 잘 압니다."

중정 입장에서는 북한 대외사업부와 접촉할 절호의 기회인 것이다.

곧 탑승 안내방송이 울렸기 때문에 셋은 자리에서 일어섰다.

사마르칸트 공항에는 소냐가 마중 나와 있었는데 택시를 대기시켜 놓았다.

그런데 택시 운전사가 소냐의 동생 마르코프다.

소냐에게도 박영균과 김수영을 회사 직원으로 소개한 이태진은 택시에 올랐다.

"회사에서 전태기 씨가 기다리고 있습니다."

차에서 소냐가 말했다.

"곧 북한에서 고위층이 오신다고 합니다."

뒷좌석에 함께 앉아있던 박영균의 표정이 굳어졌다.

대외사업부 국장 한철인가?

호텔 체크인을 한 셋은 곧 사무실에 들렀다.

오후 4시가 되어갈 무렵이다.

기다리고 있던 전태기가 반색하고 인사를 했다.

전태기에게도 박영균과 김수영을 인사시켰더니 의심하는 것 같지는 않다.

"박 상무하고 김 부장이 프로젝트 책임자야."

둘을 그렇게 소개했다.

곧 소냐와 박병수까지 참석시킨 이태진이 전태기로부터 수출 가능 품목에 대한 브리핑을 듣는다.

박영균과 김수영은 긴장하고 있다.

미리 복사해둔 자료를 나눠준 전태기가 입을 열었다.

"기존의 철광석에서 광물 6종류 등 원자재가 있습니다. 월 생산량과 단가까지 적어놓았습니다."

고개를 든 전태기가 이태진을 보았다.

"지난번 말씀하신 설립할 공장 인력은 얼마든지 공급할 수 있습니다."

이태진이 서류에서 시선을 떼었다.

"그래서 이곳에 공장을 세우려고 내가 담당 상무와 부장과 함께 온 거야. 내일부터 공장 설립 허가에서부터 공장 건물, 기계 도입 문제를 상의해야 돼. 품목은 고가품 의류. 내가 최근에 한국에서 생산시설을 가진 의류회사를 인수했기 때문에 바로 연계시킬 수가 있어."

"아, 그렇습니까?"

전태기가 탄성 같은 외침을 뱉더니 눈을 크게 떴다.

"사장님이 이곳 경찰 고위층도 알고 계시니까 관공서 문제는 쉽게 해결될 것 같습니다."

이태진이 옆에 앉은 박영균을 눈으로 가리켰다.

"박 상무도 전문가야."

다음 날 오후 12시 반.

사마르칸트 구시가지에 위치한 울루그베그 천문대 옆 부하라 식당 안.

밀실에서 이태진과 경찰청 정보국장 말렌코프가 점심을 먹고 있다.

"이곳에 공장을 세우신다구요?"

말렌코프가 양고기 파라프를 먹으면서 물었다.

"어떤 공장 말입니까?"

"고급 의류 공장이죠."

이태진이 양꼬치 구이인 카바프를 삼키고 나서 말을 이었다.

"내가 투자할 겁니다."

"대환영이죠."

스푼을 내려놓은 말렌코프가 얼굴을 펴고 웃었다.

"제가 적극 협조해드리지요. 국가와 국민을 위한 일인데 제가 앞장서서 도와드리겠습니다."

"오늘부터 담당자가 도움을 요청할 겁니다. 부탁합니다."

이태진이 주머니에서 봉투를 꺼내 말렌코프에게 내밀었다.

두툼한 봉투다.

"감사합니다."

말렌코프가 봉투를 받더니 재킷 안주머니에 넣고 나서 다시 스푼을 들었다.

그러고는 정색하고 이태진을 보았다.

"여러 가지로 고맙습니다."

사무실로 돌아왔을 때는 오후 2시 반이다.

기다리고 있던 소냐와 박병수를 사장실로 부른 이태진이 지시했다.

"공장 설립 허가 서류를 갖춰서 진행해. 말렌코프가 도와주기로 했으니까 제출하기 전에 미리 연락하고."

"네, 사장님."

소냐가 활기찬 목소리로 대답했다.

"전문 변호사에게 의뢰해야 됩니다."

"그럼 변호사를 고용하고."

이태진의 시선이 박병수에게 옮겨졌다.

"공장 부지도 찾아봐."

"예, 사장님."

"내가 전태기한테도 도우라고 하겠지만 당신들 둘이 내 회사 직원이야."

"알겠습니다."

박병수의 얼굴에도 생기가 떠올랐다.

조금 수동적인 성품의 박병수다.

소냐가 지사장이 된 후로 위축된 것 같다.
직원이 다 뜻대로 움직이지 않는 법이다.

오후 5시가 되었을 때 전태기가 사장실로 들어섰다.
"사장님, 전화 받으시지요."
전태기의 얼굴은 상기되어 있다.
"국장 동지이십니다."
대외사업부 국장 한철이다.
이태진이 고개를 끄덕이자 곧 전화가 연결되었다.
전태기가 옆에 서 있고 이태진이 전화기를 귀에 붙였다.
"이태진입니다."
"이 사장, 나 한철입니다."
"예, 국장님."
"전태기한테서 이야기 들었습니다. 마침내 사마르칸트에 공장을 설립하신다고 말입니다."
"예, 투자 결정을 했습니다. 공장 설립 허가를 곧 받을 예정이구요."
"잘하신 겁니다."
한철의 목소리가 더 밝아졌다.
"우리도 적극 도와드리지요."
"문제는 시장입니다. 시장이 확보되어야 생산을 할 수 있거든요."
"그렇지요. 이 사장의 책임이 크십니다."
한철이 말을 이었다.
"그래서 제가 사마르칸트로 가려고 합니다. 이틀 후에 도착합니다. 이 사장, 모레 만나십시다."

"예, 그때 뵙지요."

이태진이 인사를 하고는 전화기를 내려놓았다.

옆에서 통화 내용을 들은 전태기가 어깨를 부풀렸다가 내렸다.

공(功)을 세운 것 같은 표정이다.

호텔로 돌아온 이태진이 먼저 돌아와 있는 박영균과 김수영을 불러 한철과의 통화 내용을 말해주었다.

"모레 온다니까 북한 측의 입장도 들을 수 있겠어요."

이태진이 박영균을 향해 말을 이었다.

"박 부장님은 한철 씨를 만나실 겁니까?"

그때 박영균이 빙그레 웃었다.

"만날 작정을 하고 온 겁니다."

이태진이 숨을 들이켰다가 천천히 뱉어내었다.

대책 없이 오지는 않았을 것이다.

우즈베키스탄은 내륙 국가다.

소련연방에 소속되어서 남쪽은 아프가니스탄, 동, 서, 북쪽은 같은 소련연방국으로 둘러싸였다.

중앙아시아의 중앙에 위치해서 대부분이 키질쿰(검은 사막)에 싸여있다.

그러나 유라시아의 중앙에 위치했기 때문에 옛날부터 동서 교류의 중계점 역할을 했고 주민들은 대상무역을 생활의 근본으로 살아왔다.

무역 업무에 익숙한 것이다.

러시아에 점령당해 병합된 것은 19세기 중반이다.

1977년 당시 인구는 2천여만 명.

1925년 소련연방에 가입한 후에 시베리아에서 강제 이주된 한국인이 약 20만 명이 거주하고 있다.

제다에 머물고 있던 고재규와 정진호가 사마르칸트에 도착한 것은 다음 날 오후다.

공항에서 곧장 호텔로 가서 체크인한 둘은 소냐의 동생 마르코프의 안내를 받고 사무실로 들어섰다.

"어, 잘 왔다."

둘을 본 이태진이 반갑게 맞았다.

사무실에는 직원들이 모두 외출했기 때문에 그들 셋뿐이다.

이태진이 자리에 앉은 둘에게 말했다.

"이곳에 '함단 앤 대영'의 해외 공장 1호를 세울 거다."

둘은 숨을 죽였고 이태진이 말을 이었다.

"마침 대영과의 합병으로 공장과 전문 생산인력을 확보하게 되었기 때문에 가능한 일이야."

이태진이 둘을 번갈아 보았다.

"그 공장의 관리도 너희들이 맡아야 될 거다. 생산과 판매까지 해야 될 거고."

"이건 갑작스러운 일이어서…."

고개를 든 고재규가 정색하고 이태진을 보았다.

"함단 씨하고 결정하신 일인가요?"

"당연히. 함단은 나한테 맡긴다고 했어. 이 회사는 본래 함단이 양탄자를 수입해가던 무역상이었는데 부도가 나서 내가 인수한 거다."

이태진이 간단하게 사연을 말해주었다.

"지금 직원들이 공장 설립 허가를 받으려고 나가 있는데, 곧 받을 거다."

그때 정진호가 물었다.

"그럼 이 공장에 대영의 공장 인력이 파견되겠군요?"

이태진이 고개를 끄덕였다.

"생산된 제품은 육로나 공로로 수출해야 될 거야. 하지만 내수판매나 소련 연방으로의 수출도 고려해야겠지."

"시장조사를 해야겠습니다."

고재규가 바로 요점을 짚었다.

그때 이태진이 목소리를 낮췄다.

"내가 서두는 이유가 또 있어. 이것은 국가적 사업이기도 해."

둘의 시선을 받은 이태진이 중정과의 관계도 말해주었다.

"이 사업을 중정에서 적극 지원해 줄 거다. 이곳에 나하고 중정 간부가 함께 와 있어."

이태진이 다시 둘을 번갈아 보았다.

"이 사업 때문에 북한의 대외사업부 국장이 내일 이곳에 온다. 날 만나러 오는 것이지만 역사상 처음으로 한국과 북한 정보부 고위층이 접촉하게 되는 것이지."

기가 질린 둘은 입을 다물었고 이태진이 말을 이었다.

"자, 내일부터 마르코프의 안내를 받아 시장조사를 해라. 대영의 공장을 중앙아시아의 중심에 세운다는 자긍심을 갖고 말이야."

"역시 보스야."

호텔로 돌아가는 택시 안에서 고재규가 한숨과 함께 말했다.

"보스를 따라가려면 뛰어야겠어. 뒤에 처질 수는 없으니까."

"반했구나."

정진호가 쓴웃음을 짓고 말했다.

“하긴, 나도 정신없다. 아직도 얼떨떨해.”

이제 둘은 친구가 되어서 반말을 한다.

“너도 마음을 비우면 나같이 돼.”

고재규가 목소리를 높였다.

“우리가 사마르칸트까지 날아와서 공장을 세우다니. 이런 꿈같은 일이 일어날지 누가 알았겠냐?”

소냐와 함께 사장실로 들어선 마르코프가 긴장하고 있다.

마르코프는 23세.

사마르칸트 전문대를 졸업하고 부모의 채소가게에서 심부름을 하다가 운전을 배워서 택시 운전사가 되었다. 큰 키에 잘생긴 얼굴. 활달한 성격이다.

이태진이 마르코프를 보았다.

“마르코프, 이 회사에서 일할 생각이 있어?”

한국어로 묻자 마르코프가 금방 대답했다.

“예, 사장님.”

“회사에서 차를 한 대 살 텐데 운전할 직원이 필요하다.”

이태진이 말을 이었다.

“사무실 일도 하면서 운전을 하는 거야. 어떠냐?”

“하지요.”

마르코프의 눈이 반짝였다.

옆에 선 소냐는 얼굴에 웃음만 띠고 있다.

“누나한테 여러 번 부탁했어요. 사장님한테 이야기 해달라구요.”

“네 누나가 졸라대서 이러는 거야.”

소냐의 얼굴이 붉어졌다.

말을 먼저 꺼낸 것은 이태진이다.

이태진이 마르코프를 보았다.

"월급은 얼마 받고 싶어?"

"택시 운전사로 한 달 1백 불쯤 벌었습니다. 그 정도만 주시면 돼요."

"2백 불로 하지. 됐나?"

"너무 많지만 월급 값은 하겠습니다."

어깨를 편 마르코프가 이태진을 보았다.

"감사합니다."

믿을 만하다.

정보국장 말렌코프의 도움으로 이틀 만에 공장 설립 허가가 났다.

박병수는 신시가지의 폐교 건물을 구입할 수 있다고 보고했다.

공장 건물에 적당한 구조로 시 당국이 매물로 내놓은 건물이다.

가격도 3,500평 대지에 7동의 건물을 포함한 가격이 75만 불이다.

이것도 말렌코프가 나서서 시 당국과 절충, 55만 불로 합의했다.

북한 대외사업부 국장 한철이 사무실로 들어섰을 때는 오후 4시 반 무렵이다.

한철은 수행원 둘을 대동했는데 전태기가 안내해 왔다.

이태진은 사무실 앞에서 한철을 맞았다.

이태진 뒤로 박영균, 김수영이 서 있다.

"어서 오십시오."

이태진의 인사를 받은 한철이 얼굴을 펴고 웃었다.

한철은 50대쯤으로 큰 키에 마른 체격이다. 피부는 검고 윤곽이 뚜렷한 용모에 눈이 가늘다.

차가운 인상이다.

한철이 이태진의 손을 쥐었다.

"이 사장, 만나서 반갑습니다."

이태진이 상무이사 박영균과 부장 김수영을 소개했고 뒤쪽에 선 지사장 소냐까지 인사시켰다.

한철은 차례로 악수를 했다.

한철의 수행원은 각각 최성호, 백순길로 이름만 소개되었다.

인사를 마친 모두 회의실에 둘러앉았다.

그때 소냐가 현재 진행 상황을 보고했다.

보고가 끝났을 때 한철이 고개를 끄덕였다.

만족한 표정이다.

"수고하셨습니다. 이제부터 사업이 시작되는군요. 저희도 적극 후원하겠습니다."

"감사합니다."

정색한 이태진이 한철을 보았다.

"중요한 것은 시장 확보와 판매입니다."

"당연하지요."

한철이 말을 이었다.

"이렇게 빨리 추진될 줄 몰랐습니다. 우리 북조선의 첫 해외 합작사업 공장이 되는 셈인데요."

한철의 시선이 박영균에게로 옮겨졌다.

웃음 띤 얼굴이다.

"동무가 중앙정보부의 중동부장이시지요?"

그 순간 이태진이 숨을 들이켰다.

그러나 박영균의 반응은 더 놀랍다.

한철의 시선을 받은 박영균이 웃음 띤 얼굴로 자리에서 일어선 것이다.

"예, 사업국장 동지. 죄송합니다. 제가 먼저 말씀을 드렸어야 했는데."

"아니. 대뜸 내가 중앙정보부 요원이오, 할 수는 없겠지요."

한철이 웃으면서 대답했다.

박영균과 김수영은 명함을 내밀지 않았다.

다시 자리에 앉은 박영균이 한철을 보았다.

"저희 부장께서 안부 말씀을 전해드리라고 했습니다."

"내 안부도 전해주시오."

"예, 국장님."

"우리가 공식적으로는 적대관계지만 이렇게 비공식 관계를 만들어놓는 것이 중요합니다."

"바로 그렇습니다."

"겸사겸사 실적도 올리고 말이오."

"그렇습니다."

그때 한철이 고개를 돌려 이태진을 보았다.

"모두 이 사장 덕분이오."

"아닙니다."

이태진이 쓴웃음을 지었을 때 한철이 좌중을 둘러보았다.

"오늘 저녁은 북남 연회를 합시다. 술은 내가 사지요."

"너희들도 연회에 참가해."

이태진이 고재규와 정진호에게 말했다.

"오늘 연회는 북한 대외사업부 국장 한철 중장이 사는 거다. 그러니까 술이나 마시면 돼."

사무실 안이다.

시장조사를 하고 돌아온 둘이 놀라 이태진을 보았다.

"북한 대외사업부 국장이라고 하셨습니까?"

되묻는 고재규의 눈동자가 흔들렸다.

"북한군 중장입니까?"

"그래. 오늘 남북한 정보부 고위층 간 비공식 파티다."

이태진이 말을 이었다.

"우리 사마르칸트 프로젝트는 남북한 비공식 합작회사야."

밖으로 나온 둘이 그동안의 과정을 퍼즐 맞추는 것처럼 서로 검토를 했다.

둘 다 IQ가 낮지는 않았기 때문에 금세 상황 파악이 되었다.

"북한 측은 박 부장의 동선을 파악하고 있었던 거야."

고재규가 감동한 표정으로 말했고 정진호가 덧붙였다.

"중정도 예상하고 있었던 거야. 서로 원했던 것이지."

"그 중심에 우리 보스가 있는 거야."

고재규가 어깨를 부풀리며 말했고 정진호가 한숨을 뱉었다.

"맞아."

그날 밤.

사마르칸트 호텔 연회장에서 10여 명이 모여 파티를 했다.

뷔페식 음식이 놓였고 테이블에는 술과 안주가 배치되었는데 5인조 악단이 흥겨운 음악을 연주했다.

"자, 건배합시다."

식사를 마치고 술병이 놓였을 때 자리에서 일어선 한철이 술잔을 들고 소리쳤다.

"사마르칸트에서 북남 합작사업의 성공을 위하여, 건배!"

"건배!"

모두 일제히 소리치면서 술잔을 들었다.

그중에는 정진호, 고재규, 소냐, 박영균, 김수영, 전태기까지 포함되어 있다.

건배주를 마신 정진호와 이태진의 시선이 마주쳤다.

그때 이태진이 빙그레 웃었기 때문에 정진호가 숨을 들이켰다.

갑자기 심장박동이 빨라졌는데, 이유는 알 수 없다.

다음 날 아침.

회사 회의실에는 고재규, 정진호, 소냐가 이태진 앞에 앉아있다.

이태진이 입을 열었다.

"공장 건물까지 확보된 상황이니까 건물 리모델링에서부터 생산 준비를 갖춰야 한다. 그것을 고재규, 정진호 씨 둘이 맡아라."

고개를 든 이태진이 소냐를 보았다.

"소냐는 지사장으로 둘과 협력하도록."

"알겠습니다."

먼저 대답한 정진호가 이태진을 보았다.

"서울에 가서 팀을 구성한 후에 다시 돌아와야 할 것 같습니다."

이태진이 고개를 끄덕였다.

"그동안 나는 시장을 체크해 놓을 테다. 너희들에게 일임하겠어."

고재규가 고개만 끄덕였다.

자연스럽게 분업이 된 것이다.

고재규는 본사의 부장으로 총 관리를 맡고 정진호는 '함단 앤 대영'의 생산 책임자이니 공장 설립의 총책이 된다.

이것이 이태진의 인사 스타일이다.

둘이 알아서 분업하도록 맡긴 것이다.

오후에 전태기가 사장실로 들어서더니 낮게 말했다.

"국장 동지께서 뵙자고 합니다."

다가선 전태기가 덧붙였다.

"지금 호텔에 계십니다."

"알았어."

자리에서 일어선 이태진은 사무실로 나왔다.

박영균과 김수영은 보이지 않는다.

내일 귀국한다고 했으니까 호텔에서 만날 수도 있을 것이다.

"어서 오시오."

방으로 들어선 이태진을 한철이 웃음 띤 얼굴로 맞는다.

한철은 방에 혼자 있었다.

이태진이 소파의 앞쪽에 앉았을 때 한철이 물었다.

"내일 떠나신다구?"

"예, 리야드로 갑니다. 거기서 며칠 일하고 다시 카이로에 갈 예정입니다."

"바쁘시군."

"예, 바빠야 합니다."

"이 사장 같은 일꾼이 우리 공화국에도 있어야 하는데."

이태진의 시선을 받은 한철이 쓴웃음을 지었다.

"할 말을 참는 표정이오, 이 사장님."

"예, 그렇습니다."

"이 사장이 운동권 동무들을 직원으로 채용하고 있다는 것도 압니다."

"일을 잘합니다."

"중앙정보부를 잘 이용하고 계시더군요."

"우연히 인연이 되었는데 바보가 아닌 이상 서로 상부상조하게 되었지요."

"이 사장에 대해서 조사해봤는데 뛰어난 인재이십디다."

"임기응변에 좀 능할 뿐입니다."

"내가 3백만 불이 필요한데 이 사장이 주선해줄 수 있습니까?"

그때 이태진이 잠자코 시선만 주었다.

이태진의 시선을 받은 한철의 얼굴에 쓴웃음이 떠올랐다.

"난 이 사장한테 주선해달라고 한 겁니다."

"…."

"이 사장한테는 지난번 철광석 건도 있고 미안해서 그런 부탁을 못 하지요."

"…."

"이 사장을 통해서 남조선의 자금을 융통해달라는 겁니다."

"…."

"요즘은 남조선 수출액이 1백억 불 가깝게 되어서 달러가 풍족하다고 들었소."

"…."

"이 사장이 중앙정보부 측에 이야기를 전해주시지요. 난 이 사장을 통해서 돈을 받겠습니다."

"알겠습니다."

이태진이 고개를 끄덕였다.

"바로 전해드리지요."

박영균이 같은 호텔에 묵고 있다.

"가능한 일이지요."

의외로 박영균이 선선히 고개를 끄덕이며 말했다.

예상했던 것 같다.

"직접 거래할 수는 없는 일이지요."

"그럼 승낙하신 겁니까?"

"내가 본부에 연락해야 되겠지만 승인을 받을 수 있을 것 같습니다."

박영균이 생기 띤 눈으로 이태진을 보았다.

손목시계를 본 박영균이 자리에서 일어섰다.

박영균의 호텔 방 안이다.

"내일 아침까지 알려드리지요."

오후 6시 반이 되어가고 있다.

이태진은 소냐와 고재규, 정진호와 함께 저녁 식사를 했다.

고재규와 정진호는 서울로, 이태진은 리야드로 떠나는 것이다.

이태진이 소냐에게 말했다.

"앞으로 정 상무, 고 부장이 자주 올 거야. 서로 손발을 맞추도록."

"예, 사장님."

소냐가 밝은 표정으로 대답했다.

이번에 '함단 앤 대영'의 사마르칸트 지사는 1차로 직원 5명을 모집한다.

모집공고를 냈기 때문에 10일 후에 직원채용 시에는 본사에서 고재규가 심사위원들과 함께 다시 돌아올 예정이다.

본격적으로 조직 정비부터 하려는 것이다.

다음 날 아침.

오전 8시 반이 되었을 때 방의 전화기가 울렸다.

이태진이 전화기를 들었을 때 곧 박영균의 목소리가 울렸다.

"이 사장님, 저 좀 보시죠. 제가 문밖에서 기다리겠습니다."

이태진이 대충 옷을 걸치고 복도로 나왔더니 박영균이 복도 끝의 창틀에 기대 서 있는 것이 보였다.

이태진이 다가가자 박영균이 멋쩍게 웃었다.

"내가 정보요원 출신이라서요."

박영균이 낮게 말을 이었다.

"어젯밤에 본부에 연락해서 승인받았습니다. 작전자금으로 이 사장님 국내 계좌로 미화 5백만 불을 입금하지요."

이태진의 시선을 받은 박영균이 쓴웃음을 지었다.

"추가 예상 비용까지 포함해서 받은 겁니다. 결재 받기가 까다로워서요."

"알겠습니다."

"아마 오늘 중에 입금될 테니까 이 사장님이 3백만 불을 넘겨주시면 됩니다."

"그러지요."

"이 사장님이 영수증을 받아주시면 좋겠는데요."

"받아야죠."

정색한 이태진이 박영균을 보았다.

"제 이름으로 받겠습니다."

그때 박영균이 쓴웃음을 짓고 말했다.

"이런 상황을 예상했습니다. 이 사장님을 만나러 온다고 한 건 우리한테 오라는 신호였지요."

그래서 박영균과 자연스럽게 회동한 것이다.

바로 아래층에 투숙한 한철의 방으로 연락을 했더니 바로 한철이 받았다.

"저 이태진입니다."

"아, 이 사장님."

한철의 목소리가 밝다.

"웬일입니까?"

"오늘 중으로 될 것 같습니다. 어떻게 할까요?"

"그럼 저녁에 같이 식사하면서 이야기하십시다. 호텔 식당에서 뵐까요?"

돈 준다는데 반기지 않는 사람이 있나?

한철과 저녁을 먹던 이태진에게 종업원이 다가와 말했다.

"선생님, 전화가 왔는데요."

자리에서 일어선 이태진이 카운터에 가서 전화를 받고 돌아와 말했다.

"국장님, 돈 입금되었습니다."

고개를 든 한철에게 이태진이 말을 이었다.

"제 계좌로 입금되었으니까 국장님께 보내드리지요."

"빠르군요."

"박 부장이 서둘러줬습니다."

"이곳으로 부탁합시다."

한철이 주머니에서 쪽지를 꺼내 내밀었다.

미리 준비해둔 것이다.

쪽지를 받은 이태진이 다시 자리에서 일어섰다.

"사우디로 연락해서 지금 보내지요."

"지금 말인가요?"

놀란 한철이 묻자 이태진이 쓴웃음을 지었다.

"리야드에 연락하면 24시간 입출금이 됩니다."

"내가 이 사장이 함단과 무스타파 씨의 대리인이라는 것을 잠깐 잊었소."

"입금이 확인이 되면 저한테 영수증을 써주셔야겠습니다."

"당연하지요."

포크를 내려놓은 한철이 커다랗게 고개를 끄덕였다.

"그럼 내가 먼저 방에 들어가서 조금 후에 확인을 하고 나서 영수증을 써놓겠습니다."

한 시간쯤이 지난 오후 9시 반이 되었을 때 박영균의 방으로 이태진이 들어섰다.

"바쁘시군요."

이태진을 맞은 박영균이 얼굴을 펴고 웃었다.

쓴웃음을 지은 이태진이 박영균에게 편지봉투를 내밀었다.

"영수증 받아왔습니다."

박영균이 봉투에서 서류를 꺼내 보더니 고개를 끄덕였다.

"완벽합니다."

"한 국장이 고맙다는 말씀을 전해달라고 했습니다."

"중개자 역할을 완벽하게 하셨군요."

선반에서 위스키 병을 꺼낸 박영균이 잔에 술을 따르면서 말했다.

"한 국장하고 여러 가지 이야기를 했습니다. 남북관계에 도움이 될 이야기지요."

"다행이네요."

"빨리 돌아가서 보고를 해야겠어요."

술잔을 든 박영균의 눈에 생기가 띠어 있다.

"사마르칸트가 남북 간 연락사무소가 되었습니다."

다음 날 오전.

이태진 일행과 박영균, 한철 일행은 모두 사마르칸트를 떠났다.

이태진 일행은 타슈켄트로, 박영균은 부하라로 떠났는데, 한철은 밝히지 않았다.

타슈켄트 공항 안.

이태진이 먼저 리야드행 비행기를 타려고 고재규, 정진호와 작별했다.

"내가 리야드에서 연락할 테니까 너희들은 돌아가서 서둘러."

이태진이 말하자 정진호가 고개를 끄덕였다.

"맡겨주십시오. 고 부장하고 상의해서 차질 없이 추진하겠습니다."

"팀을 구성할 때 회장님께 상의를 해라. 가장 잘 아시는 분이니까."

그때 주춤했던 정진호가 고개를 끄덕였다.

"예, 알겠습니다."

고개를 돌린 이태진이 고재규를 보았다.

"너는 지사 직원 채용 때문에 곧 돌아와야 돼."

"예, 사장님."

"정 상무를 적극 지원해주고."

"알고 있습니다."

둘의 인사를 받으면서 이태진이 몸을 돌렸다.

리야드에 도착한 이태진을 공항에서 아지즈가 맞았다.

대형 캐딜락을 몰고 나온 아지즈가 공항을 빠져나가면서 말했다.

"아저씨는 아테네에서 일주일 더 머문다고 연락이 왔어요, 리."

"뭐라구?"

이맛살을 찌푸린 이태진이 아지즈를 보았다.

네 번째 부인과 아테네로 신혼여행을 간 함단이 내일 귀국할 예정이었기 때문이다.

"무슨 일이야?"

"뻔하죠. 숙모한테 푹 빠져 있는 것이지."

"아테네 별장 위치를 아나?"

그러자 아지즈가 백미러로 이태진을 보았다.

"가시게요?"

"알면 알려줘."

"약도 그려드리지요."

아지즈가 고개를 끄덕였다.

오후 5시.

이태진이 무스타파의 저택 응접실에 들어섰다.

"오, 형제."

두 팔을 벌리고 다가온 무스타파가 이태진을 껴안고 뺨을 비볐다.

무스타파는 클레오파트라 호텔을 소유하게 된 후부터 사업에 더욱 적극적이었다.

자리에 앉은 무스타파가 먼저 물었다.

"사마르칸트에서 사업을 시작했어?"

"예, 공장을 세우는 중입니다."

무스타파가 고개를 끄덕였다.

"함단이 이제는 공장 지분을 갖게 되었군."

"한국에 투자하시는 것이 어떻습니까?"

불쑥 이태진이 묻자 무스타파가 눈을 가늘게 떴다.

"한국 말인가?"

"한국에서 백화점, 호텔 사업을 하는 것입니다. 한국은 개발도상국이지만 빠르게 성장하고 있지요."

"그건 알아. 석유 소비량이 대폭 늘어나는 걸 보면 알 수 있지."

"홍콩은 20년 후에 중국에 반환될 것이고 일본은 이미 인프라가 꽉 찼습니다. 한국이 가장 조건이 좋습니다."

"거기, 내정이 불안정하지 않나?"

"이집트보다 낫습니다."

이태진이 말을 이었다.

"아시아에서는 가장 조건이 좋습니다."

"검토해보지."

마침내 무스타파가 고개를 끄덕였다.

"구체적인 사업계획서를 보여주게, 형제."

다음 날 아테네로 날아간 이태진이 함단의 별장을 찾아갔다.

아테네 교외 바닷가에 위치한 별장은 2층 대리석 건물로 정문에서 현관까지 2백 미터도 넘었다.

건물 뒤쪽은 계단만 내려가면 바로 백사장이다.

사유지여서 백사장은 텅 비었고 선착장에는 요트가 매여 있다.

하인이 여러 명이었는데 함단은 가운 차림으로 이태진을 맞았다.

"리, 마침 잘 왔어. 여기서 나하고 쉬다가 가자구."

이태진의 뺨을 비빈 함단이 어깨를 감싸 안고 응접실로 들어섰다.

소파에 앉은 둘에게 비너스 같은 여인이 다가와 홍차 잔을 내려놓고 돌아갔다.

눈을 둥그렇게 뜬 이태진을 보고 함단이 웃었다.

"여기서는 여자 하인을 고용했어. 로마에서는 로마식으로 하는 거지."

사우디에서는 남자 하인이 차 시중을 들었다.

홍차를 한 모금 삼킨 이태진이 함단을 보았다.

"함단, 오더 중에서 일부분을 사마르칸트 공장에서 생산해야겠습니다."

"그래야겠지."

함단이 고개를 끄덕였다.

"자네가 선별해주게. 신용장을 그쪽으로 보내면 되겠지."

"투자비용이 7백만 불 정도 예상됩니다."

"그럼 내가 절반을 내야겠군."

함단이 말을 이었다.

"내일 자네 계좌로 송금하겠네."

"사용 내역을 보내드리지요."

고개를 든 이태진이 함단을 보았다.

"함단, 리비아 프로젝트 때문에 내가 먼저 트리폴리로 가야겠습니다. 가서 사람들도 만나고 시장조사도 해야겠어요."

상반신을 세운 함단이 정색하고 이태진을 보았다.

"그래 주겠나?"

"그것 때문에 여기로 온 겁니다."

"이건 내가 좀 미안한데."

쓴웃음을 지은 함단이 이태진을 보았다.

"내가 인연이 있는 리비아 요인들을 알려주겠네."

저녁.

오후 6시 반쯤 되었을 때 수평선에 붉은 해가 걸렸다.

태양의 붉은 그림자가 길게 늘어져 있다.

뒤쪽 베란다의 의자에 나란히 앉은 함단과 이태진이 수평선을 바라보는 중이다.

함단이 고개를 돌려 이태진을 보았다.

"리, 우리 사촌들은 모두 자네를 형제처럼 여기고 있어."

"모두 당신 덕분입니다, 함단."

이태진이 말을 이었다.

"항상 고맙게 생각하고 있습니다."

"무조건 믿는 건 아냐, 리."

의자에 머리를 붙인 함단이 앞쪽을 바라보았다.

"모두 철저하게 앞뒤를 재고 조사를 한다네. 그런 후에 믿고 맡기는 것이지."

"…."

"자네는 나하고 무스타파와의 자금 거래에 있어서 1달러도 빈틈이 없게 보고했고 집행했어. 우리가 요구하지 않았는데도 매달 보내는 자금 내역서를 보고 무스타파는 감동을 하더구만."

"당연한 일이니까요."

"자네는 영업력도 뛰어나지만 자금 관리에 정직하고 철저하네. 그것이 장점이야."

"고맙습니다."

"천만에. 내가 행운이지."

함단이 혼잣소리처럼 말했다.

"내가 사업으로 돈은 좀 벌었지만 지금 생각하면 후회되는 일이 많아."

"…."

"서둘렀던 거야. 눈앞의 이익만 보고 멀리, 길게 보지 못했어."

"…."

"그리고 휴식을 갖지 못했어. 현실에 감사하고 충전을 하지 못했다는 것이네."

함단이 바로 앉더니 두 손을 반쯤 들고 지는 해를 보았다.

"살람 알라이쿰."

평화가 그대와 함께 하기를 바란다는 말이다.

그러더니 덧붙였다.

"알 함두릴라."

하나님께 감사한다는 뜻이다.

이태진도 자리를 고쳐 앉았다.

그래서 휴가를 연장했구나.

카이로에 도착했을 때는 오후 6시 반이다.

아테네에서 함단이 붙잡는 바람에 사흘을 먹고 수영하고 자기만 하는 바람에 오히려 몸이 늘어졌다.

공항에 마중 나온 유성희가 눈을 둥그렇게 떴다.

볕에 탄 이태진의 모습이 달라 보였기 때문이다.

"잘 쉬셨어요?"

"천만에."

무스타파 사무실 직원이 가방을 들고 따르고 있었지만 유성희가 다시 물었다.

"함단 씨 할렘에서 접대받으신 거 아녜요?"

한국말이라 거침없이 묻는다.

이태진이 이맛살을 찌푸렸다.

"당신, 공사(公私)는 구분한다고 했지?"

"주의할게요."

유성희의 얼굴에는 웃음기가 떠올랐다.

그러고 보니 유성희는 오늘 옅게 화장도 했다. 입술에는 살구색 루주까지 발랐다.

호텔 체크인을 한 이태진이 방에 가방을 내려놓고 유성희와 함께 2층 중식당으로 들어와 앉았다.

"호텔 영업은 정상적으로 운영되고 있습니다."

주문을 마친 유성희가 정색하고 말했다.

"내일 아침에 자료를 보여드리겠습니다."

이태진이 고개를 끄덕였다.

"체육관 부지는?"

"시간이 지나면서 1,150만 불까지 떨어졌는데 손을 떼는 것이 낫겠어요."

유성희가 말을 이었다.

"인수한다고 해도 부작용이 클 것 같습니다."

이태진이 고개를 끄덕였다.

"그래서 무스타파 씨한테 한국으로 투자하라고 권했어요."

"한국에요?"

놀란 유성희가 숨을 들이켰다.

그때 이태진이 말을 이었다.

"검토한다고 했으니까 투자계획서를 작성할 겁니다."

"잘 되었으면 좋겠어요."

"난 내일 트리폴리로 갑니다."

"거긴 왜요?"

"정부 상반기 입찰이 있어요."

이태진이 말을 이었다.

"한 달 후지만 미리 시장조사를 해야 됩니다."

"제가 통역으로 따라갈까요?"

"아니, 하드람만 데리고 갈 겁니다."

이태진의 시선을 받은 유성희가 고개를 끄덕였다.

그때 요리가 나왔기 때문에 둘은 입을 다물었다.

그날 밤.

10시가 되었을 때 문에서 벨 소리가 났다.

이태진이 문을 열었더니 유성희가 서 있다.

"들어가도 돼요?"

시선을 준 채로 유성희가 물었을 때 이태진이 옆으로 비켜섰다.

앞을 지나는 유성희한테서 옅은 향내가 맡아졌다.

이태진의 가슴에 볼을 붙인 유성희가 시선을 들었다.

방의 불을 켜놓았기 때문에 유성희의 콧등에 번진 땀이 반짝였다.

유성희의 더운 숨결이 이태진의 가슴을 훑고 지나갔다.

"서울 본사에 운동권 출신 사원들이 많다면서요?"

"직원이 42명인데 운동권 출신이 24명이 돼요."

"어머나!"

놀란 유성희가 고개를 들었다.

이태진의 시선을 받은 유성희가 곧 탄성을 뱉었다.

"그렇구나. 합의를 했구나."

"당신하고 같은 경우지."

"일들 잘해요?"

"수준 이상이오."

"다행이네. 직장 잡아서."

다시 몸을 붙인 유성희가 두 팔로 이태진의 허리를 감아 안았다. 사지가 엉키면서 빈틈없이 밀착되었다.

"난 카이로에서 살 거예요."

이태진의 가슴에 입술을 붙인 유성희가 말을 이었다.

"카이로에서는 당신 여자가 될게요."

트리폴리에 도착했을 때는 오후 1시 반이다.

하드람과 함께 공항을 나온 이태진이 숨을 들이켜고 나서 고개를 저었다.

엄청난 열기를 느꼈기 때문이다.

"바닷가라 시원할 줄 알았는데 여기도 덥군."

"습기가 섞여서 더 덥습니다."

카이로 출신인 하드람이 대답했다.

하드람도 트리폴리는 초행이다.

리비아는 무하마드 카다피가 통치하고 있다.

1969년, 27살이었던 육군 중위 카다피는 군사 쿠데타를 일으켜 정권을 장악했다.

1970년, 국가원수 겸 국가평의회의장으로 스스로 등극한 후에 1977년에는 총리와 국방장관까지 겸직하고 있다.

카다피는 철저한 반미주의자로 미군 군사기지를 철수시켰고 외국자본을 추방했으며 석유를 국유화했다.

1977년 현재 35세.

아랍권에서는 가장 강력한 지도자가 되어있는 상태다.

6장 아버지의 아들

팔래스 호텔은 바닷가에 위치하고 있어서 창밖으로 지중해가 펼쳐져 있다.

창밖을 바라보던 이태진이 벨 소리에 몸을 돌렸다.

오후 3시다.

전화기를 든 이태진이 응답했다.

"여보세요?"

"이태진 씨 맞습니까?"

사내의 목소리가 울렸다.

영어다.

"예, 내가 이태진입니다."

"난 바라트입니다."

"기다리고 있었습니다, 바라트 씨."

"내가 로비에 있는데 방으로 올라가도 되겠습니까?"

"기다리지요."

통화를 끝내고 5분쯤 지났을 때 문에서 벨 소리가 났다.

문을 연 이태진은 앞에 서 있는 사내를 보았다.

쑵 차림의 아랍인.

눈이 부시도록 흰 쑵을 입었고 턱수염을 단정하게 기른 장신의 체격이다.

"어서 오십시오."

이태진이 손을 내밀었고 둘은 악수만 했다.

인사를 마친 둘은 소파에 마주 보고 앉았다.

바라트는 트리폴리 백화점의 지배인이다. 45세.

이집트 출신으로 리비아에 온 지 20년.

함단과는 10년 가깝게 거래를 해 온 관계다.

그때 이태진이 입을 열었다.

"이번 정부 입찰은 어떻게 진행됩니까?"

"작년보다 2배 정도나 물량이 늘어난 상황입니다."

바라트가 말을 이었다.

"특히 군수품의 물량이 서너 배씩 증가했습니다."

눈을 가늘게 뜬 바라트가 이태진을 보았다.

"무기류는 이번 입찰 품목에 포함되지 않았지만 엄청난 금액이라는 소문이 났습니다."

이태진에게는 해당되지 않는 품목이다.

리비아 정부 입찰은 사우디와는 다르다.

사우디는 해당 정부기관에서 선출된 구매위원들이 입찰을 맡지만, 리비아는 군(軍)이 통제한다.

입찰위원장이 군인인 것이다.

그것까지는 알고 왔기 때문에 이태진이 물었다.

"올해에는 물량이 커서 경쟁이 심하겠지요?"

"아마 사상 최대의 경쟁이 될 겁니다. 물량이 20억 불 가깝게 늘어났다는 소문이 났습니다."

이태진이 고개를 끄덕였다.

내일 정부청사에 가서 입찰 등록을 할 예정이다.

이태진이 탁자 밑에서 봉투를 꺼내 바라트에게 내밀었다.

준비해온 정보비 2천 불이다.

"이거 받으시지요."

"아니, 이런."

놀라는 척했지만 바라트가 손을 뻗어 봉투를 받는다.

바라트가 쓴웃음을 지었다.

"제가 함단 씨하고는 인연이 길어서 이렇게 안 하셔도 되는데…."

"내가 함단 씨 대리인으로 입찰 책임자입니다."

따라 웃은 이태진이 말을 이었다.

"여기서 며칠 더 있을 겁니다. 입찰 관계 정보가 더 필요합니다."

"힘껏 도와드리지요."

바라트의 눈에 생기가 띠어졌다.

예상하고는 있었지만 봉투 무게에 감동받은 것 같다.

오후 6시경.

이곳은 신시가지의 물 담배 가게 앞.

이태진이 플라스틱 의자에 앉아 작은 잔에 담긴 커피를 마시고 있다.

옆쪽에는 후줄근한 셔츠와 바지 차림으로 사내 하나가 나란히 앉아있다.

뒤쪽에 쑵 차림의 하드람이 기둥에 기대어 앉았다.

주위는 어둠에 덮여 있었지만 통행인은 많다.

드문드문 서양인 관광객이 보인다.

그때 옆에 앉은 사내가 앞쪽을 향한 채로 말했다.

"소문이 났습니다. 이건 군인들한테서 퍼진 소문인데…."

사내가 목소리를 낮췄다.

“곧 전쟁이 난다는 겁니다.”

이태진이 고개를 돌려 사내를 보았다.

남루한 쑵을 걸친 사내는 쿠피야를 머리에 둘러썼다. 턱수염이 짙은 얼굴은 40대쯤으로 보인다.

“어디하고 말입니까?”

“아래쪽 차드하고 말입니다.”

“차드?”

“차드 내전에 개입해서 영토를 차지하려는 것이죠.”

차드가 내전 중이라는 사실도 지금 처음 알았다.

숨을 들이켠 이태진이 시선을 돌렸다.

사내 이름은 무자르.

시장의 야채 상인으로 정보원이다.

이집트 정보원인 것이다.

카이로 경찰특공대 부대장인 마흐밧이 소개해 주었다.

이태진이 주머니에서 봉투를 꺼내 내밀었다.

“정보비요.”

“고맙습니다.”

사내가 거침없이 봉투를 받았다.

5백 불을 넣었다.

“내가 이번에 정부 입찰 서류를 내려고 왔는데 입찰 관계 정보를 더 모아줘요, 사례할 테니까.”

이태진이 당부하고는 자리에서 일어섰다.

정보를 모아야 한다.

호텔로 돌아온 이태진이 로비를 걸을 때다.

갑자기 옆으로 사내 둘이 다가왔다.

반팔 셔츠 차림이었는데 동양인이다.

앞장선 사내가 이태진에게 물었다.

"동무, 남조선에서 왔소?"

주춤 멈춰 선 이태진이 사내를 보았다.

짧은 머리. 검게 탄 얼굴. 마른 체격이었지만 단단한 몸매다.

둘 다 비슷한 체격이었고 뒤쪽에서도 또 한 명이 다가와 섰다.

이태진의 뒤를 따르던 하드람이 다가서더니 셋을 둘러보았다.

"너희들 누구야?"

거칠게 영어로 묻자 사내들이 주춤했지만 물러서지는 않았다.

그때 이태진이 대답했다.

"맞아요. 아저씨들은 북조선이신가요?"

"아저씨라고 했소?"

다른 사내가 시비를 걸듯이 묻자 이태진이 쓴웃음을 지었다.

"당신들이 동무라고 부른 것이나 같지."

"여긴 뭐 하러 온 거요? 건설회사 직원인가?"

다른 사내가 묻자 이태진이 고개를 저었다.

"다른 업종이오. 그런데 아저씨들은 무슨 사업을 합니까?"

"우린 사업 따위는 안 해."

이태진을 흘겨본 사내가 곧 옆에 선 동료들의 팔을 끌며 말했다.

셋이 이태진과 하드람을 힐끔거리면서 현관 밖으로 사라졌을 때 하드람이 말했다.

"군인 같습니다. 북한 군인들이 고문관으로 많이 왔다고 들었습니다."

발을 뗀 이태진의 옆을 따르면서 하드람이 말을 이었다.

"이 호텔에도 북한인들이 많이 투숙한 것 같습니다. 여기 투숙한 놈들은 고위층이겠죠."

이태진이 고개를 끄덕였다.

1970년 초반기에 들어서면서 한국 경제가 북한을 추월하고 있다.

다음 날 오전 11시.

정부청사를 찾아간 이태진이 '함단 법인' 이름으로 입찰서류를 제출했다.

입찰이 한 달 정도밖에 남지 않았기 때문에 이미 세계 각국에서 입찰에 참여하려는 기업이 몰려드는 중이다.

총 127개 품목에서 함단이 응찰한 품목은 52개 품목이다.

그중에는 군수품도 포함되었다.

트리폴리와 서울의 시차는 7시간.

호텔로 돌아온 이태진이 서울로 전화를 했을 때는 오후 2시 반.

서울은 오후 9시 반이다.

"여보세요."

수화기에서 고재규의 목소리가 울렸다.

"나다."

"앗! 사장님!"

환성 같은 외침을 듣는 순간 이태진의 가슴이 먹먹해졌다.

"나 여기 트리폴리야, 리비아."

"아, 트리폴리에 가셨군요."

"별일 없지?"

"예, 사장님. 그런데 저는 내일 사마르칸트로 출발할 예정입니다."

"그렇지. 사원 채용이 있지."

"최 과장, 박 대리를 데리고 가야 할 것 같습니다."

"그래야지."

"정 상무는 제가 다녀와서 출발한다고 합니다. 준비할 것이 많아서요."

"알았다. 그런데 고 부장."

"예, 사장님."

"네가 사마르칸트에 지금 전화를 해야겠다."

"제가 사마르칸트에 말입니까?"

"그래. 전태기한테 연락해."

"예, 사장님."

"여기서 하기가 좀 힘들어서 그래."

"예, 알겠습니다."

"전태기한테 연락을 해. 내가 국장님 연락을 기다린다고."

"국장님 연락을 기다린다고 말입니까?"

"그렇게 말하면 안다."

"예, 사장님."

"여기 팔래스 호텔인데 1207호실이다."

"알겠습니다."

"바로 연락해."

다시 지시한 이태진이 전화기를 내려놓았다.

트리폴리에서 사마르칸트로 직접 전화하기가 꺼림칙했다.

1977년 현재.

한국은 리비아에서 건설 오더를 수주하기 시작했지만 정식 수교는 하지 못

했다.

그러나 북한은 1974년 8월 대사관을 설치했다.

북한이 먼저 기반을 굳힌 지역이다.

문에서 벨 소리가 났을 때는 오후 4시 무렵이다.

문을 연 이태진이 앞에 서 있는 하드람을 보았다.

하드람 뒤에 동양인 하나가 서 있다.

"보스, 이 사람이 보스를 만나겠답니다."

하드람이 뒤에 선 사내를 눈으로 가리켰다.

하드람이 문 앞에서 경비를 서고 있었다.

그때 뒤쪽 사내가 나서면서 말했다.

한국어다.

"방금 연락을 받고 온 것입니다."

30대 후반쯤의 사내는 넥타이는 매지 않았지만 양복 차림이다.

큰 키에 건장한 체격.

눈매가 날카롭다.

"국장 동지의 지시를 받았습니다."

한철 대외사업부 국장이다.

고개를 끄덕인 이태진이 하드람에게 말했다.

"손님이야."

방으로 들어선 사내가 이태진의 안내로 소파에 앉았다.

"전 대외사업부 소속의 안석훈이라고 합니다."

사내가 앞에 앉은 이태진을 응시한 채로 자신을 소개했다.

"국장 동지께서 이 선생을 만나라고 하셨습니다."

"지금 국장님은 어디 계십니까?"

이태진이 묻자 사내가 쓴웃음을 지었다.

"그건 말씀드릴 수가 없는데요. 무슨 일로 국장님을 찾으십니까?"

"도움이 필요해서요."

"저한테 말씀해주시면 전해드리지요."

"안 선생은 이곳에 계십니까?"

"예, 이곳 대사관에서 근무합니다."

그때 숨을 고른 이태진이 다시 물었다.

"북한은 이번 리비아 정부 입찰에 참가하지 않습니까?"

"안 합니다."

바로 대답했던 안석훈이 숨을 고르더니 말을 이었다.

"아직 그럴 상황이 안 됩니다."

"그렇다면 나를 도와주셨으면 좋겠는데요."

이태진이 정색하고 안석훈을 보았다.

"국장님께 그렇게 전해주시면 이해하실 겁니다."

안석훈이 시선만 주었기 때문에 이태진이 말을 이었다.

"내가 이번 리비아 정부 입찰에서 남북한 대표로 나서고 싶으니까요."

"어떠냐? 전영태를 데려가지 않을래? 부장으로 말이다."

식사를 마치고 물 잔을 들면서 정병현이 넌지시 묻자 정진호가 고개를 들었다.

저택의 식탁에는 어머니 한선옥과 정예은까지 모처럼 넷이 둘러앉아 있다.

오전 7시 반.

주방 쪽에서 가정부 한 씨가 싱크대에서 그릇을 씻느라고 달그락 소리를 내었다.

그만큼 주위가 갑자기 조용해졌다는 증거다.

그때 정진호가 입을 열었다.

"싫어요."

"싫어?"

확인하듯 물었지만 정병현의 얼굴에는 웃음이 떠올라 있다.

"왜?"

"물이 흐려집니다."

"물이 흐려져?"

"예, 그쪽 사람들은 우리 분위기에 적응하지 못할 겁니다."

"무슨 말이냐?"

"그들이 전혀 상상도 못 했던 일을 하고 있거든요, 우리가요."

정진호의 목소리에 열기가 띠어졌고 눈빛이 강해졌다.

"매출은 둘째로 치고 소련 위성국인 우즈베키스탄 사마르칸트에 북한과 합작공장을 세우는 겁니다."

정병현이 시선만 주었고 정진호가 말을 이었다.

"그런데 수출부 직원 20여 명이 고작 300만 불을 주물럭거리고 있단 말입니다. 그런 사람들을 우리 조직에 끌어들인단 말입니까? 안 됩니다. 죽 쒀서 개주는 꼴입니다."

"앗하하."

갑자기 정병현이 소리 내어 웃었기 때문에 한선옥과 정예은이 서로의 얼굴을 보았다.

정병현의 웃음소리는 오랜만에 듣는다.

제 방으로 돌아가는 정진호의 뒤를 정예은이 따라가 불렀다.

"나 좀 봐."

계단 밑에서 걸음을 멈춘 정진호가 정예은을 보았다.

"왜? 뭐가 궁금해?"

"너 완전히 심복이 되었구나."

"그것이 알고 싶어?"

계단 손잡이에 등을 붙인 정진호가 쓴웃음을 지었다.

"그래. 난 이제 이태진의 심복이 되었어. 그 사람은 내 멘토야."

"놀랍네."

"그럴 만하지. 누나 입장에선."

"뭐가?"

"뭐긴 뭐야? 이태진을 배신한 입장에선 기분이 묘하겠지."

"그 사람 지금 어디 있어?"

"그거 알아서 뭐하려고?"

계단에 발을 디딘 정진호가 눈을 가늘게 떴다.

"추한 꼴 보이지 마."

숨을 들이켠 정예은을 향해 정진호가 말을 이었다.

"내가 창피해."

"미친놈."

"누나하고 난 달라."

발을 뗀 정진호가 계단을 오르면서 말했다.

"난 끝까지 그 사람하고 같이 갈 거야."

아침 식사를 마치고 방으로 돌아온 이태진이 전화를 받는다.

안석훈이다.

"제가 지금 로비에 있는데 올라가도 되겠습니까?"

"그러시지요."

곧 문에서 벨 소리가 울렸고 기다리던 이태진이 문을 열었다.

방으로 들어선 안석훈이 웃음 띤 얼굴로 이태진을 보았다.

오전 9시 10분이다.

"사마르칸트로 가실 겁니까?"

소파에 앉은 안석훈이 물었다.

"예, 어디 좀 들렀다가 갑니다."

"국장 동지께서 거기서 뵙자고 하셨습니다."

"알겠습니다."

"앞으로 저하고 자주 뵙게 되겠습니다."

안석훈이 말을 이었다.

"이미 이 선생께선 북남 합작회사를 시작하셨더군요."

한철이 이야기를 해준 것 같다.

트리폴리에서 이틀을 더 체류한 후에 이태진이 제다로 이동했다.

하드람과 함께다.

이렇게 함께 다니면 서로에 대해서 알게 되는 기회가 많아진다.

하드람은 전직 경찰로 35세.

카이로 무스타파 사무실에 경호원으로 입사했다.

그러나 지금은 경호원 겸 수행비서, 정보원 역할까지 겸하고 있다.

육중한 체격. 영어도 유창했고 성실한 성품이다.

월급은 3백 불로 고용되었다가 지금은 5백 불을 받는다.

이집트에서는 경찰서장 월급이다.

제다로 날아가는 비행기 안.

하드람이 옆에 앉은 이태진에게 말했다.

"북한군 고문단이 리비아군 각 부대의 중대급까지 고문관을 파견했다고 합니다."

하드람이 목소리를 낮췄다.

"교관단이 전술훈련을 시키고 참모부에 배치되어 있답니다."

"전쟁 연습을 시키는군."

"예, 차드 내전에 리비아가 반군을 지원하고 있으니까요."

"승산에 대한 소문은 어때?"

"차드는 프랑스의 지원을 받고 있으니까 쉽지 않을 것 같다고 합니다."

이태진이 고개를 끄덕였다.

북한은 리비아를 비공식으로 지원하는 것이다.

북한은 육군 강국으로 소문이 났다.

그래서 1974년에 리비아와 수교한 후로 리비아군의 편성과 훈련을 도와주면서 신임을 받았다.

그리고 지금은 전쟁에 대비한 리비아군 훈련에 집중하고 있는 것 같다.

제다 공항에는 오마르의 매니저 카림이 마중 나와 있었다.

"오마르는 사무실에서 기다리고 계십니다, 사장님."

인사를 마친 카림이 이태진에게 말했다.

오후 2시 반이다.

"그런데 사장님, 대영 본사 이야기는 들으셨습니까?"

차를 타고 공항을 나오면서 카림이 물었다.

이태진이 되물었다.

"무슨 이야기야?"

"본사 사장이 해임되었고 수출부가 폐지되었어요."

카림이 말을 이었다.

"대영산업 본사의 수출부가 없어진 것이지요. 수출부 담당 이사부터 부장, 직원들까지 모두 국내영업본부로 발령을 받거나 대기발령 상태가 되었습니다."

"…."

"대영 수출부는 '함단 앤 대영'으로 합병된 수출부만 남은 셈이지요. 그런데…."

고개를 든 카림이 이태진을 보았다.

"대영산업 본사에 기획실장으로 회장 딸이 임명되었더군요. 그 딸이 회장의 후계자가 된다는 소문입니다."

그때 이태진이 고개를 돌리고 말했다.

"그쪽은 나하고 상관이 없어."

호텔 체크인을 하고 오마르를 만났을 때 더 자세한 내막을 들을 수 있었다.

"최재일 이사, 전영태 부장은 대기발령 상태라네. 아마 사표를 내게 될 거야."

사무실 소파에 앉은 오마르가 웃음 띤 얼굴로 이태진을 보았다.

"나머지 수출부 직원들은 대부분 국내영업본부로 발령이 났는데 서너 명은 사표를 낸 것 같아."

"기타 지역 오더가 3백만 불쯤 있었을 텐데, 그건 어떻게 한 거야?"

"정진호한테 넘긴 것 같더군."

"하긴 그럴 수밖에."

이태진이 고개를 끄덕였다.

정진호는 이미 오마르의 오더 7백만 불을 받아놓고 생산 중인 것이다.

오마르가 이태진에게 물었다.

"대영 정 회장이 본사는 딸한테 넘길 모양이지?"

"그런 것 같구만."

"어때? 딸이 감당할 수 있을 것 같아?"

"능력이 있는 여자야."

"회사 근무 경험도 없잖아?"

"처신하는 걸 보면 능력이 충분해."

"그런가?"

오마르가 정색하고 이태진을 보았다가 화제를 돌렸다.

"정진호가 곧 사마르칸트로 출장을 간다는군. 거기에다 합작공장을 세운다면서?"

"나도 거기로 갈 예정이야, 오마르."

"바쁘군, 리."

"대영의 중심은 오마르, 당신이야. 대영을 당신 회사로 생각해도 돼."

"대영이 이태진 회사가 된 것 아닌가?"

쓴웃음을 지은 오마르가 되물었다.

이태진과는 가장 먼저 호흡을 맞춘 바이어가 오마르 아무디다.

호텔로 돌아온 이태진이 전화기를 들었다.

오후 6시다.

버튼을 누르자 발신음이 두 번 울리더니 곧 응답 소리가 울렸다.

"여보세요."

무스타파의 목소리다.

무스타파 사무실의 직통번호로 연락한 것이다.

"저, 이태진입니다."

"형제, 기다리고 있었어."

무스타파가 말을 이었다.

"다 체크했어. 만족해. 두바이에 가서 계약하게, 형제."

두바이의 부동산 구입 건이다.

배성호를 통해 조사한 부동산 10여 개의 리스트와 사진, 설명서를 첨부해서 무스타파에게 보낸 것이다.

그중에서 무스타파가 선별한 4곳을 다시 실사했다.

무스타파가 직접 두바이로 날아가 체크를 한 것이다.

"알겠습니다. 계약하지요."

이미 무스타파한테서 부동산 계약금 5천만 불을 받아 둔 상황이다.

통화를 끝낸 이태진이 하드람에게 두바이행 티켓 구매를 지시했다.

잠시 후에 하드람이 인터폰으로 보고를 했다.

"보스, 두바이행은 내일 오후 6시 출발 항공편이 있습니다. 일찍 출발하시려면 쿠웨이트를 거쳐 가는 항공편이 오전 10시에 있습니다."

그 순간 잠깐 고개를 들었던 이태진이 지시했다.

"오전 10시 쿠웨이트행 티켓을 사. 내일 하루는 쿠웨이트에서 묵는다."

다음 날 오후 1시 반.

쿠웨이트 킹덤 호텔의 방에서 이태진이 전화기를 귀에 붙이고 서 있다.

곧 발신음이 끊기더니 응답 소리가 울렸다.

"여보세요."

맑은 목소리의 영어.

귀에 익은 목소리.

스에코다.

일본항공의 쿠웨이트 지사장.

목소리를 들은 지 석 달이 넘었다.

그동안 전화도 안 했고 스에코도 연락하지 않은 것이다.

지금까지 이태진이 전화를 했다.

"나야, 스에코."

그 순간 스에코가 침묵했다가 3초쯤 후에 대답했다.

"리, 오랜만이야."

"그래. 잘 있었지?"

"덕분에. 지금 어디야?"

"쿠웨이트. 킹덤 호텔."

"석 달 만에 쿠웨이트에 온 거야?"

"그런 셈이지."

"나한테 미련이 남았어?"

이태진의 얼굴에 웃음이 떠올랐다.

스에코의 어머니 토모에와 아버지와의 인연은 사실이다.

그것은 확인했다.

그러나 더 이상 진전시킬 필요는 없다.

아버지도, 이태진도 마찬가지다.

이태진이 전화기를 고쳐 쥐었다.

"스에코, 저녁에 한국식당에서 술이나 한잔할까?"

"내 집으로 와."

스에코가 낮게 말했다.

"우리 집에 술 있어."

오후 6시 반.

문을 연 스에코가 눈웃음을 쳤다.

엷게 화장을 한 얼굴. 흰색 셔츠에 반바지 차림. 쇼트커트한 머리.

현관으로 들어선 이태진이 선물 박스를 잠자코 내밀었다.

스에코가 받으며 묻는다.

"이건 뭐야?"

"빈손으로 오기 미안해서."

"죄지은 거야?"

"응, 그동안 여자 여러 명 만났어."

짧게 웃은 스에코가 선물 박스를 선 채로 열어보았다.

다음 순간 스에코가 숨을 들이켰다.

안에 진주목걸이가 들어있었기 때문이다. 진주알이 은행알만 했다.

"이게 뭐야?"

"급해서 호텔 지하층 보석가게에서 샀어."

"이거 진짜야?"

"거기 보증서 있어."

스에코가 숨을 죽였다가 고개를 들고 이태진을 보았다.

눈이 흐려져 있다.

"왜 이래?"

"선물일 뿐이야."

"과한데."

"내 형편이 좋아졌어."

이태진이 주머니에서 명함을 꺼내 스에코에게 내밀었다.

'함단 앤 대영'의 대표이사 명함이다.

명함을 본 스에코가 고개를 들었다.

이제는 얼굴이 상기되었다.

"옷 갈아입고 씻어. 저녁부터 먹고 술 마시지."

된장국에 매실장아찌, 흰 쌀밥 거기에 두께가 3센티나 되는 소고기 스테이크가 식탁에 놓였다.

스테이크 옆에는 큰 접시에 야채샐러드가 가득 담겨 있다.

국적불명의 식탁.

"이거 먹고 나서 술은 못 마시겠다."

젓가락을 들면서 이태진이 만족한 표정으로 웃었다.

"내가 근래에 본 가장 훌륭한 식탁이야."

"목걸이 얼마 주고 샀어?"

불쑥 스에코가 물었기 때문에 이태진이 다시 웃었다.

"궁금하면 보증서에 써진 가게에 연락해봐."

"고마워. 아주 마음에 들어."

"그렇다면 나도 기쁘고."

스테이크도 맛이 있었고 흰 밥에 된장국도 입에서 녹는 것 같았다.

된장국을 떠먹던 이태진이 문득 아버지와 스에코 어머니가 이렇게 마주 앉아있는 장면을 떠올렸다. 그런데 아버지 앞에 앉은 여자가 스에코다.

눈을 껌벅이며 스에코를 본 이태진이 마침내 고개를 돌렸을 때다.

“어머니가 암으로 투병 중이야.”

스에코가 말했기 때문에 포크를 쥐었던 이태진이 움직임을 멈췄다.

스에코가 말을 이었다.

“위암 말기인데 수술하지 않고 항암제로 견디겠다고 했어.”

이태진의 시선을 받은 스에코가 담담하게 말했다.

“나도 찬성했고.”

“가족은 너하고 어머니 둘뿐이야?”

“응. 아버지가 돌아가셨기 때문에.”

“그렇구나.”

이태진이 고개를 끄덕였다.

“어머니 나이가 몇이지?”

“56세.”

“지금 어디 계시는데?”

“집.”

스에코가 샐러드를 씹고 나서 말을 이었다.

“1년쯤 걸린다고 해.”

“뭐가?”

“돌아가실 때까지.”

고개를 든 이태진이 스에코를 보았다.

시선이 마주치자 스에코가 눈을 크게 떴다.

“왜?”

“네가 친딸이냐?”

“맞아. 어머니 뱃속에 10개월 있다가 나왔어.”

정색한 스에코가 말을 이었다.

"처음에는 많이 울었어. 그런데 지금은 익숙해져서 그냥 지나가."

"…."

"나도 점점 죽어가는 느낌이 들기는 해."

"내 아버지 일본명이 오야마였어."

이태진이 말하자 스에코가 눈썹을 모았다.

그러나 눈이 흐려져 있다.

스에코가 억양 없는 목소리로 물었다.

"오야마?"

"응, 오야마."

"지난번에는 다른 이름이었잖아?"

"내가 잘못 알았어."

이태진이 정색하고 스에코를 보았다.

"엄마한테 오야마를 아느냐고 물어봐. 그러고 나서 오야마 아들하고 잤다는 이야기도 해."

"리, 리태진, 리상."

스에코가 흔들어 깨우는 바람에 이태진이 눈을 떴다.

방 안이 환했다.

그러나 아직 사물이 분명하게 보이지 않는다.

어젯밤 스에코하고 위스키를 한 병 반이나 마셨다.

누운 채로 눈의 초점만 잡은 이태진의 팔을 끌어당기면서 스에코가 말했다.

"전화 받아."

"누구야?"

겨우 물었더니 스에코가 이태진의 귀에 대고 말했다.

"어머니, 내 어머니."

깜짝 놀란 이태진이 상반신을 일으켰다.

그때 스에코가 말을 이었다.

"어머니가 통화하고 싶대."

"왜?"

"리상이 오야마 씨 아들이라고 했더니…."

"이런 젠장."

저절로 욕이 터졌지만 목소리는 낮췄다.

술이 완전히 깬 이태진이 침대에서 나왔다.

팬티만 걸친 상태라 두리번거리면서 옷을 찾았을 때 스에코가 다시 팔을 당겼다.

"괜찮아. 전화 받아."

이태진이 탁자 위에 놓인 전화기를 집어 들었다.

"여보세요."

영어로 불렀다.

그리고 인사를 했다.

"처음 인사드립니다. 이태진입니다."

"스에코 엄마, 토모에예요."

일본어 억양이 섞였지만 유창한 영어가 수화기에서 울렸다.

"오야마 씨 아들이세요?"

"네, 아버지 일본명이 오야마라고 했습니다."

이태진이 심호흡을 했다.

할 수 없다.

토모에가 다시 묻는다.

"아버님 연세는요?"

"올해로 62세 되셨죠."

"아아!"

짧은 탄성이 울리더니 다시 묻는다.

"아버님 출신학교 아시죠?"

"경성사범을 나오셨죠."

"그렇죠. 그리고 만척으로 오셨구요."

"아니, 1년쯤 교직에 근무하시다가 만척에 입사하셨습니다."

"아, 그래요. 맞아요. 기억나요."

숨을 고른 것 같은 토모에의 목소리가 조금 밝아졌다.

"아버님은 건강하세요?"

"예, 부인."

"미치코상도 안녕하시구요?"

"네? 누구라구요?"

"미치코상. 당신 어머니."

그러더니 주춤하고 나서 물었다.

"어머니 일본 이름이 미치코이셨거든요. 모르셨나요?"

"아, 그런가요?"

"보고 싶군요."

"…."

"정말 반가워요, 리상."

토모에의 목소리가 떨렸다.

"세상에. 내가 이런 인연을 만나게 되는군요."

"저도 반갑습니다."

"보고 싶어요. 두 분 다."

토모에의 목소리가 낮아지더니 말을 이었다.

"건강하세요, 리상."

"예, 부인도 건강하십시오."

"감사합니다. 스에코를 바꿔주세요."

이태진이 옆에 선 스에코에게 전화기를 내밀다가 숨을 들이켰다.

스에코의 얼굴은 이미 눈물범벅이 되어있었기 때문이다.

이태진이 옷을 제대로 입고 응접실로 나왔을 때 스에코는 어느새 말끔한 얼굴로 이태진을 보았다.

"미안해. 당황했지?"

"그래. 하지만 이해한다."

이태진이 앞에 선 스에코의 팔을 잡아 옆에 앉혔다.

"어머니 아프시다는데 제대로 안부도 전하지 못했네."

"어머니가 말하지 말랬어."

"그런데 내 아버지한테는 이야기하지 않을 거다."

"알았어."

스에코가 고개를 끄덕였다.

"우리가 중간에서 조정하면 되겠지."

"두 분이 좋아하는 사이였을까?"

이태진이 묻자 스에코가 지그시 이태진을 보았다.

"어떤 결론을 내려고 그래?"

"내 아버지가 배신한 것일까?"

"그럴 가능성이 많지."

"뭘 보고 그런 거야?"

"아들을 보고."

이태진이 스에코의 어깨를 밀치고 자리에서 일어섰다.

그때 스에코가 물었다.

"이 인연이 과연 우연일까?"

이태진은 대답하지 않았다.

더 이상 깊게 개입하기 싫었기 때문이다.

호텔로 돌아와서 초조하게 기다리던 하드람과 함께 공항으로 출발했다.

두바이에 도착했을 때는 오후 2시 반.

공항에는 부동산 거래 대리인 격인 배성호가 마중 나와 있었다.

이태진을 본 배성호가 고개를 숙여 인사를 했다.

"준비 다 되었습니다."

부동산 매입 준비다.

무스타파가 보낸 변호사들이 현지의 변호사와 함께 확인까지 마친 것이다.

이태진이 대금만 지급하면 된다.

변호사들과 함께 대지 명의 이전까지 마쳤을 때는 오후 5시 반.

이로써 두바이의 시내, 시외 요지의 부동산 4곳을 무스타파가 소유하게 되었다.

부동산 대금으로 4,300만 불이 지급되었는데 배성호는 조사비 명목으로 이태진한테서 5만 불을 받았다.

"감사합니다."

조사비로 3만 8천 불을 청구했던 배성호가 깜짝 놀라서 허리를 굽혀 인사를 했다.

그로서는 1년 수입을 한 번에 받는 셈이다.

호텔 방 안이다.

이태진이 배성호를 보았다.

"계속해서 부동산 조사를 해줘요."

"알겠습니다."

배성호가 기운차게 대답했다.

앞으로도 계속해서 부동산을 매입하겠다는 말이다.

오후 8시 반.

이태진이 호텔 식당에서 저녁을 먹고 방으로 돌아왔을 때다.

옷을 벗고 소파에 앉았을 때 전화벨이 울렸다.

이태진이 전화기를 들고 응답했다.

"여보세요."

"이 사장이시죠?"

한국어가 울렸기 때문에 이태진이 긴장했다.

"예, 그렇습니다. 누구시죠?"

"전 박정기라고 합니다. 국장 동지의 보좌관입니다."

이태진이 숨을 들이켰다.

한철이다.

그때 사내가 말을 이었다.

"언제 우즈베키스탄에 오십니까?"

"내일 타슈켄트로 갑니다."

"그럼 타슈켄트에서 국장님이 뵙자고 하십니다."

"그러지요."

"혁명광장 앞의 우즈베키스탄 호텔에 투숙하시지요."

"알겠습니다. 바로 예약을 하지요."

"그럼 내일 뵙겠습니다."

전화가 끊겼을 때 이태진이 심호흡을 했다.

한철이 먼저 연락을 해준 것이다.

두바이와 서울은 5시간 시차가 난다.

오전 8시.

이태진이 서울로 전화를 했다.

서울은 오후 1시다.

"여보세요."

곧 정진호의 목소리가 울렸다. 정진호의 직통전화인 것이다.

"아, 정 상무, 나야."

"앗, 사장님."

놀란 정진호가 외침까지 뱉었다.

"지금 어디십니까?"

"난 두바이에 있는데 공장 설립 건은 어떻게 진행되고 있나?"

"회장님이 도와주셔서 팀이 편성되었습니다."

정진호의 활기 띤 목소리가 이어졌다.

"그래서 제가 실사단과 함께 사흘 후에 사마르칸트로 갈 예정입니다."

"잘했어."

"사장님은 언제 사마르칸트에 가십니까?"

"나도 그때쯤 갈 테니까 거기서 보지."

"알겠습니다."

"별일 없지?"

"드릴 말씀이 있습니다."

기다린 것처럼 정진호가 바로 말을 이었다.

"이번에 대영산업에서 대폭적인 조직개편이 있었습니다."

"…."

"대영산업 수출부가 폐지되고 기타지역 오더는 모두 '함단 앤 대영'으로 이전되었습니다. 제가 받았지요."

"…."

"그래서 기타지역 오더를 맡았던 대리급 실무자를 3명만 우리 회사로 영입시켰으면 하는데요."

"그렇게 해."

"감사합니다. 이제 대영의 수출은 모두 '함단 앤 대영'이 맡은 셈입니다."

"그렇군."

"또 있습니다."

"뭔데?"

"안 사장, 최 이사가 사표를 냈고 본사 기조실장으로 누나가 임명되었습니다."

"잘되었군."

그때 주춤했던 정진호가 말을 이었다.

"사마르칸트에서 뵙겠습니다."

타슈켄트의 우즈베키스탄 호텔에 투숙했을 때는 다음 날 오후 4시가 되어갈 무렵이다.

타슈켄트는 중앙아시아의 학술, 정치, 문화, 공업의 중심지다.

또한 이슬람교의 근원지로 오랜 옛날부터 오아시스 도시로 발전되어 왔다.

그러나 1977년 당시 우즈베키스탄은 소련연방국이며 타슈켄트는 연방 내의 제4의 도시다.

인구가 140여만 명.

1966년 대지진을 겪은 후에 새롭게 복구되었다.

오후 6시가 되었을 때다.

전화벨이 울렸기 때문에 이태진이 전화기를 귀에 붙였다.

"여보세요."

이태진이 응답했을 때 곧 귀에 익은 목소리가 울렸다.

"이 사장님, 박정기입니다."

박정기가 바로 말을 이었다.

"지금 방으로 올라가도 되겠습니까?"

"기다리지요."

"국장님 모시고 가겠습니다."

한철과 함께 온 것이다.

잠시 후에 문에서 벨 소리가 났다.

문을 연 이태진은 앞에 서 있는 셋을 보았다.

남자 둘에 여자 하나.

그때 낯익은 한철이 웃음 띤 얼굴로 손을 내밀었다.

"이 사장님, 오랜만이오."

"그동안 안녕하셨습니까?"

악수를 나눈 이태진이 옆으로 비켜섰다.

수행원인 남녀 둘과는 눈인사만 했다.

사내 하나는 보좌관 박정기일 것이다.

방은 특실이어서 응접실의 소파에 둘러앉았을 때 한철이 옆쪽의 둘을 눈으로 가리키며 소개했다.

“보좌관 박정기 동무이고 저쪽 여성 동무는 우리 대외사업부 서윤경 요원이오.”

둘이 이태진을 향해 고개를 숙였다.

여자는 검은색 가죽 코트 차림에 부츠를 신었다.

날씬한 체격. 흰 얼굴에 섬세한 윤곽의 미모다.

그때 한철이 고개를 들고 이태진을 보았다.

“이 사장님, 리비아의 정부 입찰에 참여한 국가는 아마 25개국에서 30개국까지 될 겁니다.”

한철의 얼굴에 웃음이 떠올랐다.

“이건 사우디 정부 입찰과는 규모나 입찰 방법까지 전혀 다릅니다.”

이태진이 고개를 끄덕였다.

한철은 이태진이 사우디에서 입찰 오더를 수주했다는 것을 아는 것이다.

한철이 웃음 띤 얼굴로 말을 잇는다.

“하지만 우리에게 강점이 있지요. 물론 이 사장님이 그것 때문에 우리한테 제의를 하셨겠지만 말이죠.”

그렇다.

북한 군부의 도움을 받고 있는 리비아 정부다.

이태진은 그것을 노리고 한철에게 제의한 것이다.

이태진이 입을 열었다.

“저는 종합무역상 함단의 대리인으로 이미 리비아 정부에 입찰서류를 제출했고 승인을 받았습니다. 그리고 127개 품목 중에서 52개 품목을 신청했지요."

이태진이 말을 이었다.

"그중 군수품이 16개 품목이나 됩니다."

"또 있지요."

한철이 정색하고 이태진을 보았다.

"비밀리에 구입하는 품목 말입니다."

"무기류를 말씀하시는군요."

"잘 아시는군요. 그 구입 자금이 얼마나 되는지 압니까? 12억 불입니다."

한철의 눈이 번들거리기 시작했고 목소리에 열기가 띠어졌다.

"소총, 박격포, 대전차포, 수류탄, 각종 실탄. 이건 우리가 얼마든지 팔아먹을 수가 있는 품목이지요. 품질도 최고급입니다."

"…."

"그런데 미국 놈들이 꽉 막고 있어서 팔 수가 없어요. 소련 놈들도 제 무기를 팔아먹으려고 우리를 전혀 도와주지 않고 말입니다."

한철이 번들거리는 눈으로 이태진을 보았다.

"다행히 리비아 정부는, 특히 군부는 우리한테 호의적입니다. 방법만 있다면 우리 무기를 사주겠다는 겁니다. 아니, 사줄 겁니다."

흥분했는지 한철이 말까지 앞서 나갔다가 정정했다.

한철이 결론을 냈다.

"이런 상황에서 이 사장이 그런 제의를 해 온 겁니다. 우리, 공식 입찰 품목과 함께 무기류 판매도 추진해 보십시다."

"좋습니다."

이태진이 고개를 끄덕였다.

"방법을 찾아보겠습니다."

"그래서."

한철의 시선이 서윤경에게로 옮겨졌다.

"이 서 동무가 앞으로 이 사장님과 나와의 연락을 맡게 될 겁니다. 연락관 역할이지요. 일에도 도움이 될 것이고."

그때 서윤경이 자리에서 일어서더니 이태진을 향해 머리를 숙여 인사를 했다.

서윤경이 다시 자리에 앉았을 때 한철이 말을 이었다.

"영어, 러시아어에 유창하고 영업에도 뛰어난 재목입니다. 이 사장님이 보좌관으로 측근에 두시는 것이 이로울 것입니다."

그러더니 어깨를 펴고 이태진을 보았다.

"이번 작전은 북남 합동이니만큼 중정 측에 알려줘도 됩니다."

이태진이 숨을 들이켰다.

통 큰 제의다.

한철과 박정기는 한 시간쯤 더 머물다가 나갔고 방에는 서윤경과 이태진이 남았다.

그때 서윤경이 웃음 띤 얼굴로 이태진을 보았다.

"저하고 같이 사마르칸트로 가면 불편하시지 않겠어요?"

"나도 그 생각을 했는데."

이태진이 서윤경을 마주 보았다.

"국장님한테는 어떻게 지시를 받았습니까?"

"오늘부터 사장님의 지시를 받으라고만 하셨습니다."

"여권이 북한 여권이죠?"

"당연하지 않습니까?"

서윤경의 검은 눈동자가 똑바로 이태진을 보았다.

이태진이 고개를 끄덕였다.

"한국 여권을 받아야겠어요."

시선만 주는 서윤경에게 이태진이 말을 이었다.

"아무래도 사진이 필요할 것 같으니까 나가서 여권용 사진을 만들어 와요."

"알겠습니다."

"그리고 서윤경 씨는 당분간 이곳에 머물고 있는 것이 낫겠어요. 내가 사마르칸트에 다녀올 동안 말이에요."

"알겠습니다."

"이 방에 서윤경 씨가 그대로 투숙하고 있으면 되겠네."

"방값이 비쌀 텐데요."

그러자 쓴웃음을 지은 이태진이 지갑을 꺼내 지폐를 한 움큼 집어 서윤경에게 내밀었다.

1백 불짜리 지폐였으니 5천 불쯤 될 것이다.

"나가서 옷도 사고 사진도 찍어요. 난 사마르칸트로 곧 떠날 테니까."

서윤경이 돈뭉치를 보더니 표정이 굳어졌다. 그러나 금세 눈웃음을 치더니 두 손으로 돈을 받는다.

"알겠습니다. 나가서 쇼핑도 하고 사진도 찍고 올게요."

서윤경이 방을 나갔을 때 이태진이 전화기를 들었다.

번호를 누르고 나서 신호음이 세 번 울렸을 때 곧 응답 소리가 들렸다.

중정 중동부장 박영균이다.

"이 사장님, 지금 어딥니까?"

이태진의 목소리를 들은 박영균이 바로 물었다.

전화기를 고쳐 쥔 이태진이 서윤경 이야기를 하는 동안 박영균은 듣기만 했다.

이윽고 이야기를 그쳤을 때 박영균이 말했다.

"서윤경 씨 한국 여권을 만들겠습니다. 곧 사람을 보내 서윤경 씨한테서 사진을 받아가지요."

박영균의 목소리에 웃음기가 띠어졌다.

"일주일쯤 후에 여권이 전달될 겁니다."

전화기를 내려놓았을 때 이태진은 박영균이 놀라지 않았다는 것을 깨달았다.

이제는 북한 대외사업국과의 작전이 놀랍지가 않은 것이다.

서윤경을 호텔에 놔두고 이태진은 사마르칸트로 출발했다.

사마르칸트 공항에 도착했을 때는 오후 3시 반이다.

공항에는 소냐와 고재규가 마중 나와 있었는데 사무실로 돌아가는 차 안에서 이태진이 보고를 받았다.

"정 상무가 실사단 12명을 인솔하고 왔습니다."

고재규는 활기 띤 표정으로 말을 이었다.

"기계는 한국에서 바로 들여오기로 당국과 합의가 되었습니다."

그렇다면 인원과 원부자재 공급만 해결하면 된다.

당분간 원부자재도 공수해 와야 될 것이고, 생산비 부담이 문제다.

그때 소냐가 말했다.

"북한산 철광석 추가 오더를 받았습니다."

"그건 잘됐다."

이태진이 칭찬했다.

소냐가 주 당국에서 오더를 받은 것이다. 한때 중단되었던 거래가 이어진 셈이다.

북한 대외사업국도 한숨 돌렸을 것이다.

이태진이 둘을 번갈아 보았다.

"오더는 나하고 고 부장이 맡을 것이고 공장 운영은 정 상무가 책임질 거다. 그리고 공장 인력 공급은 관리직, 전문 인력을 제외하면 북한 측이 맡는 거야."

"알고 있습니다."

소냐가 먼저 대답했다.

"제 역할은 우즈베키스탄 정부와의 관계 업무죠. 차질이 없도록 노력하겠습니다."

이태진이 고개를 끄덕였다.

업무 구분이 확실해야 업무가 제대로 수행된다.

"오셨습니까?"

이태진을 본 정진호가 반색했다.

꾸민 것 같지가 않다.

웃음 띤 얼굴이 환하다.

정진호와 함께 온 대영의 생산관리자들과 인사를 나눈 이태진이 공사 중인 공장을 둘러보았다.

이태진의 옆을 따르면서 정진호가 보고했다.

"전태기 씨가 10일쯤 후에 북한 노동자 30명을 1차로 데려온다고 했습니다."

전태기가 지금 북한에 가 있는 것이다.

"저는 이곳에 관리 담당 황 과장을 남겨놓고 갈 예정입니다. 기계를 곧 보내야 될 것 같아서요."

"두 달 후에는 공장이 가동되도록 해봐."

"노력하고 있습니다."

"나도 오더를 만들어줄 테니까."

"회장님도 기대가 크십니다."

정진호의 두 눈이 반짝였다.

"첫 해외 공장이거든요."

이태진이 고개를 끄덕였다.

수출부를 '함단 앤 대영'으로 합병시키고 공장 일부까지 넘겨준 '대영'이 외국으로 활로를 찾은 셈이다.

이태진으로서도 이득이었기 때문에 윈윈이다.

사마르칸트 지사 분위기는 활기에 차 있다.

지사원이 10명 가깝게 되는 데다 한국에서 온 수출, 생산관리자도 10여 명이다.

거기에다 현지에서 고용된 건설업자들이 공장을 리모델링하는 중이다.

이태진이 사마르칸트에 있는 동안 먼저 와 있던 고재규 팀이 떠났고 이어서 정진호도 담당자만 남겨놓고 돌아갔다.

그리고 일주일간 머물던 이태진도 타슈켄트로 돌아왔다.

오후 1시 반.

타슈켄트 공항 입국장으로 들어선 이태진이 다가온 서윤경을 보고 빙그레 웃었다.

서윤경이 달라졌기 때문이다.

검은색 패딩 코트 차림에 무릎을 덮는 부츠를 신었는데 큰 키에 잘 어울렸다.

빼어난 미모가 주위의 시선을 모으고 있다.

이태진의 시선을 받은 서윤경이 따라 웃었다.

"남조선 여자들의 차림이 이 정도는 됩니까?"

"앞으로 한국이라고 해요."

이태진이 정색하고 말했다.

"나하고 같이 있는 동안은 말투도 사고방식도 한국인처럼 바꿔 봐요."

"노력하지요."

정색한 서윤경이 옆을 따르면서 말을 이었다.

"그동안 한국 요원이 사진 가져갔고 어제 한국 여권을 받았어요."

서윤경이 가슴을 손바닥으로 두드려 보였다.

"그래서 지금 한국 여권을 갖고 다닙니다. 어떻게 했는지 모르지만 우즈베키스탄 입국 스탬프까지 찍혀 있더군요."

"이름은 그대로인가?"

"맞아요."

택시 정류장으로 다가간 이태진이 서윤경을 보았다.

"그럼 나하고 리야드에 갑시다. 그곳에서 리비아 프로젝트 준비를 해야지."

서윤경이 고개를 끄덕였다.

리비아 프로젝트의 주관사는 '함단사(社)'인 것이다.

함단사가 입찰에 응찰했기 때문이다.

"이태진이 지금 서윤경하고 같이 있는 건가?"

한인수가 묻자 박영균이 자리를 고쳐 앉았다.

서울.

중정의 제1차장실 안.

한인수와 박영균이 독대하고 있다.

이곳은 오후 6시다.

"예, 이태진이 타슈켄트로 돌아와 호텔에서 기다리던 서윤경과 합류했습니다."

"이건 꼭 드라마 같군."

눈을 가늘게 뜬 한인수가 박영균을 보았다.

"남북한 남녀의 드라마틱한 로맨스가 시작되는 건가?"

"북측이 의도를 가졌다고 해도 이태진이 쉽게 넘어가지 않을 겁니다."

"남녀관계가 마음먹은 대로 되는 게 아냐."

한인수가 말을 이었다.

"알면서도 넘어가는 경우가 많아."

"그것을 우리도 기대할 수가 있지 않겠습니까?"

"그럴까?"

"이태진은 여자관계가 많지만 휩쓸린 적은 없습니다."

"대영 회장 딸하고는 끝난 건가?"

"끝났어도 연결은 되어 있습니다."

박영균이 웃음 띤 얼굴로 한인수를 보았다.

"그것이 이태진의 성격입니다."

"여자한테는 우유부단한 것인가?"

"그것이 아닙니다."

"아니라니?"

"정을 쏟지 않았다는 증거지요. 그래서 배신의 상처가 적은 겁니다."

"하긴 여자가 많았지."

한인수가 마침내 쓴웃음을 지었다.

"전문가야."

"이태진의 부친을 조사해 보았습니다."

박영균이 말하자 한인수가 의자에 등을 붙였다.

"국민학교 교장으로 퇴직했다면서?"

"조기 퇴직을 했습니다."

"문제가 있었나?"

"일제 강점기에 경성사범을 나왔지요."

"경성사범?"

한인수가 조금 놀란 표정을 지었다.

"거긴 수재만 들어가는 곳 아냐? 우리 각하도 대구사범 나오셨는데."

일제 강점기 사범학교는 가난한 조선인에게는 최고의 교육기관이었다.

관비로 다닐 수 있는 데다 졸업 후의 취직이 보장되기 때문에 과거시험에 붙는 것이나 같다.

대개 조선인 입학생을 10퍼센트 정도밖에 뽑지 않았기 때문에 경쟁률이 1백 대 1이 넘는다.

그때 박영균이 말을 이었다.

"이태진 부친의 과거가 흥미롭습니다."

"뭐? 흥미로워?"

한인수가 이맛살을 모았다.

"친북적인가?"

이태진의 부친 이야기였으니 망정이지 다른 때 같으면, 빨갱이야? 했을 것이다.

그때 박영균이 말했다.

"해방 전까지 만척에 근무했습니다. 만주에서 말입니다."

"만척에서?"

“해방되고 나서 한국으로 돌아왔지요. 그 후로 꽤 오래 관직에 있다가 교직으로 돌아왔기 때문에 차별을 많이 받았습니다.”

“차별이라니?”

“교장으로 발령을 받아서 벽지로만 7, 8년 돌아다니다가 조기 퇴직을 한 것입니다.”

“당연한 일이지. 수십 년 근무하고 교장이 되는 건데….”

“그런데 만척에 있을 때 요직에 근무했더군요. 개발본부장 대리였습니다. 나이 스물여덟에 말씀입니다.”

“와!”

한인수가 의자에서 등을 떼었다.

눈이 둥그레져 있다.

“그거 실세인데. 만척 사장의 심복이야. 그 자리는 부사장, 감사가 위에 있지만 개발본부장이 실세야. 더구나 그 요직을 조선인이 차지하다니.”

“그래서 이태진이 다시 보이더군요. 부전자전이라고 할까요?”

“가만.”

눈썹을 모은 한인수가 고개를 들었다.

“우리 각하도 만주에서 근무하셨잖아? 관동군에서 말야.”

“그렇지요.”

“더구나 대구사범 출신이고 나이도 비슷해. 각하가 그때 몇 살이셨지?”

“해방 때에 스물여덟이셨지요.”

“이태진의 부친은?”

“아마….”

잠깐 시선이 흐려졌던 박영균이 대답했다.

“해방 때 서른이었습니다.”

그때 한인수가 숨을 들이켰다.

"관동군 본부의 중위였던 각하와 만척의 실세 개발본부장 대리가 서로 몰랐을 리가 없어. 둘 다 사범학교 출신으로 말야."

"제가 드리고 싶었던 말씀이 바로 그것입니다."

한인수가 고개를 들었다.

"내일 부장님은 부산에 가시지?"

"예, 차장님."

내일 중정 부장 김대영이 각하의 지시로 부산 출장이다.

부산에서 학생들의 데모가 자주 일어나기 때문이다.

한인수가 박영균을 보았다.

눈에 생기를 띠고 있다.

"이태진 부친 내력을 요약해서 가져와. 내일 각하께 보고해야겠어."

김대영 대신으로 내일 한인수가 대통령에게 업무보고를 하는 것이다.

한인수가 혼잣말처럼 말을 이었다.

"요즘 각하가 여러 가지로 심란하실 텐데 옛날 추억으로 위로가 되실 수도 있겠지."

그럴 가능성이 많다.

만일 둘이 만주에서 교류가 있었다면 하나는 낙오해서 조기 퇴직한 교장이 되어있고 또 하나는 대통령 아닌가?

비록 요즘 정국이 약간 혼란하지만 말이다.

주군의 사기를 북돋아 드리는 것도 신하의 임무다.

이태진의 부친을 보고 기운을 낼지도 모른다.

리야드로 날아가는 비행기 안.

일등석에 나란히 앉은 서윤경이 고개를 돌려 이태진을 보았다.

"1등석 자주 타세요?"

"그런 셈인데, 왜 물어요?"

"좋아요."

주위를 둘러보면서 서윤경이 말을 이었다.

"저는 처음 탑니다."

"돈은 쓰려고 버는 것이니까."

"무슨 말씀이세요?"

"난 이미 죽을 때까지 실컷 써도 남을 만큼 돈을 모았다는 말이오."

정색한 이태진이 말을 이었다.

"많이 써야 세상이 활발하게 돌아갑니다. 그렇지 않아요?"

"생각 안 해봐서 모르겠어요."

"국장님한테서 나하고 맞추라는 지시를 받았지요?"

"네, 받았습니다."

"하지만 거슬린다든가 의문이 들면 주저하지 말고 물어요. 가능하면 다 대답해줄게요."

"감사합니다."

고개를 까닥여 보인 서윤경이 말을 이었다.

"제가 밤에 필요하시면 부르세요. 그럴 준비도 하고 있으니까요."

"그것도 국장님 지시요?"

이태진이 똑바로 서윤경을 보았다.

1등석에는 손님이 다섯 명뿐이다. 옆쪽 좌석은 텅 비었다.

그때 이태진의 시선을 받은 채 서윤경이 고개를 끄덕였다.

"직접 지시는 안 했지만 그런 분위기로 말씀하셨죠."

"미인계를 쓴다는 건가?"

"한몸으로 전력투구를 하라는 의도이신 것 같습니다."

"리비아 프로젝트는 어떻게 진행하고 있습니까?"

"우선 리비아에서 조영길 소장을 만나시게 될 겁니다. 조영길 소장이 리비아에 파견된 군사대표단 단장이거든요."

서윤경이 말을 이었다.

"조 소장한테 국장 동지가 말해놓았어요. 군수품과 무기까지 우리가 납품할 수 있도록 접촉해 보라고 말입니다."

"…."

"함단사에서 응찰한 52개 품목까지 포함해서 말입니다."

"무기류까지 포함되면 엄청난 금액이 될 텐데."

이태진의 눈이 흐려졌다.

지난번 함단이 사우디 입찰에서 획득한 1억 8천만 불은 비교도 안 된다.

무기 구입대금은 공개되지도 않은 것이다.

그때 서윤경이 말을 이었다.

"무기류는 공개 입찰 품목으로 위장시켜서 정상적인 루트로 리비아에 보내져야 합니다."

"그렇다면 공개 입찰 품목의 오더를 낙찰받아야 돼요. 그래야 무기를 섞을 수 있으니까."

"그래야죠."

고개를 끄덕인 서윤경이 이태진을 보았다.

"그 섞는 장소를 제3국으로 해야 할지 한국으로 해야 할지도 결정해야 합니다."

이태진이 고개를 들고 서윤경을 보았다.

그것까지 고려했다면 북한 대외사업국은 적극적으로 행동하는 셈이다.

"아마 중정에서도 대비하고 있을 거요."

이태진이 말을 이었다.

"이건 국가적인 사업이니까."

그리고 그 중심에 자신이 서 있는 것이다.

어쩌다가 이렇게 되었는가?

밤에 필요하지 않느냐는 문답이 오간 후부터 둘 사이의 어색한 분위기가 오히려 가셔진 느낌이다.

리야드 공항에 도착할 때까지 서윤경은 제 소개를 했다.

해방전쟁이라고 불리는 6.25 전쟁 때 영웅 칭호를 받았던 아버지 덕분으로 모스크바 유학.

유학 후에 귀국해서 대외사업국에 채용되었고 5년 동안 소련과 동독에서 일하다가 이번에 공작 업무를 맡게 되었다는 것이다.

나이는 30세.

가족은 평양에 어머니와 보위대 대위로 근무하는 오빠가 있다.

아버지는 10년 전에 사망했기 때문에 세 식구다.

"이번 업무가 끝나면 평양으로 돌아가 어머니하고 한동안 같이 있고 싶습니다."

제 신상 이야기를 마친 서윤경이 말을 이었다.

"5년이나 밖에 나가 있었어요. 그동안 평양에는 두 번밖에 가보지 못했거든요."

이태진은 자신 이야기는 하지 않기로 했다.

분위기를 맞출 입장이 아니다.

신혼여행에서 돌아온 지 얼마 되지 않았기 때문에 함단은 바빴다.

그러나 이태진의 일정에 맞춰 다른 약속을 취소하고 사무실에서 기다리는 중이었다.

"오, 마이 브라더."

방으로 들어선 이태진의 뺨을 세 번 비빈 함단이 뒤에 서 있는 서윤경을 향해서는 점잖게 손을 내밀었다.

"눈부신 미모의 보좌관이로군. 사우디는 처음인가?"

"그렇습니다, 사장님."

함단의 손을 쥔 서윤경이 웃음 띤 얼굴로 대답했다.

"만나 뵙게 되어서 영광입니다."

"나도 북한인이 처음이야. 더구나 당신 같은 미모의 북한인이라니. 영광인데?"

이태진이 서윤경의 정체를 말해준 것이다.

자리에 앉았을 때 이태진이 입을 열었다.

"우리가 응찰한 오더를 북한이 밀어주기로 했어요, 함단."

"낙찰을 받는다면야 악마하고도 연합할 각오가 되어 있어."

"함단, 군수품뿐만이 아니라 무기 물량이 엄청납니다."

"곧 아래쪽 차드를 침공한다는 소문이 났어, 리."

함단의 시선이 서윤경에게 옮겨졌다.

"그래서 북한 군사고문단이 떼를 지어서 리비아에 와 있고 말야. 그렇지, 미인?"

서윤경이 웃기만 했을 때 함단이 말을 이었다.

"리비아 정부는 북한 군사고문단의 압력을 받으면 오더를 밀어줄 가능성이 있어. 가능한 일이야, 리."

"위험 부담이 있어요, 함단."

"무기 오더 문제 말인가?"

"미국은 물론이고 소련, 프랑스가 눈에 불을 켜고 감시할 겁니다."

"도둑놈들. 저희 무기 팔아먹으려고 그러는 거지."

"우리는 남북한뿐입니다."

"리비아 있잖아? 리비아가 뒤에서 밀어줄 것 아닌가?"

"함단."

호흡을 고른 이태진이 함단을 보았다.

"우리는 위험을 각오하고 시작해야 됩니다. 나는 그것을 확실하게 해두려고 온 겁니다."

"해, 브라더."

함단이 바로 말했다.

정색한 함단이 이태진을 보았다.

"알 마후드 함단이 가문의 이름을 걸고 책임을 지겠어. 그러니까 내 대리인 자격으로 나서주게."

"알겠습니다, 함단."

"자네 덕분에 나와 회사의 명성이 높아졌어. 난 그 위상에 맞는 처신을 할 거야, 브라더."

"함단, 당신 덕분에 내가 이만큼 성장한 겁니다."

이태진의 대답에 함단이 두 손을 올려 보이면서 화답했다.

"인슈알라."

이태진이 익숙하게 찬양을 잇는다.

"알라후 아크바르."

함단 사무실을 나왔을 때는 오후 2시 반이다.

함단이 제공한 차를 타고 이태진과 서윤경이 무스타파의 사무실로 향했다.

서윤경은 잠자코 따라온다.

사우디 국영석유회사는 리야드 교외에 세워진 30층 건물이다.

건물 현관 앞에는 무스타파의 비서가 기다리고 서 있다가 이태진을 안내했다.

30층의 이사실로 들어서자 자리에 앉아있던 무스타파가 일어나 두 팔을 벌리고 다가왔다.

"마이 브라더."

이태진을 안은 무스타파가 뺨을 세 번 문지르고는 놓아주었다.

"잘 왔어. 함단은 만났지?"

"예, 리비아 입찰 때문에 상의했습니다."

그때 무스타파의 시선이 서윤경에게 옮겨졌다.

"새 보좌관인가?"

"예, 북한 출신입니다."

"이야기 들었어."

고개를 끄덕인 무스타파가 손을 내밀었다.

"반갑네. 나 무스타파야."

"서윤경입니다."

무스타파의 손을 잡은 서윤경이 고개를 숙였다.

긴장한 모습이다.

고개를 끄덕인 무스타파가 말을 이었다.

"남북한 합작사업이로군. 사우디라는 간판을 걸고 말야. 잘되기를 바라네."

이태진은 무스타파의 대리인이기도 한 것이다.

카이로의 무스타파 사무소를 운영하는 것도 이태진이다.

클레오파트라 호텔 관리도 이태진 책임이고, 두바이에서 구입한 부동산도 이태진이 관리한다.

무스타파 사무실에서 나왔을 때는 1시간쯤 후다.

이태진이 카이로와 두바이 사업에 대해서 간략하게 보고를 한 것이다.

대기하던 차에 올랐을 때 서윤경이 고개를 돌려 이태진을 보았다.

"무스타파 님과는 그냥 대리인 역할이신가요?"

"투자 대리인 겸 관리인인 셈이오."

"그렇군요."

호흡을 고른 서윤경이 다시 물었다.

"두바이에도 투자하셨어요?"

"무스타파 님 부동산이 이제 5곳으로 늘어났지."

"카이로의 호텔도 있군요."

"그런 셈이죠."

"함단 님하고는 다른 유형의 대리인이군요."

"난 무스타파 님한테서는 연봉을 받지."

서윤경이 시선을 주었기 때문에 이태진은 쓴웃음을 지었다.

"궁금한 표정이군. 연봉 5백만 불에 보너스는 별도요."

"…."

"지난번 호텔 인수를 한 후에 무스타파 님이 보너스로 내 계좌에 5백만 불을 입금시켜 주셨더군."

"…."

"이곳은 스케일이 커서 백만 불이 백 불처럼 느껴져요. 조심하지 않으면 크게 실수를 해요."

"어쨌든 대단하세요."

서윤경이 외면하면서 말했기 때문에 이태진이 숨을 골랐다.

서윤경의 심정을 알 것 같았기 때문이다.

이곳은 다른 세상이다.

억지로 서윤경을 납득시킬 필요는 없는 것이다.

따라오지 못하고 이해할 수 없다면 할 수 없다.

오후 7시.

제다 공항 입국장으로 들어선 이태진은 다가오는 카림을 보았다.

카림이 웃음 띤 얼굴로 다가와 이태진을 부둥켜안았다.

"어서 오십시오, 이 사장님."

이태진과 인사를 마친 카림이 뒤에 선 서윤경을 보았다.

"잘 오셨습니다, 보좌관님."

서윤경과는 악수를 나눈 카림이 앞장서서 이태진을 안내했다.

"바로 호텔 식당으로 가시면 됩니다. 오마르도 식당으로 올 테니까요."

호텔 식당에서 같이 저녁을 먹기로 한 것이다.

투숙할 호텔 식당이니까 체크인만 하고 내려오면 된다.

차가 공항을 벗어났을 때 운전석 옆자리에 앉은 카림이 이태진을 보았다.

"사마르칸트 공장에서 생산된 시제품은 언제 볼 수 있습니까?"

"두 달쯤 후에 나올 거요, 카림."

"사마르칸트 공장 제품은 고가품이 되어야 합니다. 항공화물로 보내야 하기 때문에."

이태진이 고개를 끄덕였다.

내륙국인 우즈베키스탄에서는 항구가 없다. 육로로 사우디까지 오려면 더 불편하다.

그때 서윤경이 소리 죽여 숨을 뱉었다.

이태진은 이제 남북한 합작공장이 세워질 사마르칸트 공장 생산품 오더를 협의하려고 온 것이다.

엄청난 활동량이다.

지금까지 소련, 동독에서 대외사업국 요원으로 5년을 보냈지만 이런 사업은 처음 겪는다.

이것이 바로 '사업'이다.

소련의 북한대사관에서, 베를린의 3평짜리 사무실에서 몇만 불짜리 오더를 받으려고 석 달, 또는 반년을 헤매었던 지난날이 떠올랐다.

"오, 마이 브라더."

오마르가 두 팔을 벌리고 다가와 이태진을 껴안았다.

팔래스 호텔의 식당 안.

안에서 기다리던 오마르가 이태진과 서윤경을 맞는다.

인사를 마친 오마르와 이태진, 서윤경과 카림까지 넷이 중식당의 원탁에 둘러앉았다.

오마르가 먼저 서윤경에게 물었다.

"어때요? 남북한 합작공장은 잘될 것 같아요?"

"네. 잘될 것 같습니다."

서윤경이 주저하지 않고 대답했다.

"이렇게 바이어까지 삼위일체로 협력하고 있으니만큼 잘될 것은 확실합니다."

"그렇군. 이렇게 셋이 모였군."

오마르가 웃음 띤 얼굴로 이태진과 서윤경을 번갈아 보았다.

"두 분 잘 어울립니다, 미스 서."

"감사합니다, 오마르 씨."

서윤경이 정색하고 답례했다.

"기대에 어긋나지 않도록 최선을 다하겠습니다."

"두 분이 지금 며칠째 같이 다니시는 거죠?"

"며칠 되었습니다."

"같은 방을 씁니까?"

"아닙니다."

그때 이태진이 고개를 들었다.

"지금 무슨 소리를 하는 거야?"

그러나 오마르가 다시 서윤경에게 물었다.

"이 사장이 혹시 방을 잘못 찾은 것처럼 벨을 누르지는 않던가요?"

"그런 일 없었는데요."

외면한 채 서윤경이 대답하자 오마르가 말을 이었다.

"충고하겠는데 그런 일이 없었다면 오늘 밤이라도 두 분이 같은 방에서 주무시기 바랍니다. 그래야 윗분들이 마음을 놓을 것입니다."

"그만해, 오마르."

이태진이 말렸지만 오마르는 아예 서윤경 쪽으로 몸을 돌렸다.

"그것은 미스 서, 당신한테 달려있어요. 옆쪽에 앉은 미스터 리는 일과 남녀 관계는 별개라는 생각을 하고 있을 겁니다. 하지만, 신께 맹세하는데…."

그러더니 말을 그치고 두 손을 들었다.

"알라후 아크바르."

손을 내린 오마르가 서윤경을 보았다.

"북한이 미스 서, 당신을 미스터 리에게 보낸 의도는 바로 둘이 몸과 마음이 일체가 되라는 것입니다. 그것을 그대로 시행해야 만사가 평온해지는 것입니다."

오마르가 말을 그쳤을 때 옆쪽의 카림이 먼저 어깨를 늘어뜨렸다.

잔뜩 긴장하고 있었던 것이다.

서윤경이 얼굴에 웃음을 지으면서 이태진을 보았다.

그 순간 서윤경이 숨을 들이켰다.

이태진이 정색하고 앞쪽 물 잔을 바라보고 있는 것이다.

이태진이 웃을 줄 알았던 서윤경이다.

그때 이태진이 고개를 들고 서윤경을 보았다.

"그럼 오늘 밤 우리 잘까?"

한국말이었기 때문에 오마르와 카림은 멍하고 있었지만 서윤경은 하마터면 재채기를 할 뻔했다.

그래서 침을 모아 삼키는 바람에 얼굴이 붉어졌다.

마침 방문이 열리면서 종업원이 들어왔다.

<4권에 계속>

한국인 3권

초판1쇄 인쇄 | 2024년 7월 25일
초판1쇄 발행 | 2024년 7월 30일

지은이 | 이원호
펴낸이 | 박연
펴낸곳 | 한결미디어

등록 | 2006년 7월 24일(제313-2006-000152호)
주소 | 서울시 마포구 모래내로 83 한올빌딩 6층
전화 | 02-704-3331
팩스 | 02-704-3360
이메일 | okpk@hanmail.net

ISBN 979-11-5916-223-7(04810) 979-11-5916-220-6 (세트)